淡海乃海

水面が揺れる時

～三英傑に嫌われた不運な男、朽木基綱の逆襲～

[著] イスラーフィール

[絵] 碧風羽 みどりふう

TOブックス

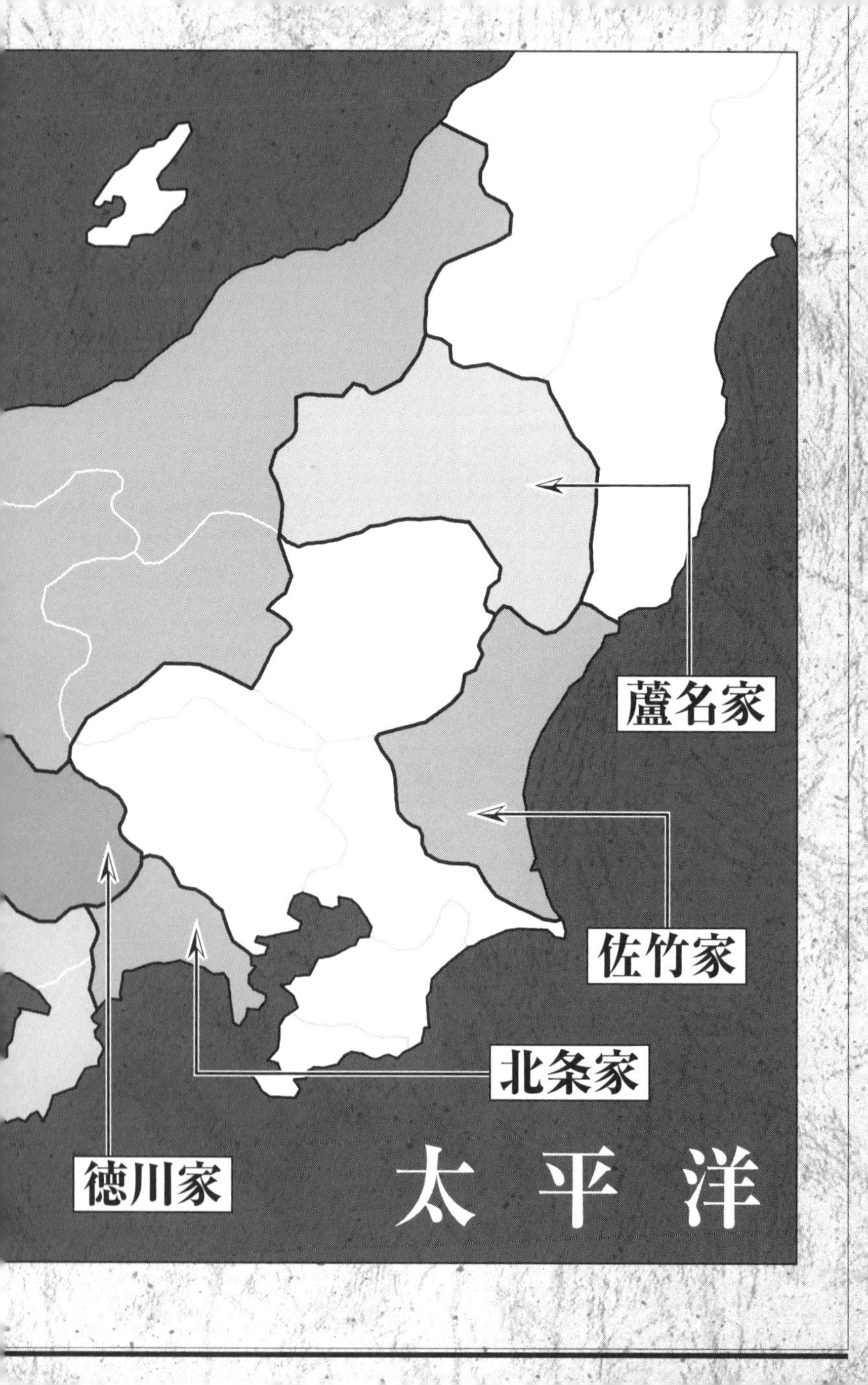

蘆名家
佐竹家
北条家
徳川家
太平洋

日本国勢力図①
［にほんこくせいりょくず①］

朽木家
琵琶湖
三好家
織田家
長曽我部家
太平洋

日本海

龍造寺家

大友家

一条家

島津家

日本国勢力図

［にほんこくせいりょくず②］

人物紹介
[じんぶつしょうかい]

朽木家
[くつきけ]

朽木権大納言基綱（くつき ごんだいなごんもとつな）
主人公。現代からの転生者。北近江・南越前の領主、朽木元綱に転生し二歳で当主となる。歴史の知識を駆使して戦国乱世を生き抜く。

朽木小夜（くつき さよ）
基綱の妻。六角家臣平井加賀守定武の娘。聡明な女性。

朽木綾（くつき あや）
基綱の母。京の公家、飛鳥井家の出身。転生者である息子に違和感を持ち普通の親子関係を築けない事、その将来を不安に思っている。

雪乃（ゆきの）
基綱の側室。氣比神宮大宮司の娘。好奇心が旺盛で基綱に強い関心を持つ。自ら進んで基綱の側室になる事を望む。

弥五郎堅綱（やごろうかたつな）
基綱と小夜の間に生まれた子。朽木家の嫡男。

松千代（まつちよ）
基綱と小夜の間に生まれた子。朽木家の次男。

鶴（つる）
基綱と雪乃の間に生まれた子。朽木家の次女。

黒野重蔵影久（くろの じゅうぞうかげひさ）
鞍馬流志能便。八門の頭領であったが引退し相談役として主人公に仕える。

黒野小兵衛影昌（くろの こへえかげあき）
鞍馬流志能便。重蔵より八門の頭領の座を引き継ぐ。情報収集、謀略で主人公を助ける。

朽木惟綱（くつき これつな）
稙綱の弟、主人公の大叔父　主人公の器量に期待し忠義を尽くす。

朽木主税基安（くつき ちからもとやす）
主人公の又従兄弟（またいとこ）。主人公と共に育ち、主人公に強い忠誠心を持つ。主人公からはいずれ自分の代理人にと期待されている。

明智十兵衛光秀（あけち じゅうべえみつひで）
元美濃浪人。朝倉家臣であったが朝倉氏に見切りを付け朽木家に仕える。軍略に優れ、主人公を助ける。

竹中半兵衛重治（たけなか はんべえしげはる）
元は一色家臣であったが主君一色右兵衛大夫龍興との不和から浪人、主人公に仕える。軍略に優れ、主人公を助ける。

沼田上野之助祐光（ぬまた こうずけのすけすけみつ）
元は若狭武田家臣であったが家中の混乱から武田氏を離れ主人公に仕える。軍略に優れ、主人公を助ける。

朽木家譜代
[くつきけふだい]

日置行近（ひおき ゆきちか）
譜代の重臣。武勇に優れる。

宮川頼忠（みやかわ よりただ）
譜代の重臣。思慮深い。

宮川又兵衛貞頼（みやがわ またべえさだより）
朽木家家臣　譜代　殖産奉行

荒川平九郎長道（あらかわ へいくろうながみち）
朽木家家臣　譜代　御倉奉行

守山弥兵衛重義（もりやま やへえしげよし）
朽木家家臣　譜代　公事奉行

長沼新三郎行春（ながぬま しんざぶろうゆきはる）
朽木家家臣　譜代　農方奉行

阿波三好家【あわみよしけ】

三好豊前守実休（みよしぶぜんのかみじっきゅう）
長慶の二弟。長慶死後、家督問題で不満を持ち平島公方家の義栄を担いで三好家を割る。

安宅摂津守冬康（あたぎせっつのかみふゆやす）
長慶の三弟。長慶死後、家督問題で不満を持ち平島公方家の義栄を担いで三好家を割る。

三好日向守長逸（みよしひゅうがのかみながやす）
三好一族の長老。長慶死後、豊前守実休、摂津守冬康と行動を共にする。

伊賀上忍三家【いがじょうにんさんけ】

千賀地半蔵則直（ちがちはんぞうのりなお）
伊賀上忍三家の一つ千賀地氏の当主。

藤林長門守保豊（ふじばやしながとのかみやすとよ）
伊賀上忍三家の一つ藤林氏の当主。

百地丹波守泰光（ももちたんばのかみやすみつ）
伊賀上忍三家の一つ百地氏の当主。

河内三好家【かわちみよしけ】

十河讃岐守一存（そごうさぬきのかみかずまさ）
長慶の四弟。

三好左京大夫義継（みよしさきょうだゆうよしつぐ）
讃岐守一存の息子。父の死後、長慶の養子となり三好本家を継ぐ。河内守護。

松永弾正忠久秀（まつながだんじょうのちゅうひさひで）
三好家重臣。長慶死後、左京大夫義継と行動を共にする。大和守護。

内藤備前守宗勝（ないとうびぜんのかみむねかつ）
三好家重臣。松永弾正忠久秀の弟。長慶死後、左京大夫義継と行動を共にする。和泉守護。

織田家【おだけ】

織田信長（おだのぶなが）
尾張の戦国大名。三英傑の一人。歴史が変わった事で東海地方に勢力を伸ばす。基綱に好意を持ち、後年同盟関係を結ぶ。大変な甘党。小田原城攻防戦の最中に病死。

織田勘九郎信忠（おだかんくろうのぶただ）
織田信長の嫡男。小田原城攻防戦にて深手を負い死す。

織田三介信意（おださんすけのぶおき）
織田信長の次男、嫡男信忠の同母弟。優柔不断な性格で決断力が無い。弟の三七郎信孝とは犬猿の仲。

織田三七郎信孝（おださんしちろうのぶたか）
織田信長の三男、嫡男信忠、次兄信意の異母弟。癇性が激しく思慮が浅い。兄の三介信意を軽蔑している。

上杉家【うえすぎけ】

上杉左近衛少将輝虎（うえすぎさこんのえしょうしょうてるとら）
上杉家当主。元は長尾家当主であったが上杉家の家督と関東管領職を引き継ぐ。主人公を高く評価し対武田戦について助言を受ける。大変な酒豪。

上杉景勝（うえすぎかげかつ）
関東管領上杉輝虎の姉と長尾越前守房景の間に生まれた子。輝虎の養子となり主人公の娘竹を妻に娶る。

竹（たけ）
基綱と側室雪乃の間に生まれた子。朽木家の長女。上杉家へ嫁ぐ。

華（はな）
関東管領上杉輝虎の姉と長尾越前守房景の間に生まれた子。輝虎の養女となり織田勘九郎信忠に嫁ぐ。

奈津（なつ）
関東管領上杉輝虎の姉と長尾越前守房景の間に生まれた子。華の妹。輝虎の養女となり竹若丸と婚約する。

足利家（平島公方家）［あしかがけ・ひらしまくぼうけ］

足利左馬頭義栄（あしかが さまのかみよしひで）

義輝、義昭の従兄弟。義輝の死後、三好豊前守、安宅摂津守に擁立され将軍になる事を目指すが病死する。

足利義助（あしかが よしすけ）

義輝、義昭の従兄弟。義栄の弟。義栄の死後、三好豊前守、安宅摂津守に擁立され将軍になるが将軍職を辞職する事で義昭と和睦する。

徳川家［とくがわけ］

徳川次郎三郎家康（とくがわ じろうさぶろういえやす）

徳川家当主。三河西半国の領主。今川家の属国で有ったが桶狭間の戦いの後、今川氏の混乱に乗じて独立。織田と同盟を結ぶが三河一向一揆に苦しむ。妻は今川義元の姪。

朝廷・公家［ちょうてい・くげ］

飛鳥井雅綱（あすかい まさつな）

主人公の祖父。

飛鳥井雅春（あすかい まさはる）

主人公の伯父。

目々典侍（めめ ないしのすけ）

主人公の叔母。朝廷に出仕。

近衛家［このえけ］

近衛前久（このえ まえひさ）

五摂家の一つ、近衛家の当主。関白の地位にある朝廷の実力者。主人公を積極的に武家の棟梁へと推す事で天下の安定と朝廷の繁栄を取り戻そうとしている。

毛利家［もうりけ］

毛利右衛門督輝元（もうり うえもんきょう てるもと）

毛利家の当主。毛利陸奥守元就の孫。

吉川駿河守元春（よしかわ するがのもりもとはる）

輝元の叔父。毛利陸奥守元就の次男。弱年の輝元を支える。勇将として名高い。山陰地方を担当する。

小早川左衛門佐隆景（こばやかわ さえもんさたかかげ）

輝元の叔父。毛利陸奥守元就の三男。弱年の輝元を支える。知将として名高い。山陽地方を担当する。

安国寺恵瓊（あんこくじ えけい）

毛利家に仕える外交僧。朽木の勢力拡大を防ぐために謀略を巡らす。

足利将軍家［あしかがしょうぐんけ］

足利義昭（あしかが よしあき）

義輝の弟。一乗院の門跡であったが兄の死後還俗して足利義昭と名乗り幕府の再興を目指す。

本願寺［ほんがんじ］

顕如（けんにょ）

浄土真宗本願寺派第十一世宗主。主人公を仏敵と敵視する。

下間筑後守頼照（しもつま ちくごのかみらいしょう）

七里三河守頼周（しちり みかわのかみよりちか）

杉浦壱岐守玄任（すぎうら いきのかみげんにん）

本願寺坊官であり、加賀一向一揆の大将。越前に攻め込む。

❖勢力相関図［せいりょくそうかんず］

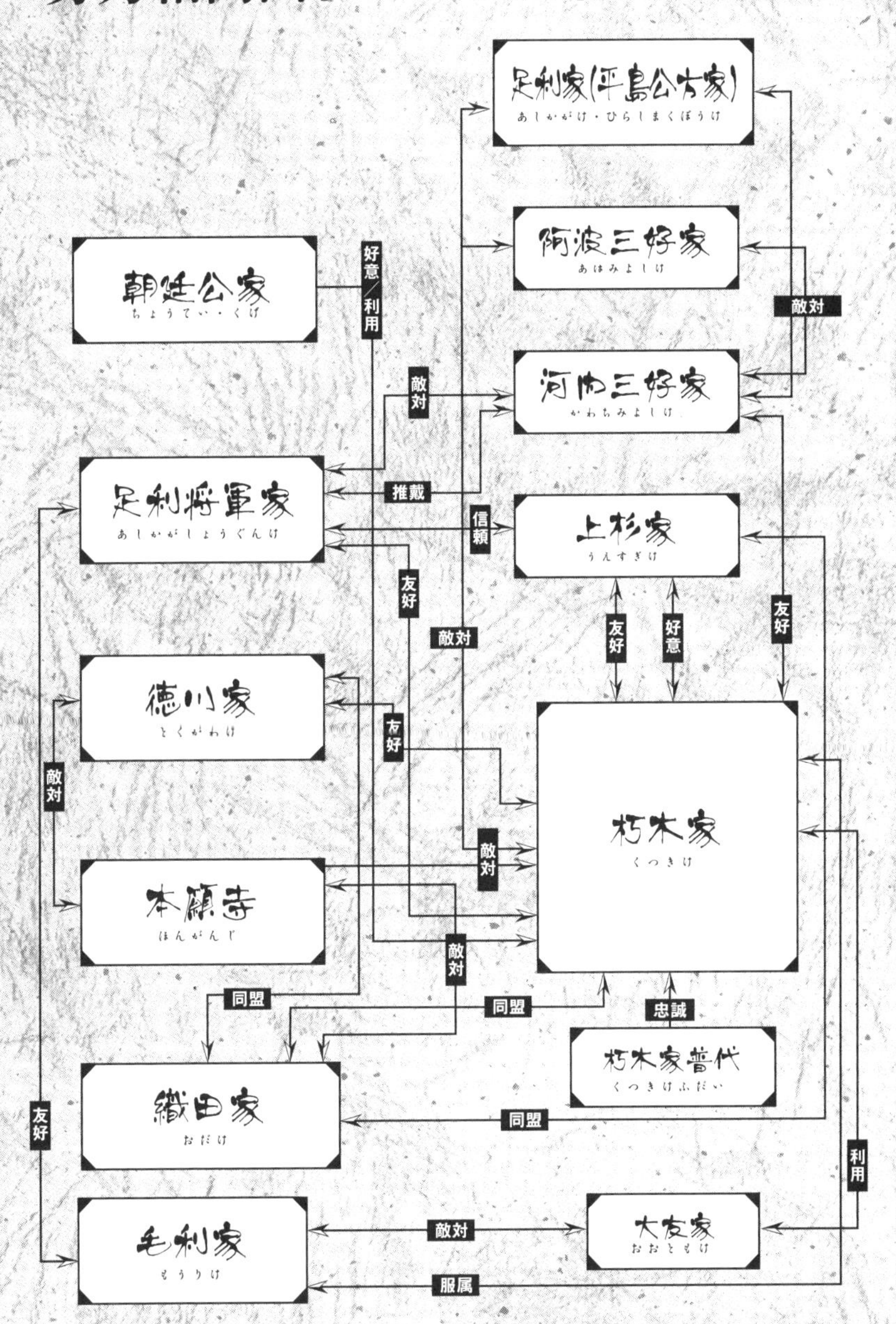

目次 ［もくじ］

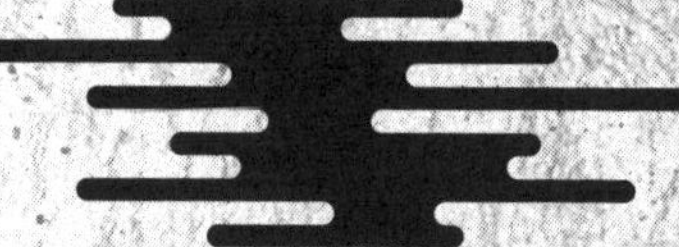

あふみのうみ
みなもがゆれるとき

ILLUST. 碧風羽
DESIGN. AFTERGLOW

側室

天正四年（一五八〇年）　九月中旬　　近江国蒲生郡八幡町（おうみのくにがもうぐんはちまんちょう）　八幡城　園（その）

闇の中、隣に人が横になっている。顔は見えない、微（かす）かに身体の温かさだけが伝わってくる。権大納言（ごんだいなごん）朽木基綱（くつききもとつな）様、畿内、北陸、山陽、山陰、四国に勢力を誇示（こじ）する朽木家の御屋形様。今、天下に最も近い所に居る御方でもある。まさか私がその方の側室になるとは……。不本意では有るけれど我慢しなければならない。私達今川家、北条家の人間は朽木家の庇護（ひご）を受けて生きている立場なのだから。

御屋形様は北条家の安王丸（やすおうまる）殿を元服させた。元服後の名は北条新九郎氏基（うじもと）。新九郎は北条家の嫡男が名乗る通称。私の前夫も新九郎を名乗っていた。そして氏基の基は御屋形様より頂いた諱（いみな）。本来なら諱を上にして基氏と名乗るべきところ、でも御屋形様は北条家の者は氏を上にして名を付けるのが通例だからと仰られ氏基と名を付けられた。新たに北条氏の基を築けと……。

春姫様、桂姫様、菊姫様は泣いておられた。御屋形様は今川、北条に対して十分過ぎる程に心遣いをして下さる。いやそれだけではない、武田家にも。松叔母上、菊叔母上も婿を取り武田の家を再興している。それを忘れてはならない。真田の恭（きょう）からも御屋形様の御心を労（いたわ）って欲しい、重荷にならないで欲しいと頼まれている。

眠れない、眼を瞑って眠ろうとしても色々と考えてしまう。前夫の事、娘の事、武田の事……。前夫、北条新九郎氏直様。私より二つ年下の夫だった。優しい御方だった、北条家の勢いが振るわない事を頻りに悔しがっておられた。最後の出陣の姿を思い出す。娘を抱き上げながら織田を潰し北条の勢いを取り戻すと張り切っておられた。そして帰って来なかった……。これからもこんな夜が続くのだろうか？　そう思うと溜息が出そうになる。いけない、眼を瞑って眠らなければ……。

「眠れぬのかな？」

隣から戸惑ったような声が聞こえた。御屋形様？　息が止まる程に驚いた。

「申し訳ありませぬ、起こしてしまいましたか？」

答えると御屋形様が小さく息を吐くのが分かった。暗闇のせいか耳が冴えている。

「やはり眠れぬのか。いや、こちらも眠れなかったのでな。如何したものかと思っていたところだ。そなたも眠れぬようなので思い切って声をかけた」

「申し訳ありませぬ」

「謝る事は無い。隣でぐーぐーと熟睡されては俺の方が落ち込む。正直に言えばほっとした」

御屋形様も私の事を側室に入れるのは御気が進まなかったのだろうか？　もしかすると私を危ぶんで用心していた？

「園、少し話をせぬか？」

「では灯りを御点け致しましょう」

起きようとすると御屋形様が肩を掴んだ。

「それには及ばぬ。横になったままで良い。この方が話し易い」

「はい」

表情が見えない方が話し易いというのは私のため？

「俺を恨んでいるかな？」

「……」

「そなたの父、武田太郎義信殿が亡くなられたのは川中島の戦いであったな。その戦いと俺の関わりは聞いておろう」

「はい」

父が死んだのは私が二歳の時だった。父の事は何も覚えていない。

「恨んでいるか？」

「良く分かりませぬ、父の事は何も覚えておらぬのです」

「そうか……、信玄公の事は？」

「祖父の事も覚えておりませぬ。父の死後、母と共に今川に戻りましたので……」

「そうか……、寂しい事だな」

寂しい？　そう、寂しかった。親しい人は皆死んでしまう。私も娘の龍も大勢の身内を失った。

「俺も二歳で父を戦で失った。だが俺には祖父が居たからな、祖父との思い出は沢山とある。考えてみれば俺は恵まれていたのだな」

「寂しくはなかったと？」

「家を継いだのでな、寂しいと言っている様な暇は無かった。朽木は八千石の弱小領主、しかも負け戦の後だ、生きるために必死であった。もっとも俺はそれを楽しんでいたかもしれぬ」

「……」

寂しいと思えた私は恵まれていたのだろうか？　それにしても楽しんでいた？

「それに朽木は客が多かった」

「客？」

「足利将軍家、十三代様が朽木に逃げて来たのでな、それの世話で忙しかった。天下の将軍が八千石の朽木を頼る、馬鹿馬鹿しい限りだ。ウンザリするような事ばかりであったな」

「まあ」

御屋形様は義輝公とは極めて親しい間柄で足利の忠臣とまで讃えられたと……、違うのだろうか？

「そなたの父、太郎殿の事は良く知らぬ。だが信玄公の事は知っている。川中島で敗れたがこの戦国の世に現れた英傑であった。亡くなられた時はさぞかし無念であっただろう。俺を恨んでいたとも聞いている」

「……」

恨んでいたのは祖父だけではない。今川、武田、北条の者は皆が織田を、上杉を、朽木を恨んでいた。今川、武田、北条の三者で盟約を結びそれぞれに勢力を伸ばそうとした。でも今川の祖父が織田との戦いで討死し武田家が川中島で大敗した。その事が全てだった。

「恨まれても仕方が無い、だが謝る事は出来ぬ」

「……」

「川中島が有ったから今の朽木と上杉が有る。それを否定するような事は出来ぬ。この乱世を終わらせるためには上杉の協力が必要だ」

「織田は滅ぼすのでございますか？」

「滅ぼす」

強い声だった。私の問いに非難がましい色が有ったのだろうか？

「已むを得ぬ事だ。織田三介は自らの力で家を纏め自らの足で立たねばならぬ。それが出来ぬとなれば滅ぼされるしかない。それがこの乱世の定めだ」

「……」

今川、武田、北条が滅びたのは……。

「身勝手、非道、残虐、何と言われようと良い。天下を統一し乱世を終わらせる。今それが出来るのは俺だけだ。やらねばならん、退く事は出来ぬ」

御屋形様がホウっと息を吐かれた。御疲れなのだろうか？　恭が御屋形様の心を労って欲しいと言っていた事を思い出した。

「園、俺を愛せとは言わぬ。だが俺の子を産めるか？　愛せるか？」

「……」

産める、愛せると答えなければいけない、でも答えられなかった。

「愛せぬなら愛せぬと言うが良い。二度とそなたには触れぬ。子を愛せぬ母、母に愛されぬ子、どちらも不幸だ。俺はそんな母子を見たくない」

「……何故、そのような事を」

声が掠れていた。そう問うのが精一杯だった。

「そなたを抱いていて今更ではあるな。だがそなたは耐えるだけであった。俺に応えようとはしなかった。こういう事は初めてでな、心の寄り添わぬ女子を抱くのはきついと思った。抱いていて何度も思ったわ、これで良かったのかと。終わった後も考えていた。それで眠れなかった。そなたも眠れなかったようだ。同じ事を考えたのだろうと思った。だから声をかけた」

「……御屋形様」

驚きが有った。鋭い御方、感じ易い御方なのだと思った。これまでは人の心の痛みなど感じぬお方だと思っていた。如何してこの御方に根切りや餓え殺しが出来るのだろう……。

「案ずるには及ばぬ。たとえそなたが俺を拒絶しようとも今川、北条への扱いを変える事は無い。そなたへの扱いも同様だ。そなたは俺の側室として、龍は俺の養女として扱う。二人だけの秘め事だな。時々此処へ来る、ただ休ませてくれれば良い。そういう時も必要なのでな」

御屋形様が〝ふふ〟と御笑いになった。如何して御笑いになれるのです？　私は如何して良いのか分からずにいるのに……。

「次に来る時に答えを聞かせてくれ、頼むぞ」

「……はい」

如何すればよいのだろう？　側室になると心を決めた筈だった。でも望んではいなかったのだと改めて分かった。そして御屋形様はそれを察してしまった。私は重荷になっている、如何すれば……。

天正四年（一五八〇年）　九月中旬　　近江国蒲生郡八幡町　　八幡城　　朽木基綱

「ほほほほほほ、清水山城から見る景色も良かったがこの城から見る景色も良いの」

「畏れ入りまする」

御機嫌モード全開なのは関白を辞し太閤殿下と尊称されている近衛前久だった。関白を辞任して暇になったのだろう、近江に遊びに来ている。或いは朽木との関係を周囲に示して力を保持しようという事か。有りそうなことだな、公家は油断が出来ん。しかし景色が良いのは事実だ。八幡城の櫓台からは淡海乃海が太陽の光を浴びてキラキラと光って見えた。良いねえ、天気も良ければ波も穏やか、気持ちの良い風が吹く。天下泰平、そんな感じだ。殿下が扇子で口元を隠しながら何度も笑った。

「上杉の華姫は未だ逗留中だそうじゃの」

「はい」

本人も一周忌に出るとは言っていない。遅くとも今月の末には越後に戻るようだ。織田の状況を近くから把握しようとしているらしい。或いは把握しようとしているのは朽木の動きか。困ったものだ。

「皆、織田の動きに注目しているようだの、或いは注目しているのは亜相の動きか……、ほほほほほほ」

そんな意味有り気に流し目で見られても……。俺はそっちの気は無いぞ。一緒になって〝ほほほほほほ〟って笑おうかな？

「攻め込むのかな？」

「美濃攻めは弥五郎が」

殿下がホウッと嘆声を上げた。そして〝ほほほほほほ〟と笑った。

「そう言えば従五位下、山城守を辞退したと聞いたが？」

「大分腹を立てております。侮られた、見くびられたと」

殿下が困った様な顔をした。眉が下がっている。

「左様に受け取る事は有るまい」

「こちらの考え過ぎだと仰られますか？」

「……まあ左大臣がの、少々心配しての。本心ではあるまいよ、ただ念のため、そんなところか」

「某も向こうの考えを理解しておけばよい、黙って受け取っておけと申したのですが我慢出来なかったようです」

純情な少年を利用しようとするからだ。それにしても発案者は九条左大臣か。碌な事をしない、要注意だな。

「教えたのかな？」

「はい、余りに嬉しそうにしておりましたので」

「教えずとも良いものを」

殿下が恨めしそうに俺を見た。

「そうは行きませぬ。某も息子が虚仮にされるのを黙って見ているわけには参りませぬ。弥五郎は朽木家の次期当主にございます」

「虚仮にするつもりは無いのじゃ……」

声が弱い。

「そうかもしれませぬがそうとられても仕方が有りませぬ」

「そうじゃのう」

「今の弥五郎には余裕が有りませぬ。そのようなときに官位の話が来た。その裏にある狙いを知った。弥五郎は我慢が出来なかったようです。難しい年頃ですから」

「最悪じゃの」

殿下が顔を顰めた。

「まあ美濃攻めで武功を上げれば少しは余裕が出ましょう」

「そうであって欲しいものよ。朝廷はそなたとは良好な関係を結んでいるのじゃ、息子の代になって悪化しては困る」

まあ本心だろうとは思う。公家が一番恐れるのは戦乱で次に恐れるのは武家との関係悪化だ。当代との関係は円満なのに次代との関係が円滑を欠くなんて事に成ったら左大臣は関白をクビだな。

「ご案じなさいますな、弥五郎には良く言って聞かせます」

太閤が頷いた。

「そうしてくれるか。麿も公家達には注意しておく、武家を試す様な事はするなとの」

目の前には淡海乃海が陽の光を浴びてきらめく。天下泰平にはまだまだだな。何時かはのんびりとこの風景を見たいものだ……。

「次は御大典じゃの」

「はい」

「二代に亘って亜相が費用を用立てるか、不思議なものよ」

太閤殿下が呟いた。確かに不思議だ。あの時は朽木が費用を出すと思った人間は居なかっただろう。だが今では朽木が費用を出すのが当たり前の事になっている。天下に一番近い所に居る、そう思った。


天正四年（一五八〇年）　九月下旬　　近江国蒲生郡八幡町　　八幡城　　朽木堅綱

「では鷺山殿が幽閉されたと」

問い掛けると小兵衛が畏まった。

「はっ、三介様を廃嫡し三十郎様を当主にと企んだという噂が尾張にて流れました。三介様はそれを重く見たようにございます」

評定の間にざわめきが起こった。大評定の参加者が皆驚いている。

「織田家中では鷺山殿幽閉に反対する者が多かったようにございますが三介様はその反対を押し切って幽閉したそうにございます」

父上の御顔を見た。平静な表情をしている。父上の仕掛けた調略は見事に決まった。三介殿は引っ掛かった。

「三介様は鷺山殿を焚き付けたのは御屋形様だと思っておられます」

皆の視線が父上に向かった。

「三介殿では如何にもならぬと文を送ったのは確かだ。だが鷺山殿はこちらの狙いには乗らなかった。なかなか聡明な女性だ。こちらの狙いを見破ったと見える。だが三介殿はこちらの狙い通りに動いてくれたな」

「……」

「さて、如何する?」

父上が私を見ている。皆の視線が私に集まった。

重い、と思った。視線が、決断を下さなければならないという事がこれほど重いとは思わなかった。口中が粘着くような感じがする。

「美濃に出兵します」

皆が父上を見た。父上が頷く。

「……良かろう。兵は多目に連れて行け。この時期では兵糧攻めは出来ぬ。稲葉山城は堅城、無理攻めでは落ちまい。包囲して敵の意志を挫くしかない」

「はい、御教示有難うございます」

「焦るなよ、焦らずとも勝てるのだ」

「はい」

「それと稲葉山城を攻略出来ずとも戦は年内に終わらせよ、寒くなれば雪が降る、酷い事に成るからな」

「はい」

出陣だ、年内に美濃攻めを終わらせる！


天正四年（一五八〇年）　九月下旬　　近江国蒲生郡八幡町　　八幡城　　朽木基綱

大評定の後、自室に戻って茶を飲んでいると小夜と綾ママがやってきた。二人とも心配そうな表情をしている。やれやれだわ。

「弥五郎殿、竹若丸が美濃攻めを行うと聞きました。大丈夫なのですか？」

「大丈夫だと思いますが」

敢えておっとりと答えた。綾ママにとって弥五郎は何時まで経っても竹若丸なんだろうな。俺とは上手く行かなかったから随分と可愛がっていた。

「本当に良いのですか？　そなたが兵を率いるべきでは有りませぬか？」

「弥五郎も既に十五歳です。独り立ちして良い頃でしょう。なあに、心配は要りませぬ。弥五郎は初陣も済ませていますし周りには頼りになる家臣達も居ります。大丈夫です。小夜も余り心配するな」

事も無げに言ったが二人の表情は変わらない。何で？　以前に弥五郎にやらせるって言ったのに。

「気休めを言っているのではありませぬか」

「そんな事は有りませぬ」

気休めを言ったつもりは無い。弥五郎は勝てる筈だ。美濃領内の国人衆はその殆どが朽木に内応したのだ。出入り口の不破郡は不破太郎左衛門尉と竹中久作が味方に付いた。美濃領内には簡単に侵攻出来る。

そして土岐郡小里城の小里出羽守光忠、郡上郡木越城の遠藤新右衛門、新兵衛兄弟。その一族で郡上郡八幡城の遠藤左馬助、武儀郡鉈尾山城の佐藤六左衛門尉、下石津郡今尾城の高木彦左衛門が弥五郎に味方する。敵になりそうなのは可児郡金山城の森三左衛門尉ぐらいのものだ。東美濃の遠山七頭は中立を守ると言ってきた。朽木と敵対したくは無い、だが織田を裏切りたくも無いという事らしい。十分だ、三十郎に味方は居ない。後は時間との勝負だ。雪が降るか否か、弥五郎の運だな。

「最近忙しい日々が続いたので湯治に行こうかと考えています」

「湯治？」

綾ママと小夜の二人が声を揃えた。顔を見合わせている。

「伊勢国に鹿の湯温泉というなかなか良い温泉が有るそうです。十月の半ばから一月ばかりそこに行ってこようかと」

「……」

「母上、一緒に行きませぬか？　小夜も如何だ？」

兵を三千程連れて行こう。鹿の湯温泉は三重郡菰野村にある。東へ進めば尾張はすぐ傍だ。高が三千だが伊勢の国人衆を呼び集めれば忽ち一万は超えるだろう。俺が伊勢に居れば簡単には美濃に兵は出せない筈だ。美濃の三十郎を見殺しにすれば三介は家中の信を失う。これ以降の織田攻略は容易になるだろう。頑張れよ、弥五郎。俺が助けてやれる事はこのくらいだ。後は自分で何とかしろ。

温泉には伊賀の連中も呼ぼう、それと風間出羽守も呼んで皆で仲良く裸の付き合いだ。相談役の爺共も連れて行こう。三十年近く働いて来たんだからリフレッシュ休暇を取っても良い筈だ。それに小夜と結婚して二十年だ、労ってあげないとな。

天正四年（一五八〇年）　九月下旬　　近江国蒲生郡八幡町　　八幡城　　朽木小夜

「兄上、弥五郎は大丈夫でしょうか？」

「……」

「美濃攻めの大将は荷が重いと思いませぬか？　御屋形様が兵を率い、その下で経験を積ませるべきなのでは？　大方様も心配しておられます」

妹が不安そうな表情をしている。

「心配は要らぬ」

「ですが」

何か言いかける妹を〝小夜〟と呼んで遮った。

「若殿はもう十五歳だ。兵を率いて美濃攻めを行ってもおかしくはない」

「ですが失敗すれば右衛門督様のようになるのではありませぬか。そうなれば弥五郎は……」

小夜が唇を噛み締めた。溜息が出た。妹は思い詰めている。

「案ずるな、そなたが心配するような事は無い」

「……」

「あの頃の六角家と今の朽木家は違う。六角家は周囲に敵を抱えていた。だが朽木家にはそれが無い。国人衆達も百姓を兵に使っていない。戦が続いてもその事で不満が出る事は無い」

「……」

「それにな、織田は今混乱している。美濃の国人衆には織田を見限る者も出ているようだ。美濃攻めが失敗するような事は無いと見て良い」

小夜の表情は変わらない。

「兵を率いるのが御屋形様ならそうかもしれませぬ。ですが弥五郎に国人衆が降りましょうか？」

「若殿の後ろには御屋形様が居るのだ。そして動かす兵は四万と聞いた。若殿を侮る様な愚か者は居らぬよ」

「ですが稲葉山城は難攻不落、弥五郎は攻め落とせるとは思えませぬ」

「御屋形様はたとえ落とせずとも年内に戦を終わらせろと命じられた。御屋形様は稲葉山城を落とす事に拘ってはおられぬようだな」

「……それは？　美濃を攻め獲れずとも良いと？」

小夜が不安そうな表情を見せた。

「一度の戦で美濃を攻め獲る、なかなかに難しかろう。それにな、冬の戦は寒いし雪も降る、難儀だ。若殿に無理をさせたくないとお考えなのではないかな。今回はある程度の成果が出れば十分とお考えなのだと思う。それに御屋形様の狙いは美濃ではなく三介様という事も有り得る」

小夜が〝三介様〟と呟いた。訝しげな表情をしている
「そなたも三介様の為人については聞いていよう」

「頼りにならぬお人だと聞いています」

「その三介様と稲葉山城の織田三十郎の関係は円滑を欠くらしい。そこに隙が有ると御屋形様は見ている。後詰が無い、或いは形だけの後詰という事も有り得よう。そうなれば三十郎の心も折れる」

「……後詰が無ければ稲葉山城は落ちると？」

「その可能性は十分にある。たとえ今回稲葉山城を落とせずとも次は保てまい。稲葉山城は必ず落ちる」

小夜が〝なるほど〟と頷いた。少しは落ち着いたか。

「心配はせずとも良いと？」

「勿論だ。御屋形様は伊勢に湯治に行くと聞いた。本心ではあるまい。伊勢から尾張を窺う、そういう姿勢を見せる事で三介様を牽制する狙いが有ると見た。後詰は出し辛かろうな。或いはそれを理由にして後詰を見送るという事も有り得る。その分だけ若殿は有利になる筈だ。今回の美濃攻めで稲葉山城が落ちる事も十分に有り得る。そうなれば美濃を得たも同然よ」

小夜が〝ホウッ〟と息を吐いた。

「そういう事なのですね。全然気付きませんでした」

「ハハハハハハ」

笑い声をあげると小夜が恨めしそうにこちらを見た。

「そのようにお笑いにならなくても……」

「許せ」

謝ったが恨めしそうな表情は変わらない。やれやれ。

「まああまり心配はせず黙って見ている事だ」

「……」

「今になって取り止めは出来ぬ。取り止めれば若殿には軍を率いるだけの資質が無いのだという風評が出かねぬ」

小夜がハッとしたような表情を見せた。

「その方が危険であろう？」

「はい、……弥五郎は朽木家の次代の当主である事を皆に証明せねばならぬのですね」

「そういう事だな。朽木家が大きければ大きいほど、それは大きく重くなる。此度の美濃攻めはその始まりだ。これからは何度も試される事になるだろう」

小夜が沈んだような表情を見せている。これからは若殿が試される度にそんな表情をするのかもしれない。そう思うと胸が痛んだ。

「苦労するな」

小夜が〝いいえ〟と言って首を横に振った。

「そなたを朽木家に嫁がせた時はこんな日が来るとは思わなかった」

「左様でございますね。私も思いませんでした」

朽木家は大きくなり天下を制しようとしている。小夜は正室であり息子は跡取りとして皆から認められている。足りぬものは何も無いだろう。だが苦労が途絶える事は有るまい……。

天正四年（一五八〇年）　十月上旬　　山城国葛野郡　　近衛前久邸　　九条兼孝

「余計な事をしたの」

「……」

「怒っておるぞ。亜相だけではない、弥五郎もじゃ」

「左様でおじゃりますか」

チラッと殿下を見た。怒ってはいない、だが困った事だとは思っているようだ。殿下が茶碗を口に運んだ。一口飲む、〝ホウッ〟と息を吐いた。

「まあ、宥めておいたからのう。大した事にはなるまい」

「有難うございまする」

礼を言うと殿下が頷かれた。

「不安かな？」

「……はい」

また殿下が頷かれた。そして手に持った茶碗を下に置いて私を見た。

「関白として亜相に向かい合うのは荷が重いか……」

「重いと、思いまする。亜相は足利とは違いましょう」

殿下が息を吐かれた。

「そうでおじゃるの。あの男、足利、いや普通の武家ではないからのう。どう向かい合えば良いのか、迷うのは已むを得ぬ」

そう、不安なのだ。あの男をどう扱えば良いのか……。

「亜相を敵視してはなるまい」

「してはおりませぬ」

「だが敵になるのではないかと恐れている、違うかな？」

「……」

そういう不安はある。黙っていると殿下が軽く笑った。

「此度の官位の事、亜相が敵になると疑ったから弥五郎を抑えに使おうと思った。そういう事でおじゃろう」

「はい」

「気持ちは分からぬでもない。だが武家にとっては御家騒動は何よりも避けねばならぬ事、それを煽るような事をする者は必ず敵と見做す。以後は気を付ける事じゃ」

「……」

殿下がまた息を吐いた。

「譲位の後、そのような事をすれば亜相の怒りは関白だけではない、院、帝にも及びかねぬ。朝廷への対応にも影響が出る。それに天下は未だ治まってはおらぬのじゃ。今朽木が混乱すれば朝廷を守る者は居なくなるぞ。喜ぶのは九州の公方であろう」

「……軽率でおじゃりました」

謝罪すると殿下が頷かれた。

「味方だと思うのじゃな。或いは味方にしようとするか」

「……味方でおじゃりますか」

問い掛けると殿下が〝そうじゃ〟と言って頷いた。

「朽木の天下はこれからであろう。亜相と共に新たな天下を築く。そう考えれば良い。そうは思わぬか？」

「……かもしれませぬ。しかし……」

口籠ると殿下が頷かれた。

「新たな天下が見えぬか……」

「はい」

亜相がどのような天下を創ろうとしているのか、それが見えない。その事が自分を不安にさせている。……何故亜相は征夷大将軍になろうとはしないのか？　幕府を開く意思はないのか。となればどのような天下を築こうとしているのか……。それが朝廷にどのような影響を及ぼすのか……。

「焦らぬ事じゃ」

「……」

「磨の見るところ、亜相に朝廷と好んで敵対しようという意思は見えぬ。朝廷と手を取り合って行きたいと考えていると見た。となればじゃ、多少の譲歩は必要かもしれぬが友好的な関係を維持するのは難しくなかろう」

「譲歩、でございますか？」

殿下が頷かれた。

「これまでの武家とは違うものを要求されるという事よ。官位か、待遇か、或いはそれ以外のものか……」

「……」

「ま、慣れるまでは時間が掛かるやもしれぬ。しかし、慣れれば大した事は無いとも思えよう。元々は幕府などというものも無かったのじゃからの。我ら公家はそうしてやり過ごしてきた」

慣れる時が来るのだろうか？　それならば良いのだが……。

美濃侵攻

天正四年（一五八〇年）十月上旬　　美濃国不破郡関ケ原村　　平井高明

不破の関を越え関ケ原に到達すると若殿は軍を止めた。関ケ原は東山道、北国脇街道が交差する要衝の地だ。周囲には城山、松尾山、天満山、笹尾山、桃配山、岩倉山、丸山等の山が有り街道を見下ろしている。これらの山に兵を置けば侵入してきた敵を包囲する事は容易だろう。美濃は西からの攻撃を防ぎ易い国だ。但し、一つに纏まっているのならばだが。

「初めて御意を得ます。西保城主、不破太郎左衛門尉光治にございまする」

太郎左衛門尉が膝をつき深々と頭を下げた。

「うむ、良く来てくれた。我が軍が不破の関を無事越えられたのもその方が味方に付いてくれた事が大きい。父上にもその方の事は報告しておく、これからも頼むぞ」

「はっ」

太郎左衛門尉が下がると弥五郎様が声をかけてきた。

「伯父上」

「はっ」

「太郎左衛門尉に対する扱いは今ので良かったかな？」

不安そうな表情だ。顔立ちは御屋形様に良く似ているが線の細さを感じるのは経験が不足している事、それによって自信が無い所為(せい)だろう。経験さえ積めば線の細さは消える筈だ。

「現時点では十分でございましょう」

「……」

「若殿は太郎左衛門尉の功績を認めお褒めになったのです。そして御屋形様に報告すると約束されこれからも頼むと仰られた。太郎左衛門尉は安心したでしょうし満足もした筈です」

若殿が〝うむ〟と言って頷いた。

「後は太郎左衛門尉が武功を上げた時に大声で誉め恩賞を与える事です。さすれば周囲は太郎左衛門尉が認められていると思うでしょうし太郎左衛門尉本人もそう思うでしょう。そこが大事でございます。そうなればこれからも朽木の為に働いてくれる筈でございます」

不破氏は同じ不破郡の国人衆竹中氏と必ずしも円滑な関係を築いているとは言い難い。そして竹中氏の現当主竹中久作は若殿の傅役(もりやく)を務める半兵衛殿の弟だ。その事が太郎左衛門尉の朽木氏に対する不安、不満に繋(つな)がりかねないと見ているのだろう。その懸念は尤(もっと)もだが今のところ若殿はそつなく熟(こな)していると言って良い。妹の小夜からも息子を頼むと言われているが十分に良くやっている。左程に心配する事は無い。

「伯父上、恩賞とは？　私の一存では与えられぬが……」

「その事は太郎左衛門尉だけでなく国人衆達は皆が分かっております。ですから当座の物、例えば太刀一振り、短刀一振り、書付で良いのです。その上で八幡城に戻ったら御屋形様に必ず伝えると申されませ。御屋形様が太郎左衛門尉にそれなりの恩賞を与えましょう」

「なるほど、良く分かった」

若殿が二度、三度と頷かれた。

御屋形様が若殿の報告を無視する事は先ず有り得ない。今回の出兵は若殿の御立場を固める為でもある。公家達が官位を与える事で若殿を思う様に操ろうとしたらしい。それを知った若殿は侮られたと涙を流して悔しがったという。今回の出兵で若殿が総大将なのも周囲に若殿を認めさせるため。御屋形様が若殿の御立場を弱めるような事をする筈は無い。万一の場合は私や傅役の半兵衛殿、新太郎殿が御屋形様を説得する。必ずや恩賞を下さるだろう。国人衆達は若殿を新たな上位者として認める筈だ。その事が若殿の力になる。

側近の明智十五郎が近寄ってきた。

「菩提山城の城主、竹中久作様が見えられました」

「うむ、此処へ」

若殿の声が弾んだ。傅役の竹中半兵衛殿の弟だ、嬉しいのだろう。直ぐに男が現れた。半兵衛殿にはあまり似ていない。半兵衛殿は細身の男だが弟の久作はがっしりとした男だった。鎧姿が良く似合う。こういう男は戦場でも働くだろう。頼もしい限りだ。

「菩提山城主、竹中久作重矩にございます」

「うむ、良く来てくれた。そなたの事は半兵衛から聞いている。会えて嬉しいぞ」

「畏れ入りまする。兄が朽木家にて優遇されている事を有り難く思い、陰ながら喜んでおりました。以後は懸命に努めまする」

「うむ、父上も喜んでくださることだろう。頼むぞ」

「はっ」

若殿と久作殿の遣り取りを半兵衛殿が満足そうに見ている。朽木家と織田家に竹中家が兄弟で分かれて仕えた。美濃国主であった一色家と色々とあったとは聞いている。だが分かれて仕える事で竹中の血を残すという狙いも有っただろう。だがその竹中家が今朽木家に集まった。久作殿から見ても朽木の天下取りは揺るがぬという事なのだろう。

久作殿が下がり軍が動き出した。この後は曽根城、大垣城を目指す。曽根城は稲葉氏、大垣城は氏家氏の城であった。両者が滅んだ後は織田氏の直属の城になっている。守備兵はそれほど多くない。味方は四万の大軍、攻略は難しくは無い筈だ。朽木の武威を十分に見せ付けてから稲葉山城を目指す。

稲葉山城の織田三十郎に味方する者は僅かだ。籠城は援軍が有って有効となるもの。足元の弱い三介様が美濃に果たしてどれだけの援軍を送る事が出来るか。それに伊勢には御屋形様が居るのだ、三介様はそちらも気にせざるを得ない筈。中途半端な数の援軍では四万の朽木軍の前に居竦んでいるのが精一杯だろう。孤立しているとなればいくら稲葉山城が堅城と言っても士気は落ちる。攻略にはそれほど手間取らない筈だ。

天正四年（一五八〇年）　十月中旬　　伊勢国三重郡菰野村　　朽木基綱

「良い湯だな、疲れが取れる」

ほーっと息を吐くと重蔵、五郎衛門、新次郎、下野守が〝そうですなあ〟とか〝真に〟とか言って頷いた。皆湯に浸かりながら肩のあたりに湯をかけている。ちゃぷん、ちゃぷんと湯の音がした。

「御屋形様、この湯の山温泉は古くから有るのでございますか？」

「らしいな。京の都が出来る前、つまり奈良に都が有ったころに発見されたらしい。ざっと八百年程前の事かな？」

俺と五郎衛門の会話に他の三人がふーんといった表情で頷いた。もっとも下野守は知っていただろう。蒲生家は伊勢とは強い繋がりが有る。

「怪我に良く効くらしいな。鹿が傷を癒すために浸かりにやって来るらしい。そのため鹿の湯温泉とも言うそうだ」

五郎衛門が〝ほう〟と声を上げた。伝承では薬師如来のお告げでこの温泉を見つけたと言われている。逆だろうな、鹿とかが湯に浸かっているのを見て怪我や傷に効くと判断して利用したのだろう。薬師如来云々はその後で出来た伝承の筈だ。

最初の利用者は鹿、猪、熊だろう。次は地元の猟師かな？　最後は旅人、商人だと思う。千種街道、八風街道を利用する者達が頻繁に利用したのだろう。歩き疲れた者、山賊に襲われて怪我した

者、戦で怪我をした将兵も利用した筈だ。うん、歴史のロマンだなあ。元の世界に居た時、この温泉に入ってそう思った。今また歴史を遡ってこの温泉に入っている。なんか不思議な感じだ。これこそ本当のロマンだな。

この温泉から少し離れた場所に天台宗の大寺院三岳寺が有る。最澄が建立したというからかなり古いし格式も有る寺だ。だが現代ではこの寺は温泉の傍に有る。戦国時代に織田勢によって焼かれたらしい。そして改めて温泉の傍に再建されたのだそうだ。この世界では焼かれていない。だが以前は僧兵を数百人抱える勢力の強い寺だったようだが伊勢が朽木領になってからは五十人程に縮小されている。

俺が怖いらしい。そうだろうな、比叡山は焼いたし長島も潰した。武力を保持していると潰されると思ったようだ。五十人の僧兵も夜盗や山賊を防ぐためだと言っているし政にも関わらないと誓っている。今回も俺の所に主だった坊主が挨拶に来た。湯に浸かりに来ただけだと言ったんだが何処まで信じたかな。何と言っても五千近い兵を率いている。

最初は二、三千で良いと言ったんだが皆に駄目だと反対された。五郎衛門、新次郎だけじゃなく下野守も目を剥いて怒った。まあ信長だって小勢で本能寺に居る所を襲われたからな。それを考えて五千の兵を率いる事にした。心配されてちょっと嬉しかったな。そう思った時、信長の事を思った。信長が小勢で京に行った時、誰も止めなかったのだろうかと。死ねば良いと思ったのかな？そう考えるとちょっと寒いわ。まあここは大丈夫だ。兵の他にも伊賀衆、八門が周辺に警戒網を布いている。ここを襲うのは容易ではない筈だ、そして俺を殺すのはもっと難しいだろう。

石田佐吉が小走りにやってきた。膝をつこうとする、お湯で濡れるから〝無用だ〟と言って止めたんだが膝をついた。こいつ、律儀なんだ。

「梅戸左衛門大夫様、千種(ちぐさ)三郎左衛門尉様が御挨拶に参られました」

地元だからな、挨拶に来たか。ここにも律儀者が居るな。

「挨拶など無用だ、共に風呂に入ろうと伝えよ」

「はっ」

「その方も入れ、遠慮は許さん、孫六、新九郎も連れて来い」

「はっ」

加藤孫六、北条新九郎も此処に連れてきた。折角だから皆で温泉に入ろう、良い思い出になる。新たに五人が湯に浸かった。最初は〝ほー〟とか〝はー〟とか言っている。新九郎はまだ身体が細いな。初陣はもう少し様子を見よう。北条家の跡取りなのだ、無理をさせる事は無い。孫六は大分身体が大きくなった。これなら鎧が重いという事も無いだろう。そろそろ初陣だな。佐吉は……、戦働きは無理だな。やはり兵糧方が良いかな？　性格も大分角が取れた様だ。俺から離れても大丈夫だろう。

綾ママと小夜も来れば良かったんだけどな。弥五郎の事が心配でそんな気持ちにはなれないらしい。それどころか俺の事を薄情だと言い出す始末だ。伊勢で三介を牽制(けんせい)するのだと言っても行かないと言い張った。今頃は城で神仏にでも祈っているのだろう。折角の温泉旅行なのに……。愚痴(ぐち)っていても仕方が無いな。

「三郎左衛門尉、亀千代は如何かな？　手を煩わせているか？」

「はっ、まあ何と言いますか……」

歯切れが悪いな、何か有るのか？　俺は労おうと思っただけなんだが……。

「遠慮は要らぬぞ」

「はっ、されば武を好みませぬ」

皆が顔を見合わせた。武を好まぬ？

「三郎左衛門尉殿、亀千代様は文を好むのかな？」

左衛門大夫が問うと三郎左衛門尉が頷いた。

「書物や算盤を好みます」

「兵書は」

「読みますぞ」

「という事は武を嫌いなのでは無く武技を鍛えるのがお嫌いか？」

「刀、槍、弓、嫌がりますな」

あらあら、二人の会話からすると亀千代は文化系らしい。もしかすると草食系男子かな。

「新次郎殿、亀千代様は御屋形様に似たかな？　御屋形様も武技はあまり得手では無かった」

「そうかもしれんなあ」

五郎衛門と新次郎の会話に皆の視線が俺に集まった。何だろう、俺は責められてるのかな？

「確かにそっちの方は得手では無かった。戦も下手だと五郎衛門に笑われたな。随分と落ち込んだものだ」

俺の言葉に皆が吃驚（びっくり）だ。佐吉、孫六、新九郎の三人は必死に感情を押し殺している。

「そういう事もございましたな、あれは小谷城攻めの時でしたか」

「覚えていたか」

「はい、覚えておりますぞ。ですが御屋形様はあの後直ぐに戦上手になられた。頼もしい限りで」

五郎衛門が嬉しそうに言う。

「そうかな、俺には良く分からん」

謙遜（けんそん）では無い。本当に良く分からない。戦上手になったと言うより元から有った知識を上手く利用したという感じがする。

「三郎左衛門尉、近江に戻ったら亀千代と話してみよう。それで良いか？」

「はっ、宜しくお願い致しまする」

「うむ」

好き嫌いが有るのは仕方が無い。だが極端なのは困る。それに文に淫（いん）していると思われるのも良くない。戦国なのだ、周囲からの侮りを受けかねない。それは傅役である三郎左衛門尉、休夢に対する非難にもなる。嫌いでもある程度は武技を習得してもらわないと。

「御屋形様、親というものは子供が大きくなるにつれて悩みが大きくなりますぞ」

下野守の言葉に五郎衛門、新次郎、重蔵、三郎左衛門尉、左衛門大夫が大きく頷いた。なるほど、俺が悩むのはこれからか。段々憂鬱（ゆううつ）になって来た、園の事も近江に戻ったらはっきりさせなければならない、溜息が出そうだ……。

天正四年（一五八〇年）　十月下旬　　近江国蒲生郡八幡町　　蒲生賢秀邸　　蒲生賢秀

自室で父からの文を読んでいると外から〝父上、忠三郎にございます〟と声が掛かった。

「遠慮はいらぬぞ、入れ」

スッと戸が開いて息子の忠三郎が入ってきた。文を脇に置いた。

「只今安芸より戻りました」

「ご苦労だったな」

労うと〝大した事は有りませぬ〟と言って正面に座った。

「安芸は如何であった」

問い掛けると息子の顔が曇った。

「余り良くありませぬ。門徒達が居なくなりましたからな、主の居なくなった田畑が彼方此方にあります。一旦荒れ野に戻ってしまえば戻すのには相当な手間がかかりましょう。明智様も頭を痛めております」

「そうか……」

「兵糧方ではかつての加賀や能登のようになるのではないかと案ずる声も有ります」

加賀、能登か。あそこも人手不足が酷かった。ようやく解消されてきたと聞いたが……。

「明智殿も苦労するな」

「はい。ですが某は安芸は加賀や能登ほどには酷くはならないと考えています」

〝ほう〟と声を上げると忠三郎が〝嘘では有りませぬぞ〟と胸を張った。

「加賀は能登は冷害や凶作に悩まされました。その所為で人の移住が進まなかったと聞きますし移住しても逃げ出す者が少なくなかったとも聞きます。加賀や能登に比べれば安芸は随分と暖かいようです。近江と比べても暖かい、天候に悩まされる事は無いでしょう。それに雪も積もりませぬ。冬は街道の整備や町作りで銭を与える事が出来ます」

「となれば如何に人を集めるかが肝要か」

息子が〝はい〟と頷いた。

「その面でも安芸は恵まれております。瀬戸内は交易だけでなく人の移動も活発です。人を集める事は難しくは有りませぬ」

「なるほど」

「今安芸で何が起きているか、父上はお分かりになりますか？」

息子が笑みを浮かべながら問い掛けてきた。

「はて、何であろう」

「寺の普請です。打ち払われた一向宗に代わって曹洞宗、臨済宗、浄土真宗の高田派、佛光寺派、心和派が安芸に進出しました。人手不足で人足への支払いは高騰しています。銭目当てで集まる者もいましょうが賑わっているとなれば暮らし易いと思う者も居る筈です」

胸を張って言う息子が可笑しかった。声を上げて笑った。

「如何なされました？」

息子が不思議そうな顔をしている。その事も可笑しかった。

「いや、そなたも立派な兵糧方だと思ったのよ。昔は軍略方に行きたいとぼやいていたが……」

今度は息子が笑い出した。

「そのような事もございましたな。御祖父様にお役目をなんと心得るかと大層怒られた事を覚えております」

「そうじゃの」

二人で声を合わせて笑った。

「楽しいかな？」

「はい、兵糧無しでは戦は出来ませぬ。それは分かっておりました。しかし実際に兵糧を用意する、戦場に送る、そのために何が必要かは分かっていなかったと思います。街道を整備し拠点を設け兵糧を管理する。領内を安定させなければなりませぬし銭も用意しなければならない。商人との関係も密にする必要が有ります。戦場で戦うというのは戦の一場面でしかないと思い知らされました」

息子の表情にも声にも曇りは無かった。負け惜しみではなく心からそう思っているのだろう。

「良い事じゃ。昔のそなたは血気に逸るところが有った。その事を私も父上も案じていたのだがもう大丈夫そうじゃの」

「ご心配をお掛けしました」

息子が頭を下げた。

「御屋形様に感謝するのだな。御屋形様もそなたの事は案じていた」

「はい。……御屋形様ですが伊勢に湯治と聞きましたが？」

「うむ、鹿の湯温泉じゃ」

息子が〝はーっ〟と息を吐いた。

「若殿が美濃攻めの最中ですが……」

「護衛の兵は五千ほどだが伊勢で兵を集めればたちまち万を超える。三介様は伊勢の御屋形様を無視は出来ぬ」

「なるほど、若殿への援護でございますか」

息子が得心が行ったというように頷いた。

「そう思ったのだがな、鹿の湯では随分と楽しんでいるらしい。父上から文が届いた。これじゃ」

忠三郎に文を差し出すと受け取って読み出した。文には梅戸や千草、伊賀衆が来て話が弾んだと書いてある。読み終わると息子が困ったような表情を見せた。

「確かに父上の仰られる通りですな。随分と楽しんでおられるようで」

「まあ偶には息抜きも必要という事だろう。相談役は激務だからな」

笑ったが息子は笑わない、妙な表情のままだ。

「如何した？」

「いえ、……御祖父様は昔は御屋形様と酷く敵対していたと時折聞きます。真でございますか？

某には如何見ても御祖父様は御屋形様の信任厚い相談役、献身的に仕える重臣にしか見えませぬが……」

首を傾げている。なるほど、それか……。

「そうよな。私にもそのようにしか見えぬ。……そなたは観音寺崩れと呼ばれる騒動が起きた時、幾つであったかな？」

「七歳、いや八歳になっていたかもしれませぬ」

覚束なげな表情をしている。

「ならばあの頃の事を多少なりとも覚えておよう」

「はい、随分と慌ただしかった、騒めいていたと思います。皆が不安そうな表情をしておりました」

「そうだな、……あの騒動で六角家は没落した」

「……」

息子が曖昧な表情で頷いた。

「フッ、そなたには実感は有るまいがあの騒動が起きるまで六角家は南近江を中心に伊賀、伊勢、大和の一部に勢力を伸ばし二万以上の兵を動かす有力大名であった。三好家も六角家には一目置いていた。管領代定頼様、左京大夫義賢様と力量の有る当主が続き六角家は栄えていたのじゃ。……父上はその管領代様と左京大夫様に仕えた。六人衆と称され六角家の繁栄を支えたお方であった」

「……」

「御屋形様が朽木家を大きくし始めたのが観音寺崩れが起きる数年前の事だ。六角家とは婚姻により同盟関係を結んだ。北の朝倉への抑えにという事だったが戦国乱世だ、油断は出来ぬ。御屋形様を危険視する者も居た」

息子が頷いた。

「御祖父様ですね」

「父上だけではない、他にも居た」

「……」

その一人が右衛門督様であった。右衛門督様の御器量は御屋形様には及ばなかった。いや、大分劣っただろう。御自身でもその事が分っていた筈だ。不安だったのだと思う、だから御屋形様を酷く敵視した……。

「父上が御屋形様を危険視したのは六角家の繁栄を守りたいと思ったからだ。他に理由は無い」

「……ですが観音寺崩れが起きました」

「そうだの」

シンとした。美濃攻めを失敗したとはいえ強大と言って良い六角家があの騒動であっという間に転落した。御家騒動の恐ろしさというものを身をもって実感した……。

「騒動が起きた後、父上は懸命に六角家を守り盛り立てようとした。だが新たに当主となられた左京大夫輝頼様はそんな父上を疎んじられた」

「傍に居た幕臣達が御祖父様は右衛門督様に近いと中傷したと聞いています」

「たとえ幕臣達が居なくても父上は左京大夫様に疎んじられただろう。右衛門督様に近いというのは言い掛かりでしかない。本心は父上が邪魔だったのだ」

「……邪魔」

息子が呟いた。そう邪魔だったのだ。だから父が隠居すると何もしなかった。〝忠三郎〟と声を掛けると息子が〝はい〟と答えた。

「養子というのはな、自分の家ではなく他家を継ぐ。だがその家には元々の家臣達が居るのだ。その家臣達にしてみれば養子というのは余所者だ。となれば当然だが家臣達は養子よりも家を重視する。我の強い養子の場合、自分を蔑ろにしているのではないかと不満を持つ事が少なからず有る」

「……それが左京大夫様と御祖父様の間で起きた……」

「そういう事だ、まあ養子だけとは限らぬがな」

右衛門督様と後藤但馬守殿の関係もそれに近かった。但馬守殿は右衛門督様の面目よりも六角家の安泰を重視した。その事が右衛門督様には自分を軽視していると見えたのだろう。

「父上が隠居を決められた時の事は今でも覚えている。あの時、父上は私に目立つな、蒲生の家を保つ事だけを考えよと仰られた。六角家の事はどうするのかと問うと捨て置けと吐き捨てられた」

「なんと……」

忠三郎が呆然としている。

「無念であられたのだろうな。六角家のために懸命に尽くしている自分を疎んじ隠居に追い込む。六角家に見切りを付けざるを得ない、それまでの全てが無駄になったと思われたのだろう」

「かもしれませぬ」

忠三郎の表情が暗い。父を尊敬しているからな、父の心中を思って遣る瀬無くなったのだろう。

「その時、御屋形様の事を訊いた。朽木はどうなるのかと」

「御祖父様はなんと？」

「御屋形様の事をしぶとい、追い込まれても跳ね返す強さが有ると楽しげな口調で仰られた。妙な事であった、誉めるのも珍しければ楽しげな口調も珍しかった。だが六角家から離れれば素直に力量を認められるという事だったのだと思う」

息子が頷いた。

「六角家が滅んだ後、御屋形様が父上を相談役にと望まれた」

「驚かれましたか？」

「勿論だ。私だけではないぞ、六角家の旧臣達、いや朽木家の家臣達も驚いていたな。父上も驚かれていた」

「御祖父様がですか？」

忠三郎が驚いている。まあ父が驚くなど滅多にある事ではないからな。

「もちろん断る事など出来ぬ。出仕為された。御屋形様とも話し合い過去は問わぬ、表裏無く御屋形様に仕えるという約束をされたがそれからは頻りに御屋形様の事を不思議な方だ、自分の考え付かぬ事を考えられると言っていた」

「楽しそうでございましたか？」

忠三郎が笑みを浮かべながら問い掛けてきた。

「隠居して暇を持て余していた時に比べれば十は若返られたわ」

私が笑うと忠三郎も笑った。

「御屋形様は父上を信頼し父上は御屋形様の信頼に応えた。主君と家臣が心を一つにして家を大きくする。理想では有るが実現するのは簡単な事ではない。父上は管領代様、左京大夫義賢様の下でその理想を叶えられた。だがそれは観音寺崩れで失われた。そして御屋形様の下で取り戻したのだ」

忠三郎が大きく頷いた。そして笑みを浮かべた。

「良く分かりました。しかしどうにも信じられませぬ。真に御屋形様と御祖父様は敵対していたのでございますか？」

こやつめ……。

「さあ、どうであろうの」

私が笑うと忠三郎も笑った。否定は出来ぬわ。真、あれは本当の事だったのかと思う自分でも思うのだ。困ったものよ……。


天正四年（一五八〇年）　十月下旬　　尾張国春日井郡　　清州村　　清州城　　木下長秀

兄の部屋に四人の男が集まった。兄、私、蜂須賀小六（はちすかころく）殿、前野将右衛門殿。皆表情は暗い。部屋には重苦しい空気が漂っていた。

「では三介様は美濃へは兵を出さぬと？」

「そうだ」

「美濃を捨てると言うのですな」

「諄いぞ、小一郎」

兄が顔を顰め私を見て息を吐いた。

「良い機会なんじゃ。ここで兵を出し三十郎様を救う。そうなれば三十郎様だけではない、織田家の誰もが三介様を織田家の当主として認めるだろう。織田家は三介様の下に一つに纏まるんじゃ」

「その事を御重臣方は」

「当然申し上げたぞ、小一郎。だが三介様は兵を出されん」

「……三十郎様が邪魔だから見殺しにすると？」

小六殿の問いに兄が首を横に振った。

「それも無いとは言えん。だが一番の理由は三介様は怯えておるんじゃ。美濃の国人衆は皆朽木に付いた。遠山も今回は様子見をしておる、援軍は無い。稲葉山城は美濃の真ん中で孤立しておる。御重臣方の話ではそのような所に助けに行けるかと言われたらしい」

小六殿と将右衛門殿が顔を見合わせた。

「後詰しなければ織田は頼り無しと国人衆に思われますぞ」

「小六の申す通りです、たとえ負けても美濃に兵を出さなければ……。御重臣方はその事を申されなかったのですか？」

頼り無しと思われれば国人衆の離反を招く。それは織田家の崩壊を招くだろう。それに兵を出せば遠山一族が呼応する可能性もあるのだ。敵の総大将は亜相様ではない、勝ち目は有る。

「申し上げたそうじゃ、だが三介様はお採り上げにはならなかった」

「……」

「美濃の国人衆は自分に敵意を持っている、行けば自分の首を求めて攻めて来よう、そう申されたらしい」

「それは大方様を幽閉するからでは有りませぬか」

今更何を言っているのか！　兄が私を見た。口調が強かっただろうか？

「その通りじゃ、小一郎。怒ったか？　御重臣方も腹を立てておる。自分達が反対したのに押し切った。その挙句がこの有様じゃとな」

兄が吐き捨てた。兄も怒っているのだと思った。

大方様は美濃の出、亡き殿は御嫡男勘九郎様を大方様の養子とする事で美濃を掌握する一助とされようとした。亡き殿は大方様に相応の敬意を払われていたのだ。美濃の国人衆にとってそれは自尊心をくすぐる事であっただろう。だが三介様はそれを踏み躙（にじ）った。美濃の国人衆が反発する事は目に見えていた。三介様は国人衆の気持ちに余りにも無関心であり過ぎる。

「それに亜相様が伊勢に居られるからの。美濃に向かえば亜相様が尾張に攻め込もう。そうなれば織田軍は美濃で行き場を失う、全滅しかねぬ、そうも申されたそうじゃ」

確かに亜相様は伊勢に居られる。だが兵は五千、尾張に攻め込むには少なすぎる。亜相様が伊勢で兵を集める様子は無い、おそらくは牽制の筈。

「御重臣方はあれは牽制だから十分に手当てをすれば問題無いと申し上げたんじゃ。だが納得されぬ。亜相様が怖いんじゃろう」

「……」

「三介様は尾張に兵を集めるようにと指示を出された」

兄の言葉に小六殿、将右衛門殿と顔を見合わせた。

「尾張なら美濃から攻められても伊勢から攻められても対処出来る、そうお考えの様だ」

「馬鹿な、合戦の際は必ず敵の領内に踏み込んで戦う。たとえ畦道一本でも踏み込んで戦うのが織田家の戦では有りませぬか」

「……」

兄は無言だ。将右衛門殿の言葉に唇を噛み締めている。

「殿、伊勢を襲いますか？」

小六殿が押し殺した口調で問い掛けてきた。兄は無言だ。

「殿？」

兄が首を横に振って〝無用だ〟と答えた。

「亜相様に備えが無いとは思えん。丹波の者達の事を覚えておろう。俺はお主達を三介様のために無駄に失いたくない」

小六殿がチラと将右衛門殿を見た。将右衛門殿は無言だ。

「では、亜相様の下に人を送りますか？」

小六殿が兄をじっと見ている。兄がまた首を横に振った。

「三介様のために死ぬつもりは無いが織田を裏切る事はしたくない」

「……」

「済まぬ、いずれは決めねばならぬのは分かっている。だが未だ決められぬのだ。済まぬ」

兄が頭を下げた。

「いえ、殿の御気持ち良く分かりました。我らを無駄死にさせたくないとの御言葉、何より嬉しゅうござる」

「小六の申す通りでござる。ですが時は余り有りませぬ。御覚悟だけはお早めに願いまする」

小六殿、将右衛門殿が頭を下げた。

確かに時は無い。三介様が美濃を捨てた以上、国人衆も三介様を、織田家を捨てるだろう。一気に織田家は崩壊する。覚悟を決めなければならない……。

軍神

天正四年（一五八〇年）十一月上旬　越後国頸城郡春日村　春日山城　長尾綾

廊下を歩く足音が荒い。小姓に呼び出しを受けて弟の所に行っていた夫が戻ってきた。足音の荒さから何かが起きた、悪い事が起きたと分かった。

「如何なされました？」

「蘆名が蒲原郡に攻め込んできた」

「蘆名が！」

驚いて問い返すと夫が頷いた。そしてドスンと音を立てて坐った。蘆名が攻め込んできた……。

喜平次が関東に出兵した隙を突いて蘆名が……。

「津川口から蘆名勢三千が押し寄せてきた。蘆名勢の大将は金上右衛門大夫だ。白河庄の安田治部少輔から報せが有った」

金上右衛門大夫、蘆名の重臣中の重臣、そして津川城の城主。越後の内情には詳しい筈。その金上右衛門大夫が寄せ手の大将、三千の兵を率いて来たという事は蘆名の覚悟はかなりのものという事なのだろう。夫の表情が険しいのもそれを思っての事かもしれない。

「治部少輔殿は？」

「近隣に報せを出した。援軍を待って蘆名勢を食い止めるつもりだ」

「上手く行きましょうか？」

「……」

夫は無言だ。安田治部少輔長秀、弟に従って数多の戦を凌いだ勇将とはいえ歳は六十を越え隠居の身。跡継ぎの新太郎堅親は喜平次に従って関東へ出兵しているから兵も少ない筈。果たして防げるのか。

「喜平次の留守を狙ったという事でしょうが徳川との関係は？」

気になる事を訊ねると夫が〝分からん〟と首を振った。

「徳川は苦しい立場にある、上杉を牽制する勢力と手を結ぼうとしてもおかしくは無い。そして蘆名が北関東に勢力を伸ばすには上杉が邪魔だと考えてもおかしくは無い。此度の蘆名の動き、偶然かもしれぬし或いは徳川と繋がっているのかもしれぬ。未だ判断出来ぬ」

〝分からん〟、〝判断出来ぬ〟、でも怪しんでいる。夫は間違いなく繋がっていると考えている。

「伏嗅からの報告は？」

夫が顔を顰めた。

「蘆名は代替わりしたばかりだ。こちらはあまり重視していなかった。伏嗅からは徳川の忍び、或いは風魔らしき者達が関東で活発に動いているという報告は上がっていたが……」

蘆名は無警戒だった。そこを突かれたという事……。でも風魔？　亜相様に付いたと聞いているが……。

「喜平次を呼び戻さなければ」

夫が首を横に振った。

「それはならぬ。今呼び戻せば喜平次の立場を弱めかねぬ。慌てふためいて越後に戻ったと笑われよう」

「ですが金上は先陣でございましょう。後詰が有る筈、金上を会津に押し戻さなければ厄介な事になりましょう」

もう直ぐ雪が降る。おそらく今回は拠点作りが狙いの筈。本格的な侵攻は来年になるだろう。それを許してはならない。兵力が要る。金上を会津に押し戻し蓋をする兵力が。その為には喜平次を呼び戻さなければ……。夫が私を見た、目が据わっている。

「綾、それをやれば徳川の思う壺だ。もし徳川と蘆名が繋がっていないならこれを機に繋がる事になるだろう。喜平次を戻す事は出来ぬ」

「……では蘆名への対処は」

問い掛けると夫が顔を顰めた。

「御隠居様が出られる」

「御隠居様？」

思わず声が高くなった。弟が出る？　夫が更に顔を顰めた。

「自分が出るだけで蘆名を封じられようと申される。蘆名の動きを封じるにはこれが一番良いと。否定は出来ぬ」

「ですが」

「分かっている。御身体の事を考えれば賛成は出来ぬ」

「……」

「御止めしたのだがな、自分が蒲原郡に援軍に行くと申し上げたのだが聞き入れて貰えなかった」

弟は戦場に出たいのかもしれない。ここ最近身体の具合も良い、軍神と謳(うた)われた弟には城に居るだけの今の生活に不満が有るのだろう。

「それにな、綾。あの地で戦うとなれば揚北衆が主力となる。儂では十分に統率が執れぬかもしれぬ。そなたもそれは分かろう」

「はい」

「御隠居様が自ら出陣を決められたのはその辺りも案じての事なのだ」

「……」

夫の口調が苦みを帯びている。上田長尾家は決して越後で信を得ていない。夫の父の代に上田長尾家は叛服(はんぷく)常無き家と誹(そし)られた。その誹謗(ひぼう)は未だに払拭されていない。喜平次の上杉家継承が簡単では無かったのはその所為だ。

「ですが馬には……」

「輿(こし)を使うと申される」

輿を。

「それでな、綾」

「はい」

「……」

夫が困った様な顔をしている。

「如何なされました？」

夫が息を吐いた。何事？

天正四年（一五八〇年）十一月中旬　近江国蒲生郡八幡町　八幡城　吉川経信

大きいと思った。目の前には巨大な美しい城が聳え立っている。吉田郡山城も大きかったが目の前の城のような美しさはなかった。それに町の賑わいが凄い。人が溢れ物が溢れている。こんなにも豊かな町が在るとは……。これが朽木権大納言様の居城、八幡城か……。

「如何なされました？　次郎五郎様、藤四郎様」

恵瓊の言葉に我に返った。恵瓊が可笑しそうに私と藤四郎殿を見ている。どうやら度肝を抜かれていたのは私だけではなかったようだ。

「さあ、これから亜相様に御挨拶致します。粗相はなりませぬぞ」

藤四郎殿と共に〝はい〟と答え歩き出した恵瓊の後を追った。

朽木家に人質として赴く。毛利家中では随分と反対する者も居たと聞く。でも父と叔父、何よりも右馬頭様がそれを必要だと判断し押し通した。毛利は朽木に降伏したのであり朽木に仕える身なのだという事を皆に理解させるためだ。安芸一向門徒の騒乱では毛利家内部でもそれに加担しようと主張する者が多かった。朽木家に負けたと納得していない者が居るのだ。安芸の騒動は朽木の圧勝で終わった。反朽木感情を強く持つ者達も気落ちしただろう。私と藤四郎殿が人質になるのは今一押しが必要だという事だ。

もっとも父からは朽木家で色々と学んで来いと言われている。権大納言様がどのような天下を目指されるのか、間近で見て来い、得難い経験になる筈だと。藤四郎殿も同じような事を叔父上に言われたようだ。確かにこの賑わいを見ただけで朽木の豊かさが分る。天下第一の富強というのは誇張ではないのだ。この豊かさを見れば反朽木感情を持つ者達も度肝を抜かれるだろう。

城中に入ると直ぐに謁見の間へと通された。待つ事も無く人が入ってきた。恵瓊が頭を下げる。私と藤四郎殿も頭を下げた。

「恵瓊、久しいな」

声が掛かると恵瓊が頭を上げた。私と藤四郎殿も頭を上げた。上座に人が居た。そして両脇にも人が居た。結構年は行っているだろう。だが眼光は鋭い。朽木の重臣にふさわしい威圧感があった。上座の人は権大納言様だろう。二十代後半ぐらいに見える。身体は余り大きいとは感じない。顔立ちも特徴はない。出来ればもう少し近くで見たいと思った。

「御久しゅうございまする。権大納言様には御健勝の御様子。恵瓊、心からお慶び申し上げまする」

「ああ、有難う。伊勢国に湯治に行っていた。疲れが取れたのだろう。頗る調子が良い」

「左様でございますか」

「鹿の湯温泉というのだがな、なかなか良い。御坊も行ってはどうかな？　疲れが取れるぞ」

声が明るい、調子が良いと言うのは嘘ではないだろう。

「行きたいとは思いまするがそれには主、右馬頭の許しを得なければなりませぬ」

「そうだな、遊び惚けていると思われるか。宮仕えは辛いな」

「はい」

権大納言様と恵瓊が声を合わせて笑った。恵瓊は権大納言様と親しいらしい。ちょっと驚きがあった。

「恵瓊よ、朽木に人を出したい、色々と学ばせたいという書状は受け取っている。後ろの二人かな？」

「はい、吉川次郎五郎経信、小早川藤四郎元総にございまする」

名を呼ばれた時に頭を下げた。

「ふむ、駿河守殿の息子と左衛門佐殿の息子か。藤四郎は養子であろう。亡き陸奥守殿の息子だな？」

「良くご存じでございますな」

恵瓊が驚いている。自分も驚いている。毛利家の内情に詳しい。いや、小早川家を重視して調べているという事だろう。当然吉川家の事も調べているに違いない。

権大納言様が〝ふむ〟と鼻を鳴らした。

「家中が落ち着かぬか。安芸の騒動の時は随分と苦労したと聞く」

「はい」

「それを抑えるため、でもあるな」

「はい」

「朽木は人質は取らぬぞ。人質を取った事で油断はしたくないのでな」

用心深いと思った。普通は人質を出せば屈したと思う筈、だがそれを油断だと考えておられる。

「分かっております。それゆえ見聞を広めさせたいと思っております。亜相様、弥五郎様の御傍で仕えさせたいと。御許しを頂けましょうか？」

権大納言様がジッと私達を見た。

「次郎五郎、藤四郎、此処に来て何か気になった事は有るかな？」

権大納言様が問い掛けてきた。穏やかな表情だ、でも気圧されるような感じがした。

「城下の賑わいに驚きました」

私が答えると藤四郎殿も〝某も同様にございます〟と答えた。権大納言様が頷かれた。

「この近江は東西南北に道が通じている。そして国の中央には淡海乃海がある。発展し易いのだ。まあ、その辺りは徐々に分かってくるだろう」

「はい」

「それに賑わいというならここよりも堺や敦賀、伊勢の大湊の方が賑わっているだろう。ここに来る途中、堺には寄らなかったのか？」

「見聞のために陸路を使いましたので見ておりませぬ」

私が答えると権大納言様が〝そうか〟と仰られた。

「それは残念だったな。いずれ行ってみると良いだろう」

「……」

権大納言様が恵瓊に視線を戻した。

「恵瓊よ、望み通り二人は俺が預かる。折を見て一人を弥五郎に付ける。それで良いな？」

「はっ」

「二人には邸を与える。今造っているところでな、出来上がるまでは城内で過ごすがよい。部屋は用意してある。後で小姓に案内させよう」

「有難き幸せ。宜しくお願い致しまする」

恵瓊が頭を下げたので私と藤四郎殿も頭を下げた。

「美濃攻めは順調でございましょうか？」

「稲葉山城を囲んだ。三介は美濃の三十郎を切り捨てたようだな。後詰はせぬようだ」

恵瓊が〝なんと！〟と声を上げた。驚いた、私も藤四郎殿と顔を見合わせた。藤四郎殿も驚いている。後詰をしない、家臣を切り捨てるとは……。それでは他の家臣達に見離されるだろう。

「俺が伊勢にいたからな。尾張を離れては攻め取られるとでも恐れたのだろう」

「なるほど、そういう事でございましたか」

恵瓊が大きく頷いた。頭が落ちそうだ。

「俺は湯に浸かっていただけなのだがな、三介は怯えたようだ」

権大納言様が笑みを浮かべている。怖いと思った。何もしていないように見せて織田三介を動けなくしたのだ。

「後詰が無いとなれば……」

「そうだな、稲葉山城は堅城だが保たぬだろう。稲葉山城が落ちれば織田も長くはあるまい。皆が三介を見離す筈だ」

「左様ですな」

織田が滅ぶ、東海道に覇を唱えた織田が滅ぶ。その分だけ朽木の天下は盤石になる。そうなれば反朽木感情の強い毛利家家臣達も大人しくなる筈だ……。

「まあ、此処一、二年のうちに織田を滅ぼす、帰ったらそう伝えてくれ。東海道が落ち着き次第、次は九州攻めになる」

「必ずや、そのように」

恵瓊が畏まった。その時は毛利も出兵する事になる。それまでに家中をしっかりと押さえておけという事なのだと思った。

天正四年（一五八〇年）十一月中旬　美濃国　方県郡　井ノ口　稲葉山城　鈴村親永

「もはや十分でござろう、降伏されては如何か。何度も申し上げるが三介様の後詰は有りませぬぞ」

稲葉山城の広間に降伏を促す使者、不破太郎左衛門尉光治殿の声が響いた。城主織田三十郎信包様、森三左衛門可成様を始め稲葉山城に詰める主だった者は無言を保っている。反発する声が無いのは皆が内心では降伏も已む無しと考えているからだろう。

「後詰が無ければ如何に稲葉山城が堅城でも守り切る事は出来ませせぬ。三介様は織田家の主として為さねばならぬ事を怠った。お手前方が降伏しても誰も誹る事は有りますまい」

「……」

「此処で討ち死にしては無駄死にでござるぞ！」

太郎左衛門尉殿が声を張り上げた。その言葉に嘘は無い。ここで降伏しても織田三十郎様、森三左衛門様を誹る者は居ないだろう。ただ一人、三介様を除いては……。

　太郎左衛門尉殿が息を吐いた。

「某も織田家に仕えた身、家を潰さぬために三介様を見限ったが決して心地良いものではない。それを思えばお手前方に降伏を勧めるのは心苦しい。しかしこのままではお手前方は無駄死にする事になろう。それを黙って見ている事は出来ぬ。……降伏なされよ」

　説得というよりも哀願するような口調だった。三十郎様が一つ息を吐いて〝太郎左衛門尉殿〟と声を掛けた。

「お気遣い忝い。お疲れであろう、しばらく別室でお休み頂けぬかな。その間に我らも進退を定めたい」

「承知致しました」

「太郎左衛門尉殿を控えの間にお連れ致せ。丁重にな」

　三十郎様の命に控えていた小姓が立ち上がった。〝こちらへ〟と太郎左衛門尉殿を先導する。多分、太郎左衛門尉殿は我らが降伏すると察しただろう。内心では安心している筈だ。二人が部屋を出ると重苦しい空気が広間に漂った。

「済まぬな。儂が城主でなければ三介様も後詰をしたかもしれぬ」

「……」

　三十郎様が苦い口調で謝罪したが皆、無言だ。責めているのではない、言葉を掛けられずにいるのだろう。

「織田家も、もう終わりだな」

彼方此方で頷く姿が有った。三介様の後詰さえあればこの稲葉山城は落ちなかった。そして三介様は三十郎様をしっかりと押さえ付ける事も出来た。だが三介様にはそれが分らない……。

「所詮は兄上お一人か……」

「……」

三十郎様が三左衛門様に視線を向けた。

「三左衛門殿、御助勢忝い。だがこれまでじゃ、三介様の後詰が無いのに皆に戦って死ねとは言えぬ。太郎左衛門尉の申す通りよ、無駄死になる……」

三左衛門様が一つ息を吐いた。

「……已むを得ぬ仕儀かと存ずる」

二人が頷きあった。三十郎様が皆を見渡した。

「降伏する」

「……」

降伏という言葉が耳に響いた。この稲葉山城が落ちた。不思議だった。敵はこの城を囲むだけでまともな戦などしていない。それでも落ちた……。

「これ以後の事だが尾張に戻るも良し、朽木に仕えるも良し、各人自由にせよ」

「……」

「儂は織田家を離れ朽木に仕える事にする。尾張に戻れば此度の敗戦を責められ腹を切れと言われよう。だが儂には腹を切る理由は無い！」

強い口調だった。三介様に強い憤懣が有るのだ。三十郎様には懸命に稲葉山城を守り美濃を守ってきたという自負が有る。腹を切るのは三介様の方だとお考えなのだろう。

「某は尾張に戻ります。小牧山城には人質も居ります故……」

三左衛門様の言葉に三十郎様が頷かれた。

「気をつけられよ。三介様はお主が自分を恨んでいるのではないかと疑う筈じゃ。織田の重臣達はお主を庇おうが油断は出来ぬ。庇えば庇う程に疑いの心は強くなろう。用心が肝要じゃ」

三左衛門様が〝確かに〟と言って頷いた。

「皆にも言うておく。尾張に戻るならば決して今回の戦の事で不満を漏らすな。お主等を陥れようと思う者が居れば必ず三介様に後詰の件で不満を持っていると吹き込もう。命を失う事になるぞ」

その通りだ、我らも用心が要る。皆が頷いた。

三十郎様が一つ息を吐いた。

「太郎左衛門尉に降伏すると伝えようか」

嗚咽が聞こえた。泣いている者が居る。一人、……二人、……三人。少しずつと増えていった。

太郎左衛門尉殿に降伏を伝え大まかな段取りを付けると城中はその準備で忙しくなった。自分もその準備に追われていると小姓が〝源十郎殿〟と声を掛けてきた。

「何用かな？」

「三十郎様が自室にてお待ちでございます」

「分かった」

はて、三十郎様が……。常とは違う、降伏を決めた後だ。御信任を頂いていたとは思うが一体何用であろう。疑念を持ちながら三十郎様の許へと急いだ。

部屋の前で膝を突き息を整えた。

「源十郎にございまする」

「入れ」

〝失礼致しまする〟と声を掛けて部屋の中に入った。部屋の中では三十郎様が火鉢で文を焼いているところだった。三十郎様が俺を見て頷いた。

「忙しいところを呼び出してしまったな」

「いえ、そのような事は」

「日頃片付けているつもりでも存外に溜まっているものだ」

「……」

三十郎様が脇に置いた文の山から一つを取り開いた。そして〝要らぬな〟と吐くとクシャクシャに丸めて火鉢に入れた。火がついて黒く焦げていくのをじっと見ている。三十郎様が視線を上げて俺を見た。

「尾張に戻るのか？」

「……迷うておりまする」

答えると三十郎様が頷かれた。

「そうじゃの、既に家を立てた身、尾張に戻るか、織田を離れるかは自由よ。まして三介は人の上に立てる器量ではない。愛想も尽きよう」

三介と呼び捨てにした。皆の前ではない、言葉を飾る必要は無いという事か。いや、織田を離れる以上遠慮は無用という事かもしれぬ。

「だが、尾張に戻った方が良かろう」

「……やはり、左様に思われますか……」

三十郎様が〝うむ〟と頷かれた。そしてまた一つ文を読むと〝これも要らぬな〟と言って火鉢に入れた。

「儂は妻も子も此処に居る。だからこのまま離れられる。ふむ、三介が疑ったのはそれの所為かもしれぬな。人質を置けば信じたかもしれぬ。だがあの阿呆に人質を預ける気にはなれぬな」

三十郎様が苦笑なされた。

「妻子が此処に居るのは某も同じにございまする」

「だが岩作が有ろう。それを忘れてはなるまい」

「……」

三十郎様が文を取り上げ開いた。そして俺を見た。笑みが有る。

「兄上からの手紙じゃ。燃やせぬの」

文を脇に置いた。一つ息を吐かれた。

「今の三介には余裕が無い。そなたが織田を離れ朽木に行けば必ず岩作の鈴村を三介は疑う筈じゃ。そして朽木との戦になる前に潰すだろう。そうする事で他の者が寝返るのを防ごうとする筈だ」

「鈴村はそれほど大きな家では有りませぬが」

「岩作は瀬戸に近い、目立つ。そして小さいから潰し易い」

「……」

そうかもしれない。みせしめとして狙われる可能性は有るか……。

「暫くは動かぬ事じゃ。広間でも言ったが美濃から戻った者は疑いの目で見られる筈だからの」

三十郎様が〝用心、用心〟と呟くように言った。

「そなたの弟は朽木に仕えていたな」

「はい。末の弟で随分と前に家を出ております。音信も有りませぬ」

昨年、小田原の敗戦後に小牧山の邸を訪ねて来たらしい。だが朽木家からの使者の同行者だったようだ。兄の文によれば先殿が亡くなられた事による影響を確認していたのではないかと書かれていた。

「だが疑おうと思えば疑える。そうであろう？」

「はい」

「ならばこそ用心よ。儂とて考えないでもなかったのだぞ。そなたを使って朽木の動きを探れぬかとな」

「……」

「だが妾腹の弟で家を飛び出したと聞いたのでな。そなたに無理を強いる事になると思って止めたのだ」

「そのような事が……」

気遣って貰ったのだと思った。

「お気遣い頂きました事、有り難うございまする」

礼を言うと三十郎様が軽くお笑いになった。

「なんの、儂が気乗りしなかっただけよ。礼を言われるような事ではない」

「それでもお気遣い頂いた事には変わりませぬ。それに改めて鈴村の家が危険だと分かりました。有り難うございまする」

三十郎様が照れたような笑みを浮かべられた。

「兄上が生きておられればの、斯様な想いはせずに済んだのに……。愚痴じゃの」

「……」

「織田に仕える者達はこれから厳しい選択を迫られよう。堅固で暮らせ」

「はっ、有難うございまする。三十郎様もお健やかに」

「うむ、そうじゃの」

三十郎様が寂しそうに頷かれた。厳しい選択を強いられるのは三十郎様も同じだろう。朽木は織田攻めに必ず三十郎様を使う筈だ。そしてそれを断る事は出来ない……。

「さて、早くこれを片付けねばの」

三十郎様が文を取り上げて開いた……。

天正四年（一五八〇年）　十二月中旬　　近江国蒲生郡八幡町　　八幡城　　朽木堅綱

帰還の挨拶と美濃攻めの報告をと思って父上の御都合を伺うと直ぐに大広間で会うとの答えがあった。大広間の上座には父上が、左右には朽木の重臣達が控えている。こちらは私が父上の正面に、後ろには竹中半兵衛、山口新太郎、浅利彦次郎、甘利郷左衛門が控えた。

「父上、弥五郎堅綱、美濃一国を平定し只今戻りましてございまする」

「よくやったな、弥五郎。短い期間で美濃を制した事、真に見事だ」

父上の声が明るい、左右の重臣達が満足そうに頷いている。顔が熱くなった。

「過分なお言葉、恐縮致しまする。皆に助けられて何とか務めを果たしました」

「……半兵衛、そなたから見て弥五郎は如何であったかな。思うところを述べよ、遠慮は要らぬぞ」

半兵衛が〝されば〟と言った。声に笑みがある。何を言うのだろう？

「若殿は悪戯に功に逸る事無く危なげ無く四万の兵を動かしました」

父上が声を上げてお笑いになった。

「良かったな、弥五郎。危なげ無いと評価されたぞ」

「はっ」

誉められたのだろうか？

「総大将として初めて兵を率いたのだ。十分過ぎる程の評価よ」

「はっ、畏れ入りまする」

また父上がお笑いになられた。重臣達も笑っている。漸く評価されたのだ、認められたのだという実感がわいた。

「半兵衛、新太郎、彦次郎、郷左衛門、良く弥五郎を支えてくれた。礼を言うぞ」

〝畏れ入りまする〟、〝恐縮至極にございまする〟と半兵衛達が答えた。

「弥五郎、如何であったかな。初めて総大将を務めたが何を感じた？」

「緊張しました。皆に助けられ助言を受け軍を動かしましたが常に自分の決断が正しかったのかと自問する毎日でございました」

「……苦しかったか？」

〝はい〟と答えて改めて実感した。苦しかったのだと。父上がジッと私を見ている。

「そなたはその苦しさに耐えなければならぬ。大将とはそういうものだ」

「はい」

「どれほど助言を受けようと決断するのは大将であるそなたの役目、そして決断した以上、その責任を負うのもそなたの役目だ。他人に転嫁することは出来ぬ」

「……」

「今回の美濃攻めでそなたはその事を学んだ。一番大事な大将としての心構えを学んだのだ。兵の動かし方、戦の仕方は追い追い学んで行けば良い。良くやったな、ご苦労であった」

鼻の奥にツンとした痛みが走った。父上の良くやったなという言葉が胸に沁みた。何も言えずにただ頭を下げた。

「さて、今回の戦の後始末だが稲葉山城には田沢又兵衛を入れる」

「伯父上ではなりませぬか？」

平井の伯父上には今回の戦では随分と世話になった。伯父上に報いたいと思ったのだが……。

「弥太郎が献身的にそなたを支えてくれた事は良く分かっている。有難い事だ。だが次は尾張攻めだ。尾張は織田の本拠地、戦は厳しくなるかもしれぬ。弥太郎はそなたの傍に置いた方が良かろう」

つまり次の戦でも一軍を率いる事になるという事か。

「分かりました。御配慮有難うございまする」

父上が頷かれた。

「又兵衛の補佐には竹中久作を任ずる。久作には稲葉山城に詰めてもらう事になる」

「あの、不破太郎左衛門尉は……」

父上が〝案ずるな〟と言ってお笑いになった。

「太郎左衛門尉は評定衆に任ずる。安心するだろう」

「はい」

「決して粗略には扱わぬと俺から文を書くがそなたからも書くのだな。太郎左衛門尉は喜ぶ筈だ」

「はい、そのように致しまする」

半兵衛は私の傍に居る。その私が太郎左衛門尉を気遣う文を出す事で安心させようという事か……。

「以前にも言ったが常にこちらが気にかけているという事を相手が理解すれば不安には思わぬものだ」

「はい」

毛利と同じように扱うという事なのだと思った。領地の大小は関係ないのだ。

「織田三十郎は如何した?」

「別室にて控えております る」

「うむ、会おう。此処へ」

郷左衛門が立ち上がり呼びに行った。半兵衛達が左右に分かれる。自分は如何したら……。迷っていると父上が〃此処へ〃と手招きをした。

「俺の隣に座れ」

「はっ、しかし」

そこは当主である父上だけが座る事を許された場所だ。いかに跡継ぎでも……。

「遠慮するな。いずれはそなたが此処に座る。今から慣れていても良かろう」

父上の冗談に皆が笑った。

「早くせよ、三十郎が来るぞ」

「では失礼致しまする」

身を屈めて上段の間に上って父上の隣に腰を下ろした。上段から見る大広間は普段見る大広間とは違って見えた。嫌でも自分は支配する、いや決断する立場の人間なのだと理解した。身も心も引き締まる思いだ。

少しして郷左衛門と共に三十郎が現れた。表情が硬い。郷左衛門が脇に控え三十郎が頭を下げた。

「織田三十郎信包にございまする」

「うむ、権大納言朽木基綱である。弥五郎より聞いている。以後は朽木家に仕えたいという事であったな」

「はい」

「そなたほどの者が当家を頼ってくれる事、願っても無い事である」

「有難うございまする」

また三十郎が頭を下げた。

「辛い思いをしたな」

「……」

「そなたを降伏にまで追い込んだのは俺だ。何を言っているのかと不満に思うかもしれぬ。だが織田家の当主が亡くなられた織田殿であったならそなたを見殺しにするような事は無かっただろう。織田家を離れる事も無かった。三介殿も愚かな事をした」

「……」

三十郎が唇を噛んでいる。悔しさを改めて感じているのだろうか？　それとも父上への不満だろうか？

「禄は五千石を与える」

「はっ」

「朽木家は元は八千石の小領主であった。そのため譜代は少ない。この場にいる多くの者が後から加わった者だ。朽木家に新参者に対する偏見は無い。朽木のために働き功を挙げた者には報いる。それが朽木だ。期待しているぞ」

「はっ、期待に添うように努めまする」

父上が頷かれた。そして〝三十郎〟と声を掛けた。

「本来ならそなたを評定衆にすべきであろうが今それをやれば三介殿は必ず三十郎は朽木に降伏したのではない、元々通じていて寝返ったのだ、だから厚遇されているのだと非難するだろう。後詰をしなかったのは正しかったのだと言い出すに違いない。そのような事を言われるのは不本意であろう。そなたが寝返ったのではない事は俺が一番良く分かっている。今しばらくは我慢してくれよ」

「お気遣い、有難うございまする」

三十郎の声が震えていた。父上の配慮に感動したらしい。自分にはそこまでの配慮は出来ない。まだまだ足りない。父上の背中はまだ遠いと思った。

天正四年（一五八〇年）　十二月中旬　　近江国蒲生郡八幡町　　八幡城　　桂

「桂、大丈夫ですか？」

「はい、姉上」

私が答えると春姉上が心配そうに私を見た。

「本当はそなたにこんな事はさせたくない。でも今の北条家の力ではそなたをきちんとした家には嫁がせる事は出来ませぬ。それに北条家には他にも娘がいます。なんとか朽木家と繋がりを持たなければ……」

春姉上が大きく息を吐いた。

「大丈夫ですわ、姉上。朽木の御屋形様はお優しい方です。心配は要りませぬ」

「真田の恭はそう言っていますが……」

「新九郎殿の元服を考えれば分かります。御屋形様は私達に十分な配慮をして下さいました。そうではありませぬか？」

春姉上がまた息を吐いた。

「そうですね」

「新九郎殿も御屋形様はお優しい方だと言っていました」

「ですが……、側室の一人ですよ」

「……分かっております」

分かっている。御屋形様には正室の他に側室が三人居る。いや、園様もそこに加わったのだから四人、私をいれて五人だ。そして今宵(こよい)、御屋形様が私の部屋を訪(おとな)う事を告げられた……。

「そなたほどの器量が有ればどこの大名家でも喜んでそなたを正室に迎えたでしょう。それを思うと……」

春姉上が首を横に振っている。かつて関東に覇を唱えた北条氏の娘が側室になる事を請う。春姉上には屈辱にしか思えないのだろう。しかしそうしなければ北条の娘達には何の価値も無い。朽木家と繋がる事で価値を付けなければならないのだ。

「春姉上、仕方が無い事です。園様は子が居られるのに側室になられました。それを思えば……」

園様はどれほど御辛い事か……。

「それに側室の三宅殿、温井殿も一族族滅の憂き目に遭って御屋形様の側室になったと聞きました。私が側室になる、特別な事では有りませぬ」

春姉上が〝そうですね〟と頷いた。

春姉上とそんな話をしたのが夕餉の前、そして気が付けばもう夜、私は御屋形様が訪れるのを待っている。眼の前には臥所があった。夜着の上に綿の入った半纏を纏っているからそれほど寒くは無い。御屋形様は何時来るのだろう？　あと少しだろうか？　そんな事を考えながらじっと座っている。御屋形様は本当にお優しい御方なのだろうか？　何度かお見かけした事は有る。その時は怖いと思う事は無かった。でも……。

「桂様」

「は、はい」

声が裏返っていた。恥ずかしかった。

「恭にございます」

「はい」

今度はちゃんと声が出せた。

「御屋形様は少し遅くなるそうにございます。申し訳ないが今少し待って頂きたいとの事でございました」

「分かりました」

ホッとした。身体から力が抜けるのが分かった。私は酷く緊張していたらしい。少しだけ可笑しかった。

〝宜しいかな？〟と声が掛かったのはそれから半刻も過ぎてからだった。

「はい」

落ち着いて答える事が出来た。その事が嬉しい。戸が開いて御屋形様が部屋に入って来た。頭を下げて御迎えする。御屋形様が私から少し離れた場所に座った。それを確認してから頭を上げた。

……こんなに間近で御屋形様を見たのは初めてだ。以前も思ったが御身体は余り大きくない。身体付き、御顔も武張った感じはしない。穏やかな空気を醸し出している。

「済まぬな、少々面倒な事が有って遅くなった。とはいえ若い女性を待たせたのだ。怒られても言い訳出来ぬな」

「そのような事は……」

御屋形様が軽く声を上げて御笑いになった。

「遠慮はいらぬぞ。思った事を言った方が心が軽くなる。そなたは大人しそうだからな。心の内に溜め込んでは生きるのが辛くなろう」

「……」

お優しい方なのだと思った。

「寒くはなかったかな？」

「はい、これが有りますから」

半纏の胸の部分を軽く押さえると御屋形様が〝そうか〟と仰られた。

「それに近江は小田原に比べると暖こうございます」

「しかし近江にも雪が降るぞ。この城は山城だ。寒さは変わらぬのではないかな？」

「いいえ、ずっと暖こうございます」

小田原城は寒かった。いつも敵の来襲に怯えていた。皆が暗い顔をし笑い声が聞こえる事は滅多に無かった。私はいつも怯えていた。ここでも不安は有る。でも敵が攻めて来る事は無い。それだけでも暖かいと思える。

「桂、大丈夫かな？」

「大丈夫とは何をでございましょう？」

御屋形様が困ったような御顔をされた。

「俺の側室になる事だ」

「……」

「好んでの事ではあるまい。乱世なれば已むを得ぬ事ではある。だが若い娘には辛い事だ。耐えられるかな？」

御屋形様が気遣う様に私を見ている。また思った、お優しい方なのだと。

「お気遣い、有難うございまする。大丈夫にございまする」

御屋形様が優しいからと言うのは恥ずかしかった。

「そうか、……ならば休むか」

そう言うと御屋形様は臥所に入り御身体を横たえた。私も半纏を脱ぎ夜着を脱ごうとすると御屋形様が〝桂〟と私の名を呼んだ。

「そのままで良い、此処へ」

御屋形様がご自分の横を軽く叩いた。困惑した。夜着を脱ぎ何も纏わずに臥所に入るのが作法の筈……。

「脱ぐのは恥ずかしかろう？　それに寒い。さあ此処へ」

「……はい」

答えてから急に恥ずかしさが私を襲った。御屋形様を見る事が出来ない。俯(うつむ)きながら傍により御屋形様の横に身を横たえた。

御屋形様が私の背中を優しく撫でてくれる。温かいと思った。

「震えているな」

「恥ずかしゅうございます」

声が途切れそうになった。

「こちらへ」

御屋形様が私を抱き寄せた。恥ずかしさに顔を伏せると自然と御屋形様の胸に顔を埋める様な感じになった。石鹸の匂いがした。御屋形様の匂い、恥ずかしいけど顔を上げる事も出来ない。

「桂」

「はい」

「大事にするからな」

顔を上げた。御屋形様が気遣う様に私を見ている。もしかすると私が嫌がっていると思っているのかもしれない。嫌だろうか？……いいえ、嫌じゃない。御屋形様は私を気遣って下さる。私は大事にしてもらえるだろう。〝はい〟と答えて御屋形様に身体を寄せた……。

天正四年（一五八〇年）　十二月中旬　　近江国蒲生郡八幡町　　八幡城　　朽木基綱

天正四年の十一月二十日、稲葉山城の織田三十郎は降伏した。孤立無援だったからな、降伏は已むを得ないと言える。悔しかっただろうな、疎まれているとは思っても何処かで助けてくれると信じていた筈だ。だが三介は三十郎を見捨てた。悔しかっただろうし寂しかっただろう。降伏後、三十郎は朽木家に仕えたいと言ってきた。尾張には帰れない、帰れば首を刎ねられるのは目に見えている。当然だが弥五郎は受け入れた、丁重に扱うと約束した。粗末に扱えば今後の調略にも影響するからな。

うむ、伊勢に行っていた所為で書類が溜まっている。今見ているのは伊勢兵庫頭からの書状だ。

御大典は無事に終了した。朝廷では二代に亘って御大典が速やかに行われた事を喜んでいるらしい。帝への譲位も滞りなく行われた。院が若い帝を後見するという形が復活したわけだ。乱世が終わりつつある、そういう認識が出てきたようだと書いて有った。悪くない。

それと来年の朝廷での正月の祝いの事が書かれていた。そうだな、来年は仙洞御所でも正月の祝いを行うから経費は例年より掛かるだろう。まあ今回の譲位で一万石増やしたから問題は無いだろう。だが食材等はこちらで或る程度用意させよう。酒、塩、海産物を敦賀、伊勢、瀬戸内から京に運ばせる。十分な筈だ。公家達が喜ぶだろうな。

森三左衛門は織田家に戻った。弥五郎は朽木家に仕えないかと誘ったのだが家族が尾張に居るからと断って戻った。自分が朽木に降(くだ)っては家族が殺される事になる。尾張に戻らせて欲しいと言ったようだ。三左衛門は辛かっただろうな。味方の来援を待って城を枕に討ち死にならば遺族は優遇される。だが味方は来られないのではない、来ないのだ。死ねば無駄死にだ。たとえ三介に非難されようと生きる、そう思ったのだろう。だが三介から心は離れた筈だ。切り崩せるだろう。森三左衛門は信長の忠臣だった。これが三介を見限れば周囲に与える影響は大きい。

弥五郎は良くやった。稲葉山城を無理攻めする事無く包囲して落とした。勿論ただ包囲していただけじゃない。美濃の国人衆を使って何度も三十郎に降伏を促した。三十郎に味方する国人衆は居ない、稲葉山城は孤立していると理解させるためだ。そして尾張からは援軍が来る様子は無い事も教えた。三十郎、三左衛門よりも将兵の心が先に折れたようだ。そうなっては戦えない、三十郎達も降伏した。

毘
毘
毘

もう直ぐ弥五郎達が帰ってくる。今回の武勲で弥五郎も少しは余裕が持てるだろう。周囲の弥五郎を見る目も変わってくる。自信も付く筈だ。問題は苦境に立たされた時だな、その時に冷静な判断が下せるか如何か……。まだまだこれからだ。一つ課題を成し遂げればまた別な課題が生じる。少しずつ背負う荷が重くなっていく。可哀想だが朽木の嫡男である以上已むを得ない。耐えて貰わなければ……。

その弥五郎からも文が届いている。不破太郎左衛門尉光治、この男の処遇を考えて欲しいと。今回の稲葉山城攻めではこの男が粘り強く何度も降伏の使者になったらしい。竹中氏が朽木家で厚遇されている事で不安が有るのだろう。功績を上げる必要が有ると必死なのだ。無視は出来ない、太郎左衛門尉を評定衆にしようか。美濃の国人衆も安心するだろう。となると久作を如何するか……。そうだな、稲葉山城には城代として田沢又兵衛を入れよう。その補佐に久作を入れる。不満は出ないだろう。後で稲葉山城に軍略方、兵糧方から誰か入れないといかん。

三介は頼り無しと言われているようだ。元々不覚人と言われていたのだが頼り無しというのはきつい。国人衆が寄り親を見捨てる最大の理由が頼り無しなのだ。だが美濃を見捨て信長、信忠の一周忌も宙に浮いたままだ。頼り無しと言われても仕方が無い。尾張に兵力を集めようとしている様だが国人衆が言う事を聞くかな？　織田の崩壊は間近だろう。徳川が如何出るだろう？　上杉が関東に出兵し蘆名がその隙を突いた。駿河に出るかな？　出れば朽木と徳川で競争になる。どちらがより多く織田を喰う事が出来るか……。その後は朽木と徳川の戦いになる。

蘆名は越後に攻め込んだがあっという間に会津に押し返された。何と上杉方で迎撃に出たのは軍神上杉謙信だった。身体の具合は上々らしい。輿に乗って春日山城から戦場に向かったそうだが謙信出馬の報に上杉方の士気は沸騰、蘆名勢は及び腰になったようだ。そりゃそうだよな、神は死んだと思っていたら復活したんだから。誰だって逃げるわ。

謙信からも書状が来ている。意気軒高だな、久し振りに戦場に出てすっきりした。関東は喜平次に任せて自分は国内に居て蘆名の相手をするつもりだと書いて有る。気持ちは分かるが如何なるかな？　謙信が戦場に出られるとなると蘆名も簡単には越後に攻め込めないだろう。徳川、蘆名の協力態勢は機能不全だな。早晩解消されるかもしれない。

謙信は戦場に出られて満足の様だが身体に支障が有るのは事実だ。余り無理はしない様にと返事を書こう。問題は他に有る。なんで竹を戦場に連れて行くんだ？　謙信が口が不自由だから代わりに兵に命令を下す？　日頃一緒に居て一番意思の疎通が早い？　謙信がモゴモゴ言うと竹が〝××隊は右へ！〟、〝△△隊は敵の背後を突け！〟とか言ってるっていう事か？　それじゃ竹が大将で謙信は参謀じゃないか！

その内上杉家では謙信公の軍略を受け継いだのは竹姫様、謙信公は御養子の喜平次様よりも竹姫様を可愛がって軍略を教えたなんていう噂が出るぞ。竹は俺が頭を撫でると嬉しそうにする娘だったのに……。謙信に連れられて嬉しそうに戦場に行ったなんて……。上杉家の情操教育はどうなっているんだ？　問題大有りだろう。

「御屋形様」

声をかけてきたのは北条新九郎氏基だった。伊勢では年寄り連中と一緒に風呂に入って話を聞く事が出来て楽しかったらしい。近江に戻る途中で勉強になったと礼を言われた。北伊勢の国人衆の他に長野や真田、それに伊賀に風魔が来たからな。毎日ワイワイガヤガヤ風呂に入ってやっていた。この時代、年寄りの経験談は何よりの学問だ。得る所が有ったのだろう。三介にとっては織田攻めの相談をしているように見えたかもしれない。兵を美濃に出せなかったのは俺が伊勢に居た事だけではなくそれも有るかもしれん。

「何かな、新九郎」

「遠山大和守様、勘太郎様、民部少輔様がお見えでございます」

「うむ、此処へ通してくれ」

三人の男が現れた。岩村城の遠山大和守景任、苗木城の遠山勘太郎直廉、明智城の遠山民部少輔景玄。案内してきたのは吉川次郎五郎経信、小早川藤四郎元総だ。次郎五郎は吉川元春の息子、藤四郎は毛利元就の息子で小早川隆景の養子だ。多分この二人、吉川広家と毛利秀包だろう。毛利家からは弥五郎の傍で鍛えて欲しいと言ってきた。

遠山大和守、遠山勘太郎、遠山民部少輔は遠山七頭の中でも遠山三家と言われる男達だ。この三人の中で岩村城の遠山大和守が遠山七頭の旗頭を務めている。そして大和守の妻は信長の叔母だった。二人の間に子供は居ない、信長の息子、御坊丸が養子になっている。岩村だけじゃない、遠山氏は織田家とは縁が深い。苗木城の遠山勘太郎の妻は織田信秀の娘だ。

「御初に御意を得まする。岩村城の遠山大和守景任にございまする。この度は美濃攻めに加わらなかったにもかかわらず我ら遠山一族の服属を受け入れて頂けました事、心から御礼申し上げまする。

以後は御屋形様の御為に懸命に努めまする」

大和守が頭を下げると勘太郎、民部少輔も名を名乗って頭を下げた。

「いや、遠山一族と織田家の繋がりは良く分かっている。今回は敵対しなかった事で十分だ。弥五郎からも文を貰っている。良く当家を頼ってくれた、嬉しいぞ」

「畏れ入りまする」

また三人が頭を下げた。

今回の戦いで遠山一族は中立を守った。織田を見限ったのだ。だが朽木に付いたわけでは無かった。これまでの織田との繋がりから敵対するのは気が引けたらしい。稲葉山城開城後、弥五郎に服属を申し出たらしいが弥五郎は文を書くから俺に直接申し出るようにと言ったらしい。別に弥五郎が受け入れて俺に文で報告でも良かったのだ。美濃の事は任せたのだから……。

「大和守、御坊丸は元気かな？」

「はっ、元気にしておりまする」

大和守が緊張している。そうだよな、織田の人間を養子にしているのだ。俺がその事を如何思っているのか、心配だろう。

「もう直ぐ元服かな？」

「……はい、年が明ければ十五になりますれば……」

「そうか、その時は俺が名付け親になってやろう、如何かな？」

吃驚している。大和守だけじゃない、勘太郎、民部少輔もだ。

「宜しいのでございますか？」

「構わん、御坊丸は遠山家の人間だと思っている。嫁は如何するのだ？　遠山一族から選ぶのかな？」

「はっ、そのように考えております」

「そうか、楽しみだな。その時は教えてくれ。俺からも祝いの品を贈ろう」

「有難うございまする」

三人が嬉しそうにしている。

多分、御坊丸を織田に返せと言われると思ったのだろう。だがな、今織田に返せば三介が如何いう反応をするか分からない。場合によっては御坊丸は殺される可能性も有る。それでは憐れだ。大和守夫妻も寝覚めが悪いだろう。それに大和守、勘太郎の妻は織田の人間だ。二人は妻の扱いに困る事になる。返すか、留め置くか……。

徳川家康の父、松平広忠は妻の実家が織田に付いた事で妻を離縁した。大和守、勘太郎には養子を返し妻を離縁し織田とは縁を完全に切る。そういう選択肢も有るのだ。跡継ぎを如何するかという問題も発生する。遠山一族の中で混乱が起きかねない。だが俺が御坊丸を岩村遠山家の跡継ぎとして認めれば混乱は生じない。大和守、勘太郎は俺に感謝するだろう。その分だけ働いてくれる筈だ。美濃東部は雪が多い、気を付けて帰れというと礼を言って帰って行った。まずまずの首尾だな。

史実ではこの時期の遠山一族は酷い事になっていた筈だ。美濃の東部は信濃の影響を受けやすい。戦国時代、史実では信濃は武田信玄の勢力下に入った。そして美濃東部も信玄の勢力下に入る。だが信長が美濃を制圧すると遠山一族は織田、武田に両属するような形になった。織田、武田が友好関係にあるうちは良かったが敵対関係に入ると織田を選択し武田の攻撃を受けた。そして多くの者が死んだ。

岩村遠山氏は大和守の死後、未亡人となった信長の叔母が武田に付く事を選択、武田家臣の秋山伯耆守虎繁(ほうきのかみとらしげ)と結婚し御坊丸は甲斐に送られてしまう。その後、武田の衰退と共に岩村城は織田に取り返され伯耆守、未亡人は殺された……。この世界では武田が川中島で敗れた事で美濃東部への影響を失った。上杉は信濃、越中、関東で手一杯だったのだろう、美濃には関心を示さなかったようだ。その分だけ遠山一族は難しい選択を迫られずに済んだ。

国境の国人衆、大勢力に挟まれた国人衆は生き残るのが難しい。竹中、不破、遠山。彼らを見ているとそう思う。誰を選ぶか、如何生きるかで家を潰す事になるのだ。生きるのが辛かっただろうと思う。余り酷い事は避けよう。美濃では三人衆が滅んだ、それだけ国人衆の力は弱まったのだ。御坊丸が成人し俺に敵意を示しても周囲の遠山一族がそれを抑える筈だ、それで十分だ。

それにしても川中島の戦いは影響が大きいな。武田が負けた事で信濃、上野に勢力を振るう事は無くなった。その所為で上野の長野氏、美濃の遠山氏は滅ぶ事無く存続している。そして武田、北条、今川の三国同盟は上杉、織田、朽木に対抗する守勢的なものとして結び付きが強まった……。

園からは側室は無理ですと言われた。自分には武田の血が流れていて同じ武田の血を引く氏直の娘が居る。貴方の子供を同時に育てる事は出来ません、愛する事は出来ませんと言われた。特に腹は立たなかった。やっぱり、そんな感じだったな。川中島は朽木とは直接関係は無いんだが祟(たた)るな。

正直に言うとホッとした部分も有る。側室になります、貴方の子供を産みます、覚悟を決めました。なんて言われても最初の夜の事がトラウマになって上手く行かなかったと思う。あれ、結構きついんだ。自分が惨めになる。

だが彼女の扱いは側室のままだ。彼女だけの問題じゃないからな。側室に差し出した娘がやっぱり駄目ですと言い出したなんて事が表に出たら今川氏に対する扱いにも影響が出かねない。皆が今川を責めるだろう。名門である事を鼻にかけているのか等と言う批判も出る筈だ。彼らは肩身の狭い思いをする事に成る。園を責めるだろうし園の娘も辛い想いをするだろう。俺はそんな事は望んでいない。

園は母親の嶺松院に全てを話すと言ったが止めさせた。俺と園が黙っていれば良いのだ。十日に一遍くらいは園の下に行く。そして少し話をして寝て帰る。そういう約束になった。まあ休息日だと思おう。幸いなのは新たに側室になった北条の桂姫が俺の事を受け入れてくれている事だ。新九郎の事を大事にしていると思ってくれているらしい。

彼女の妹、菊姫の嫁ぎ先も決めた。冷泉(れいぜい)左近衛少将(さこんえのしょうしょう)為勝(ためかぜ)、正五位下の位に有る。播磨で俺に味方してくれた冷泉侍従為純、今では参議の地位にある男の嫡男だ。武家では無く公家を選んだ。武家は戦に出なければならん、死ぬ事も有る。家族を失うのはもう沢山だという彼女の希望を考えての事だ。来年の夏から秋頃に式を挙げる予定だ。

冷泉家もこの縁談には乗り気だ。菊姫は俺の養女として冷泉家に嫁ぐ。朽木家と繋がりが出来るのも嬉しいだろうが菊姫には千石の化粧料を与えるからそちらからの収入も当てに出来る。冷泉家は公家達の中でもかなり裕福な家になるだろう。菊姫は大事に扱って貰える筈だ。

まあ側室問題は一勝一敗だな。さて園の所に行くか。娘の龍の相手をして来よう。今では俺の娘なのだからな。その後は文学少年亀千代の所だ。話をしなければならん。


天正四年（一五八〇年）　十二月中旬　　近江国蒲生郡八幡町　　八幡城　　朽木亀千代

『それ主将の法は、つとめて英雄の心を獲り、有功を賞禄し、志を衆に通ず。ゆえに、衆と好みを同じうすれば、成らざる無く、衆と憎みを同じうすれば、傾かざる無し。国を治め、家を安んずるは、人を得ればなり。国を滅ぼし家を破るは、人を失えばなり。含気のたぐい、ことごとくその志を得んことを願う』

……何の事だ？

首を傾げていると〝亀千代〟と声がかかった。振り返ると父上が部屋に入って来る所だった。急いで下座に移った。父上が上座に座る。

「いらせられませ」

「うむ、書を読んでいたのか」

「はい」

「熱心だな、何を読んでいたのだ」

「三略にございます」

「ほう、三略か。難しくはないか?」

「……良く分かりませぬ」

父上がお笑いになった。

「何処が分らぬのだ?」

少し迷ったが父上の傍に寄り分らぬ部分を指し示した。

「なんだ、最初ではないか。読み始めたところか」

「はい」

父上が〝どれ〟と仰って三略を手に取った。

「それ主将の法は、つとめて英雄の心を獲り、有功を賞禄し、志を衆に通ず。ゆえに、衆と好みを同じうすれば、成らざる無く、衆と憎みを同じうすれば、傾かざる無し。国を治め、家を安んずるは、人を得ればなり。国を滅ぼし家を破るは、人を失えばなり。含気のたぐい、ことごとくその志を得んことを願う」

父上が私を見た。

「英雄というのは重臣達と考えれば良い、衆というのは家臣達の事だ。大将は重臣達と心を通わせ自分が何を望んでいるかを教えなければならない。そして重臣達がそれを理解し功を挙げたらその功績を褒め恩賞を与える。そうすれば他の家臣達も大将が何を望んでいるかを理解し心を一つにして動く」

「はい」

「国を治め家を安んずるには人が必要だ。人を失えば国は滅び家も滅ぶ。大事なのは人との関係を密にし信頼関係を築く事だ」

「はい」

なるほど、なんとなくだが分かったような気がする。

「分かったかな。前半は家臣達の使い方を言っている。家臣達と心が一つになれば上手く行くと言っているのだ。後半は国を治めるには人が必要でそれには信頼関係を築かなければ意味が無いと言っている。信頼関係がなければ重臣達も家臣達も大将のために十分な働きをしてくれない。それどころか家を去ってしまうか裏切ってしまうだろう」

「はい」

そういう事か。確かに言われてみればそうだな。良く分かる。

「国や家を興すのも亡ぼすのも人なのだ。三略が最初にこの文を持ってきたのはそれが理由だ」

「良く分かりました」

父上が満足そうに頷かれた。そして手で俺の頭を撫でた後、三略を返してくれた。

「亀千代、今日此処に来たのはそなたと話したいと思ったからだ。三郎左衛門尉が心配していたぞ、書ばかり読んでいて武技を鍛えぬと。どうやら本当のようだな」

「……」

「刀や槍、弓は嫌いか？」

「はい」

父上が困ったような表情をされた。嘘をついても仕方がない。俺は刀や槍は嫌いだ。特に弓は大嫌いだ。矢がどこに飛んでいくか分からん。向いていないのだ。

「どうやらそなたは俺に似たな。俺も苦手だ」

「……」

父上も？　ちょっとだけ安心した。あまり怒られずに済むだろう。

「そなたは俺の息子だ。自ら刀や槍を使って武者働きをする事は無かろう。だから無駄だと思っているのかもしれぬ」

父上の仰られる通りだ。兵書でも読んだ方が役に立つ。

「しかしな、有り得ぬ事が起きるのが人の一生だ。まして今は乱世だ。生き残るために努力を怠ってはならぬ」

「……」

「織田家を見よ、負ける筈が無いと思った小田原城攻めで負けた。嫡男の勘九郎殿も深手を負いそれが元で死んだ。家督争いが起き織田三七郎は兄の織田三介を殺そうとして逆に殺された。何時、何処で騒乱に巻き込まれるか分らぬのだ。命を狙われるか分らぬのだ。自分の身は自分で守らねばならぬ。その術を覚えねばあっという間に殺されるだろう」

「はい」

そうか、鍛えねばならぬかな？

「書を読むのが頭を鍛える事なら武技を学ぶのは身体を鍛える事だ。亀千代、両方を鍛えなければこの乱世を生き抜く事は出来ぬぞ」

「はい」

「そなたは未だ幼い。骨も十分には固まっておらぬ。先ずは素振りを行う事だな」

「素振りでございますか？」

父上が〝そうだ〟と頷かれた。

「少しずつで良い、励んでみよ」

「はい」

〝頑張れよ〟と仰って父上が立ち上がられた。それを見送る。もう少し三略を読もうか。その後で素振りをしよう。


天正五年（一五八一年）　一月下旬　　尾張春日井郡小牧村　　鈴村邸　　鈴村親永

「暗い正月だな。何処に行っても皆暗い表情をしている」

長兄である権八親義の言葉に集まった弟達が頷いた。三男の重四郎親家、四男の敬三郎親昌、六男の荒垣家に養子に行った兵部親興、七男の伊東家に養子に行った左近親純、そして次男の俺。……小田原で討ち死にした五男の蔵人親恒の顔が無い事が寂しい。兄弟の中でも一際大きい男だった。その姿が無い……。

「美濃を失いましたからな」

「左様、これまで織田家は攻める側でござった。それが攻められる側になった。しかも相手は朽木、皆の表情も暗くなりましょう」

兵部、左近の言葉に皆が視線を交わしている。皆が言わなかった言葉が有る。三介様では朽木には勝てないという事だ。勝てるのなら表情は明るかっただろう。

「亡き殿が生きておられれば皆の表情も明るかっただろうに……」

「美濃を失う事も無かった……」

「言うな、詮無い事よ」

愚痴のような兵部と左近の言葉を長兄の権八が止めた。遣る瀬無い表情をしている。聞くのが辛かったのだろう。

「三介様は国人衆からの年賀の挨拶が少ないと御不満だと聞く。本人が来ず代理が多いともな」

俺の言葉に皆が渋い表情をした。美濃に後詰しなかったのだ。国人衆は皆が三介様の器量を見限っているだろう。馬鹿の機嫌を取らねばならないと国人衆の方が不満を持っているに違いない。だが三介様にはそれが分らない。

「遣り切れませぬな」

重四郎の言葉に皆が頷いた。遣り切れない、馬鹿を主君に持つという事が如何に苦痛かという事を織田家中は味わっている。先殿の時は味わう事の無かった苦痛だ。

「敬三郎、岩作は如何じゃ。変わりはないか?」

長兄の問いに敬三郎が〝良くありませぬな〟と首を横に振った。

「瀬戸に商人が来ませぬからな、岩作にも来なくなりました。……三七郎様が亡くなられ織田家で御家騒動が起きる可能性は少なくなった。それでも戻りませぬ。商人達にとって尾張は何時戦になるか分らぬ国になったという事でしょう。巻き込まれては適わぬと思っているようです」

溜息が出た。自分だけではない、兄弟達からも溜息が出ている。

「次は間違いなく尾張が戦場になりましょう。刀と槍、弓矢を買い入れましたが結構値が張りました」

「敬三郎、それは皆が買い求めているという事か」

問い掛けると敬三郎が〝それもあります〟と頷いた。それも？

「美濃を失いましたからな。関物が入らなくなったのです。物が無い事も値が上がった一因です」

「……」

皆が顔を見合わせた。先程までの暗い表情は消え厳しい表情をしている。戦が近付いていると思ったのだろう。

「如何します、兄上」

問い掛けて来たのは荒垣家に養子に行った兵部だった。目鼻立ちの整った穏やかな性格の弟だが表情が常に無く厳しい。

「此処に来る前に左近と話したのですが新垣家でも伊東家でも進退を如何するかが問題になっています。いや、正確にはこれ以上三介様にはついて行けぬという声が強いのです。そして八郎衛門を通して朽木家に帰順すべきではないか、源十郎兄上から三十郎様を通して朽木に帰順すべきではないかと考えています」

また皆が顔を見合わせた。

新垣家も伊東家も身代は決して大きくはない。両家とも一千石程だ。そして朽木家とは繋がりが無い。服属を断られる事は有るまい。だが確実な保証が欲しいのだ。そして朽木には弟の八郎衛門が居る。三十郎様との繋がりも有る。鈴村ならその保証を取り付けられると見ている。兄が俺を見た。

「源十郎、そろそろ動いても良いか」

「そうですな、月が変われば良いのではないかと」

兄と俺の会話に皆が訝しげな表情をした。それを見て兄が低い声で笑った。

「美濃から戻った者は三介様に疑われる懼れが有る、用心が肝要だと三十郎様に言われたそうじゃ。それでの、今まで動かなかったのよ。だが正月も過ぎて三介様の眼は挨拶に来なかった国人衆、代理を寄越した国人衆に向かっていよう」

兄の言葉に弟達が顔を見合わせた。

「では？」

左近の問に兄が〝うむ〟と頷いた。

「三介様では安心して付いて行けぬ。儂が八郎衛門に、源十郎は三十郎様に文を出す」

兄の言葉に皆が頷いた。表情が明るい。引き締めねばなるまい。

「油断するなよ。文を出す以上、三介様は敵となる。知られれば即座に攻め滅ぼされよう。今まで以上に用心が要る。その事を忘れるな」

一人一人に視線を向けるとそれぞれに厳しい表情で頷いた。朽木が尾張に攻め込むまでの間、三介様を欺かねばならぬ……。

内大臣

天正五年(一五八一年) 一月中旬　近江国蒲生郡八幡町　八幡城　朽木堅綱

「父上、内大臣就任おめでとうございまする」

私が祝いの言葉を申し上げると皆が〝おめでとうございまする〟と声を上げた。御祖母様(おばあさま)、母上、側室の方々、弟妹達、そして妻の奈津。皆が嬉しそうにしている。父上が穏やかに〝有難う〟と言った。

「皆腹が減っていよう。さ、食べようか」

父上が声をかけると皆が〝はい!〟と言って膳に箸を伸ばした。

「殿、如何ですか?」

「うむ、祝いの席だ、一口貰おうか」

奈津が盃(さかずき)に酒を注いでくれた。少しずつ飲んだ。美味いだろうか? 良く分からない。父上が私と同じように少しずつ酒を飲んでいた。そして飲み終わると盃を伏せた。私もそれに倣(なら)った。もう飲まない。

「それにしても本当に従二位内大臣に補任されるとは、信じられませぬ」

御祖母様が首を横に振った。

「ですが本当に一カ月程で辞任するのですか？　妹から聞きましたが」

「はい」

「なんと欲の無い」

御祖母様の嘆きを聞いて父上が笑い声を上げた。

「母上、天下を獲ろうという者が無欲の筈はございますまい」

「それはそうですが」

「大納言には権官が有りますが内大臣には有りませぬ。敢えて居座って恨まれる事も無いと思ったのです」

「まあ……」

御祖母様は不満そうだ。御祖母様の実家の飛鳥井家は准大臣が極官、せっかく内大臣に任じられたのに、そんな気持ちが見えた。

「弥五郎、次に任官の話が有った時は断らずにお受けせよ。僅かな期間で美濃を制したのだ。朽木の跡取りとして十分な武功だ」

皆の視線が自分に集まった。

「ですが……」

「太閤殿下にそなたの怒りを御伝えした。殿下は朝廷と朽木の関係は次代にも引き継がれねばならぬと仰られた。宮中にそなたを侮る者はもう居らぬ」

父上が近衛様に……。

「まあ、そのような事が有ったのですか？」

御祖母様が驚いて私と父上を交互に見た。母上も見ている。気まずかった。

「弥五郎は若いですから公家達から扱い易いと思われたようです。弥五郎にとっては我慢出来ぬ事でしょう」

父上が御祖母様を宥めると御祖母様が息を吐いた。皆の視線を感じる、頬が熱い。

「親子なのですね、弥五郎殿はそなたに良く似ています。そなたも昔、酷く怒ったでは有りませぬか。朽木に居た頃ですが」

「これはまた古い話を……」

父上が苦笑されている。父上も？

「御祖母様、それは？」

問い掛けると御祖母様が頷かれた。

「酷かったのですよ、弥五郎殿。飛鳥井とは縁を切る、朝廷とも縁を切ると言って。飛鳥井の父や兄、妹からも思い直して欲しいと文が来ました。私も何度も頼んでようやく思い直して貰ったのです」

驚いた、そんな事が？　皆も驚いて父上を見ている。母上も驚いているから初めて聞いたのだろう。父上の苦笑が更に大きくなっていた。

「本気で言った訳では有りませぬ。如何いうわけか皆が大袈裟に受け取ったのです。迷惑しております」

「皆は本気と受け取りました。私もです」

父上が私を見た。

「弥五郎、気を付けるのだな。ちょっと不満を口にしただけでこの有様だ。そなたも一生言われるぞ」

御祖母様、母上、奈津を見た。一生言われるのだろうか？　話を変えよう。

「美濃攻めは私一人の武功では有りませぬ。皆が助けてくれました。それに父上が伊勢で三介殿を牽制してくれたから稲葉山城は落ちたのだと分かっております。有難うございまする」

父上がほっとしたように御笑いになった。父上も話題を変えて欲しいと思っていたのだろう。

「伊勢では湯に浸かっていただけだ。そのように礼を言われても困る。母上や小夜には薄情だと詰られたが」

皆が笑った。御祖母様、母上も苦笑している。これは父上の反撃だろうか？

伊勢で湯治をしたのが父上だから三介殿も怯えたのだ。自分が伊勢に居ても三介殿は怯えない。朽木の跡取りとして十分な武功を挙げたと言われても納得は出来ない。いや、してはいけない。

「戦も有ったが譲位も有った。昨年は弥五郎も疲れたであろう、奈津と一緒に湯治に行っては如何かな？」

奈津が嬉しそうな表情を見せた。しかし……。

「父上、今年は尾張攻めをする事になりましょう、そのような暇は……」

「焦るな、弥五郎。今短兵急に攻めれば尾張は三介殿の下に纏まりかねぬ。多少時を置いて自壊するのを待つのだ。湯に浸かる暇は有る、身体を休めるのも大事な事だぞ」

「……」

なるほどと思った。父上は三介殿では織田家は纏まらない、織田家が自壊すると見ている。そうか、徳川は上杉が牽制するから駿河、伊豆には出られない。謙信公が蘆名を追い返した、義兄が越後に戻らなかった事が父上の判断の基になっている。竹が謙信公と共に戦場に出たと聞いた時には驚いたがまさか父上の御考えにまで影響するとは……。

「分かりました、父上。奈津と湯治に行こうと思います。御配慮、有難うございます」

「有難うございます」

私と奈津が礼を言うと父上が〝楽しんでくるのだな〟と言ってくれた。御祖母様、母上も楽しんでくるようにと言ってくれた。

「松千代もそろそろ元服を考えねばならぬな」

「はい！」

雉肉を食べていた松千代が勢いよく頷いた。

「元服をすれば嫁取りか、松千代の嫁御は何処にいるのやら」

「本当にあっという間ですね」

母上の仰る通りだ、元服してから今まであっという間であった。何時の間にか松千代に元服の話が出ている。

「松千代の元服が終われば亀千代、その次は万千代の元服が待っている。倅達の元服の後は嫁取り、それに娘を嫁に出さなければならん。めでたい事ではあるが忙しい事だな」

「まあ、なにやら子を産んだ事を責められているような気がします」

雪乃殿の言葉に父上が慌てて〝気のせいだぞ、雪乃〟と答え皆が笑った。奈津も笑っている。

……湯治か、楽しみだな。


天正五年（一五八一年）　一月下旬　　近江国蒲生郡八幡町　　八幡城　　朽木基綱

大評定の間は重苦しい沈黙に包まれていた。京の朝廷は未だ正月の祝いの最中だというのに近江の朽木家は……。湯治に行った弥五郎が羨ましいわ。

「半蔵、島津家での伊集院右衛門大夫の立場は？」

俺が問い掛けると千賀地半蔵は首を横に振った。今日は伊賀衆は半蔵一人だ。百地丹波、藤林長門守は来ていない。

「余り良くありませぬ。右衛門大夫は熱心な一向宗の信者ですが主君の修理大夫は領内に一向宗が入り込むのを嫌っておりまする。自分に断りも無く信者の引き取りを決めた右衛門大夫を快く思っておらぬと聞きます」

皆が頷いている。

そうだよな、何処の大名だって一向宗の扱いには神経を使う。出来れば領内には入れたくないと思うのはおかしな話じゃない。それを島津の名を守るためとはいえ独断で一万五千人以上受け入れたんだ。島津修理大夫義久は当然不快に思うだろう。でもなあ、だからと言ってその一万五千人を日向北部に纏めて入植させるとか乱暴だろう。薩摩、大隅には入れたくないって事なんだろうが無茶をするわ。

大友宗麟は日向北部に攻め込んだ時に、キリスト教王国を造ると言って神社仏閣を根こそぎ焼き払った。その壮大なる愚行は耳川の戦いで大友が島津に敗れた事で潰えた。宗麟が居なくなって神社仏閣を再建しようとしている時に一万五千人以上の一向門徒を入植させた。一向門徒と切支丹は互いに相手を邪教と罵る犬猿の仲だ。大友との戦いで門徒達を磨り潰してしまおうというつもりなのかもしれん。

或いは切支丹と緊張関係に有れば門徒達が島津に逆らう事は無い、大友に寝返る事は無いと考えたのかもしれない。だがその所為で元々日向北部に居た人間達と軋轢を生じた。一向宗は排他的だし彼らにはもう後が無い。元の住民を追い出して居場所を奪い取っている。酷い話だ。そして追い出された住民達が逃げ込んだのが大友領だった。

「日向から百姓達が大友領に逃げ出しているとの事だが修理大夫は如何考えているのだろう。百姓が減るのは痛手の筈だが……」

小首を傾げているのは農方奉行の長沼新三郎だ。農方奉行としては一番気になる所だろう。朽木領で新三郎が悩んでいるのが安芸の労働力不足だ。門徒を叩き出した事で百姓が減っている。今各地から農家の次男、三男を送り込んでいるが結婚相手となる若い女も足りない。男よりも女の確保の方が深刻な問題になりつつある。当たり前の事だが女達は生活基盤の無い所に行きたがらないのだ。

「日向北部は土持氏の領地でした。島津に味方したため大友氏の日向侵攻で滅ぼされましたが土持氏の生き残りが薩摩に居ります。いずれは戻すのでしょうが地盤を弱めておきたいという狙いが有るのかもしれませぬ」

半蔵の答えに皆がウンウンと頷いている。有り得ない話じゃない、国人衆の統制は大名にとって最重要課題だ。土持氏は九州では名門らしいからな、それなりに信望は有るだろう。島津がその力を削ごうとしてもおかしくは無い。

「それに大友領も混乱しております。逃げ込んできた者達に切支丹への改宗を強制しているのです。それに対して反発が酷いとか、家臣達の間からも批判の声が上がっていると聞きます」

彼方此方から溜息が聞こえた。気持ちは分かる。神社仏閣を焼き討ちしておいて逃げ込んできた百姓に改宗しろとか馬鹿じゃないのかと言いたい。恋は盲目と言うが信心も盲目だな。自分の信じる教えが正しい、素晴らしいなんて思い込むとそれが正義になる。他者の気持ちを踏み躙っても何の痛痒も感じない。心が麻痺するんだろう。

「和議をと頼んできたのは島津の筈だったがそれにしては随分と日向北部、一向門徒への対応が手荒い」

「和議は正確には家臣の伊集院右衛門大夫の願いです。島津修理大夫は違う考えなのかもしれませぬ」

小山田左兵衛尉と真田源五郎の会話に皆が頷いた。

「つまり、島津は和議を守る意思は無いという事か」

安養寺三郎左衛門尉の問いに千賀地半蔵が〝そのように思われます〟と答えた。皆が俺を見た。

やれやれだ。

「御屋形様、これでは九州の和議は長続きしませぬな。いずれは大友、龍造寺も和議を無視して動く筈」

　そんな皮肉そうな笑みを浮かべるな、重蔵。

「重蔵、どのみち破られるだろうと俺は思っている。だが予想よりかなり早くなりそうだ」

　敢えて事も無げに答えると〝御屋形様〟と生真面目な荒川平九郎が俺を窘めた。いつもの事だな、通常運転だ。唯一通常運転じゃないのは蒲生下野守が居ない事だ。体調を崩して寝込んでいるらしい。温泉ではしゃぎ過ぎたかな？

「半蔵、顕如は日向に居るのか？」

「いえ、薩摩に居ります」

　なるほど、人質だな。島津は門徒達を信じていない。顕如と門徒達が一緒になるのを危険視している。顕如の身柄を押さえる事で門徒達をコントロールしようとしているのだろう。

「それと日向北部には伊集院右衛門大夫が居ります。門徒達のまとめ役になっているようです」

　まとめ役か、島津修理大夫の代理人と言ったところか。或いは目障りだから追い払ったか。薩摩に置いていては顕如、一向門徒達の代弁者になりかねぬと思ったのかもしれない。

　右衛門大夫か、傲岸なところ、自信家なところが見える男だった。多分、馬鹿を相手にするのが出来ない男だ。上司、同僚から見て仕事のし辛い男だろう。有能ではあるがそれ故に敵が多い筈だ。何処か史実の石田三成に似ているかもしれない。追い詰められた一向門徒、敵の多い右衛門大夫。どちらも調略はかけやすい状況にある。

「御屋形様」

半蔵が押し殺したような声を出した。

「うん、何かな、半蔵」

「門徒達の間で顕如への求心力が薄れております。不満を露わにする者も多いとか」

座がざわっとした。皆が驚いている。結束の固い一向門徒が揺らいでいる。長島の証意が本願寺と袂を分かって以来の事だな。

「今少し詳しく頼む」

「はっ」

半蔵が一礼して話し始めた。門徒達は安芸で地獄を見た。飢えに苦しみ仲間同士で喰い合う所にまで追い込まれた。そして土地を奪われ追放された。門徒達の中には一揆など起こさず朽木の法の下に暮らしていた方が良かったのではないかという声が有るらしい。

そして彼らの不満を増大させている一因に島津修理大夫の存在が有る。修理大夫は門徒達に好意を持っていない。受け入れにも反対した。島津の為に戦い地獄を見たのに何故そのような扱いを受けるのか？　安芸が毛利領だった頃、門徒達は毛利家から丁重な扱いを受けた。朽木領になってからは特別な扱いは受けなかったが不当な扱いも受けなかった。だが現状の扱いは明らかに厄介者だ。当然だが門徒達は納得がいかない。

そして将来についても明るい展望は見えてこない。ただ利用され邪魔者扱いされているという不満と将来への不安だけが門徒達には募っている。その事が顕如への不信感に繋がっているのだ。顕如は間違った方向に自分達を導いているのではないか。何故、島津修理大夫を説得出来ないのか。顕如を無条件に信じるべきではないという声が門徒達の間で生じているらしい。良い傾向だ。

「今門徒達の多くが信頼しているのは右衛門大夫にございます」

なるほど、伊集院右衛門大夫は主君の意に背いて門徒達を受け入れた。おまけに身近にいる。信頼は強まるだろう。

「顕如を慕う者は？」

半蔵が首を横に振った。

「勿論居りますが数は少なくなりつつあります。以前の様に門徒達を動かす事は出来ますまい」

彼方此方から溜息が聞こえた。

「島津修理大夫の狙いはそれかな？　顕如を薩摩に留めているのは実権を奪おうとしての事、門徒達への影響力を削ごうとしての事。真の狙いは右衛門大夫を使って門徒達を自由に動かす事、そういう事かな？」

皆がぎょっとしたような表情をしている。島津が自由に動かせるのであれば一向門徒でも問題は無いのだ。顕如から実権を奪おうと考える事は十分に有り得る筈だ。

「御屋形様、半蔵殿は島津修理大夫と右衛門大夫の仲は宜しからずと言っておりますぞ」

「見せかけという事も有り得るぞ、太郎左衛門尉。島津修理大夫と右衛門大夫が不和であれば門徒達の右衛門大夫への信頼は強まろう。表では不和と見せかけ裏では密に繋がる。そうする事で顕如から力を奪い門徒達を島津の為に使う。島津修理大夫と右衛門大夫が一芝居打ったのだとしたら？

太郎左衛門尉、有り得ぬとは言えまい」

俺の言葉に不破太郎左衛門尉光治が顔を強張らせながら〝如何にも〟と頷いた。

「半蔵、如何だ？　有り得ぬと言えるか？」

「言えませぬ」

半蔵は俺から目を逸らさない。しっかりと俺を見ている。半蔵も俺と同じ疑いを持ったのかもしれない。島津なら有り得る、あそこは戦も上手いがえげつなさでもトップクラスだ。油断は出来ない。

「見極めろ、そうでなければ島津の動きが読めぬ」

「はっ」

半蔵が畏まった。

「半蔵、顕如と接触出来るか？」

「はっ」

自信有り気だ。流石伊賀だな、薩摩で顕如と接触が出来るとは。

「右衛門大夫とは如何か？」

「勿論出来まする」

「いずれ頼むかもしれん。準備は怠るな」

「はっ」

半蔵がニヤリと笑った。こいつ、俺の心を読んだな。

島津修理大夫と右衛門大夫が繋がっているなら右衛門大夫は邪魔だ。消すしかない。その時には顕如を利用すべきだ。顕如に右衛門大夫を殺して実権を奪い返せと唆そう。顕如は自分を妄信する信者を使って右衛門大夫を殺すだろう。ついでに顕如を島津修理大夫に殺させれば言う事無しだ。門徒達は反島津で立ち上がる筈だ。血腥い殺し合いが日向北部で始まるだろう。

　島津修理大夫と右衛門大夫が反目しているなら寝返りを打診しよう。条件は朽木の法の下での信仰の自由だ。このままいけば一向門徒と右衛門大夫は大友との戦で磨り潰されるか島津に用済みになった後に潰されるかだ。その辺りが分からないとも思えん。こちらの話に乗って来る筈だ。

　乗って来ると確信が持てた時点で島津修理大夫に売るという手も有るな。血腥い粛清が起きる筈だ。或いは一向門徒と右衛門大夫は自立を図っているとでも吹き込もうか。大友領、龍造寺領でそういう噂を流すのも良い。大友、龍造寺を捲き込んでの大騒動になるのは間違いない。滅茶苦茶になるだろう。

　門徒達に利用価値が無くなれば顕如にも利用価値は無くなる。一向宗との争いも十五年が過ぎた。そろそろ戦国の世から退場して貰おうか。まあ如何いう手を打つにせよ、優先すべきは織田、徳川だ。準備をしておいて織田、徳川への対応が一段落した時点で手を打つ。ちょっと厳しいかな？織田、徳川攻略は出来るだけ急ぐとしよう。

一波纔かに動いて

天正五年（一五八一年）　二月中旬　　近江国蒲生郡八幡町　　八幡城　　朽木小夜

「御屋形様、入っても宜しゅうございますか？」

声をかけると〝構わぬぞ〟と返事があった。部屋に入ると御屋形様は大の字に寝そべって天井を見ていた。私が傍に座っても黙って天井を見ている。やれやれ、困った事。

「如何なされました？」

「うむ」

まだ天井を見続けている。

「皆が心配しておりますよ」

「そうか」

「お寂しゅうございますか？」

御屋形様が私を見た。

「……分からん」

「分からん？」

問い返すと御屋形様が身体を起こし私と向き合った。困ったような表情をしている。

「分からぬのだ。なんと言うか在るべき物が無い、そんな感じがする。違和感があるのだ。寂しいのかな？」

問い掛けてきたが視線は宙を彷徨（さまよ）っている。私の答えを待っているとも思えなかった。

「寂しいのだと思います」

御屋形様が私を見た。

「そうか、寂しいのか」

「はい、大方様も寂しがっておられます」

「そうか、母上も……」

御屋形様が溜息を吐かれた。

譜代の重臣、日置五郎衛門、宮川新次郎の二人が相次いで世を去った。二人とも御屋形様が幼いころから支えてきた男達だった。御屋形様にとっては傅役、いや肉親のような存在だった。近年は相談役として御屋形様の傍に居た。それだけに喪失感が強いのだと思う。

「湯治に行った時は元気だったのだがなあ。まだまだ長生きするだろうと思ったのだが……」

「……楽しゅうございましたか？」

御屋形様が〝ああ〟と頷かれた。

「随分と燥（はしゃ）いでいたな、子供の様だった」

「まあ」

私が笑っても御屋形様は笑わない、いや笑えないのかもしれないと思った。

「考えてみればあの二人には随分と心配をかけた」

「……」

「俺は変わり者だったからな。父が死んで二歳で家を継いだ時は不安だっただろう。よく俺に付いてきてくれたものだ」

「……」

「高島七党を潰して五万石になったときは大喜びしていたな。だが北近江三郡の領主となった時はそれほどでもなかった。妙な話だ」

「左様でございますね」

御屋形様が頷かれた。でも何処となく心はここにない、そんな風情だ。

「日吉大社、比叡山を焼き討ちした時もあの二人が率先して動いてくれた。そうでなければ皆が躊躇っただろう。良くやってくれたものだ」

「はい」

「口煩い爺で俺の顔を見れば小言を言っていたがあの事を責められた事は一度も無い。もう二度とあの二人の小言を聞けぬのだなあ……」

「……」

御屋形様がまたごろりと横になった。そして私を見た。

「心配をかけたか?」

「はい、私だけではありませぬよ。大方様も側室の方達も心配しております。平九郎や又兵衛も心配しております」

「そうか、済まぬなあ。しかしどうにも調子が出ないのだ」

「分かっております。無理をなされる必要はございませぬ。小夜は御屋形様が稀に見せる弱いところが好きです」

御屋形様が〝好き？〟と目を瞠った。

「ええ、いつも強い御屋形様を見ておりますす。頼り甲斐がある、頼もしいと思っておりますけど稀に弱い所を見せて戴くと御屋形様がより一層愛おしくなります」

「愛おしい？　馬鹿な事を……。戦国乱世だぞ、弱いという事は罪なのだ。どれほど非道であろうと強くなければならぬ。そうでなければ皆を守る事は出来ぬ」

「はい、分かっております」

「俺を見ろ。比叡山を焼き一向門徒を根切にした。足利将軍を追い落とし同盟者であった織田を潰そうとしている。後世の学者共は俺の事を血も涙も無い鬼畜だと罵るだろう。だがそれで良いのだ。乱世で強いという事はそういう事だからな」

強い口調、でも私を見ようとしない。照れていらっしゃる、そういうところも愛おしいのだと思った。


天正五年（一五八一年）　二月中旬　　伊勢国三重郡菰野村　　朽木奈津

「良いお湯でございますね」

「ああ、そうだな」

弥五郎様と二人、お湯に浸かっている。ちゃぽん、ちゃぽんと湯の音がした。私も弥五郎様も身に着けているのは白の小袖のみ。肌が透けて見えそうなのが少し恥ずかしい。弥五郎様も私を見る時はちょっと眩しそうな表情をする。弥五郎様が手ですくったお湯を肩にかけている。寛いでいるのが嬉しい。

「如何でございますか？」

「何がかな？」

弥五郎様が訝しげな表情をしている。

「ずっと御屋形様の代わりを務め休む間もなく美濃攻めも致しました。お疲れだったのではないかと思ったのです。少しは疲れが取れたのかと……」

弥五郎様が〝そうだな〟と言って笑みを浮かべられた。

「疲れていたというより緊張していたという感じだな。湯に浸かるとホッとする。身体が蕩けそうだ」

「まあ」

私が笑うと弥五郎様も笑う。私達の笑い声が湯場に響いた。

「御屋形様に感謝しなければなりませんね」

「そうだな、お気遣いをして頂いた」

本当にそう思う。越後にいる頃は怖いお方だと聞いていたけどそんな事は全然無い。頼り甲斐が有ってお優しいお方だ。姉の事も随分とお気遣い頂いた。

「ここのお湯は何に効くのでございましょう？」

「胃の腑の病や怪我や傷に効くらしい。それに肌も綺麗になると聞いた」

「まあ、肌も？」

「ああ」

ならば出来るだけ入っていかないと。早く弥五郎様の和子が欲しい。

「ところで、先日長野家の方が来ておられましたが」

「ああ、藤五郎と鈴の事か」

「はい。その鈴殿の事なのですが随分と親しいように御見受けしたのですが……」

焼き餅じゃないわ、ちょっと疑問に感じたから……。

「昔よく遊んで貰った。塩津浜城に居た頃だからもう十年ほど前の事になる。私が五歳か六歳頃の事だ」

「遊んで貰った？　では鈴殿は朽木家に所縁の方なのですか？」

弥五郎様が〝いや〟と言って首を横に振った。

「鈴は長野本家の娘だ。朽木家との直接の関りは無い」

長野本家の娘？　弥五郎様がお湯をすくって顔を洗った。そして〝ホウッ〟と息を吐いた。

「十年ほど前の事だが鈴は塩津浜城に居た。大体一年ほどは居ただろう。御祖母様に可愛がられてな、辰殿や篠殿と一緒に遊んでいた。私も御祖母様には可愛がって頂いた、一緒に遊んだのだ」

「音」の世界へいざ、進
こえ
台本
淡海乃海
豪華キャストが集結！
キャスト
竹若丸／基綱：江口拓也
竹若丸(2歳)／多々良：永塚拓馬　綾／奈津：茅
小夜／キリ：伊波杏樹　植綱：塩屋浩三　晴綱
高明／義輝：山谷祥生　五郎衛門／惟綱／定
黒野重蔵：田中進太郎　三雲対馬守：山口りゅ
芥：丸塚香奈　紬：会沢紗弥　小夜お付：碧
好評発売中！
「淡海乃海 水面が揺れる時
～三英傑に嫌われた不運な男、朽木基綱の逆襲～十」
と同時発売！
シリーズ初
外伝集
発売！
外伝集～老雄～
淡海乃海
水面が揺れる時
［著］イスラーフィール
［絵］碧風羽
3月19日発売！
TOブックスのオンラインストアにて予約受付中！ www.tobooks.j

懐かしそうな御顔。では鈴殿は人質だったのだろうか？　でも朽木家は人質は取らない筈、その事を訊ねると弥五郎様がちょっと困ったような御顔をされた。

「内実は人質だったが名目としては父上の側室だった」

「側室？　ですがあの方は……」

未だ二十歳ぐらいの筈、十年前なら十歳ぐらいだけど……。疑問に思っていると弥五郎様が頷かれた。

「ああ、当時十歳だった筈だ。だから名目なのだ」

「何故そのような事に？」

弥五郎様が困惑したような表情を見せた。

「私も未だ幼かったから詳しい事は知らない。十年前、父上は伊勢を攻めたのだが随分と苦労したらしい。父上に反抗する者が多くなかなか伊勢は安定しなかったと聞く」

「はい」

弥五郎様が掌を握ったり開いたりした。手首を動かしている。違和感が有るのだろうかと思っているると私を見た。ただ動かしただけのようだ。

「長野家は朽木に従属したのだが周囲に長野家に敵対する者がおり不安に思った。それで朽木家との絆を強める必要を感じた。本来なら人質を出すのだが朽木家は人質を取らない。それに人質よりも側室の方が周囲には通りが良い。長野家に手出しするのを躊躇うだろうと考えた。それで鈴が塩津浜城に来たのだ。父上としても伊勢の中部に勢力を持つ長野氏は大事だったからな、鈴を受け入れた」

「そういう事でございましたか。……先程鈴殿は長野本家の娘と伺いましたが？」

弥五郎様が〝それか〟と仰られた。

「先代の長野家当主には男子が居なかった。子は鈴だけだったのだ。そのため跡は鈴の叔父が継いだ。藤五郎はその息子だ」

なるほどと思った。鈴殿を娶る事で自分の立場を強化したのだろう。

「一年ほどと聞きました。伊勢は安定したのですね」

「まあそうだ。父上もホッとしただろう。長引けば鈴を本当に側室にという話が出た筈だからな」

「御屋形様は鈴殿が苦手だったのですか？」

弥五郎様が笑い声をあげた。危ない、危ない。もうちょっとで嫌いというところだった。

「そんな事は無い。今思えばあの頃は忙しかった筈だが父上は鈴とよく遊んでいた。貝合わせや綾取り、散歩をな。鈴も父上を慕っていた」

思わず〝まあ〟と声を上げてしまった。あの御屋形様が貝合わせ？ 綾取り？ 相手の鈴殿は十歳。……兄と竹姫様のような感じかしら？


天正五年（一五八一年） 二月下旬　　近江国蒲生郡八幡町　　八幡城　　北条氏基

御屋形様が書類を取り上げ丁寧に読んで行く。頷く時も有れば眉を寄せる時も有る。読んでいるのは敦賀(つるが)の湊(みなと)からの報告書だ。敦賀の湊は朽木家にとって大事な湊だ。蝦夷(えぞ)地、そして西国との交易を行う拠点であり明船、南蛮船もやってくるのだとか。それによってこの近江には敦賀の湊から様々な品が運ばれて来るのだという。その事を私に教えてくれたのは石田佐吉殿だがどうにも想像が付かない。

相模国にも湊は有った。でも明船や南蛮船などは来なかった。蝦夷地や西国との交易もしていなかった。多くは上総、下総、安房の船で駿河、尾張、伊勢から時折船が来る程度だったようだ。春伯母上、桂叔母上、菊叔母上からはそう聞いている。船が多く来るという事は物が多く来るという事。伯母上方は近江の物の豊富さに驚いている。

私が驚いているのは近江の刀だ。朽木物と呼ばれる刀はいずれも切れ味の良い名刀揃いだ。御屋形様が刀鍛冶を朽木に集めた事で良い刀が作られるようになったらしい。関東では相州物が有名だったけれど相州物を作る刀鍛冶も朽木には居たようだ。他にも美濃、伊勢から刀鍛冶が来て互いに協力し合って朽木物と呼ばれる刀が出来た。元服した時に御屋形様から関兼匡（せきのかねまさ）の太刀と脇差を頂いた。兼匡は元は美濃に居たが御屋形様の呼び掛けに応えて朽木に来た刀鍛冶の一人だ。今では名工として名が高い。

御屋形様が書類を文箱に入れた。

「次郎五郎、藤四郎」

御屋形様が吉川次郎五郎殿、小早川藤四郎殿を呼ばれた。

「敦賀の湊に朝鮮からの船が来ているそうだ」

暦の間がざわめいた。名を呼ばれた次郎五郎殿、藤四郎殿は勿論の事、石田佐吉殿、加藤孫六殿、明智十五郎殿、細川与一郎殿、黒田吉兵衛殿、皆が驚いている。

「美保の関が朽木家の物になった。あそこには以前から朝鮮の船が来ていたらしい。朝鮮から美保、美保から小浜、敦賀へと船が流れているようだ。その方達は美保に朝鮮の船が来ている事を知っていたか？」

次郎五郎殿、藤四郎殿が顔を見合わせた。

「某は知りませんでした」

「某は聞いた事が有ります」

藤四郎殿は知らない、次郎五郎殿は知っていた。同じ毛利の家なのに？　不思議な事だ。

「なるほど、吉川の家は山陰だからな。美保の関には関心が有ったか」

御屋形様が頷いている。そうか、吉川家は山陰、小早川家は山陽、同じ毛利家でも場所が違う所為か。

「次郎五郎、朝鮮からは何を買っていた？」

「さあ、そこまでは……」

「分からぬか」

「はい」

次郎五郎殿、ちょっと面目なさげだ。

「向こうが持ってきたのは朝鮮人参、経典、陶磁器等だな。虎の皮も有る。俺も昔の事だが虎の皮を堺から買った事が有る。あれは朝鮮の物であったのだろう」

「御屋形様、その虎の皮は今どちらに？」

石田殿が問い掛けると御屋形様が御笑いになった。

「一枚は京の叔母上に贈った。後は六角家へ祝いの品として持って行った物が有るな。もしかすると観音寺城の蔵に有るのかもしれぬ。もっとも二十年近く前の事だ、どうなっている事か……。盗まれたか、或いは鼠にでもかじられているかもしれぬな」

二十年も前？　自分が生まれる前の事だ、ちょっと想像が付かない。

御屋形様が御笑いになっている。良かった、御元気になられたようだ。相談役の日置五郎衛門殿、宮川新次郎殿が僅か十日ばかりの間に相次いで亡くなられた。御二人とも譜代で御屋形様が幼い頃から仕えてきた重臣だった。御二人の名は関東に居た私にも聞こえていた。五郎衛門殿は越前で一向宗と戦い新次郎殿は京に押し寄せた三好勢から公方様を守った事で有名だ。隠居してからも相談役として常に傍に居る事を命じられる程信頼が厚かった。それだけに御屋形様は随分と気落ちされていた。

明智殿、細川殿、黒田殿、小早川殿は御嫡男弥五郎様の側に仕えているが弥五郎様は今湯治に行っている。その間は御屋形様に御仕えする事に成っている。御屋形様の側で色々と学びたいという事の様だ。これまで御屋形様が気落ちしているのを心配していたが御屋形様が御笑いになったので安心したようだ。表情が明るい。桂叔母上も安心するだろう、随分と心配していた。後で叔母上に教えて上げないと。

「陶磁器か……、青磁、白磁、やはり物は向こうの物の方が良いな。陶工をこちらに呼んで作らせようか……」

陶工をこちらに呼ぶ？　朝鮮から？

「如何した？　皆何を呆けている」

慌てて周りを見た。皆もキョロキョロしている。呆けていたのは自分だけではないらしい。

「朝鮮から陶工を呼ぶのでありますか？」

石田殿が問うと御屋形様が頷かれた。

「朝鮮とは限らぬ、明からでも良い。この国に呼び陶磁器を作らせる。その技術を学ばせこの国の陶工にも優れた陶磁器を作らせるのだ」

「……」

「この国は天下統一へと向かっている。いずれ戦は無くなるのだ。そうなれば領主の仕事は敵から領地を守る事では無く領地を富ませ領民を富ませる事に成る。違うか？」

確かにそうだ。戦が無くなるのだからそうなる。

「領地を富ませるには様々な産物を作り売らねばならん。良い物ほど高く売れよう。そのために外から人を呼ぶ、新しい技術を学ぶ。少しもおかしな話ではないぞ」

御屋形様の仰られる通りだ、おかしな話じゃない。朽木の刀が有名になったのは様々な刀鍛冶を招いたからだった。陶工を明や朝鮮から招くのもそれと同じだ。でもそんな簡単に思い付く事でもない。やっぱり御屋形様は他の人とは違う。内大臣も直ぐに辞めてしまったし……。

天正五年（一五八一年）　二月下旬　　近江国蒲生郡八幡町　　八幡城　　朽木基綱

そんなに唖然（あぜん）としなくても良いだろう。技術が無ければ外部から技術導入を図るのは当然の事だぞ。技術導入をしたら技術革新だ。要するに追い付け追い越せなのだ。そうやって人類は進歩してきた。国を開いて外と交流するのはその為だ。鎖国なんてしたら外の変化に付いていけなくなる。俺は天下を獲っても国を閉じるつもりは無い。史実の徳川政権の鎖国なんて引き籠（こも）りだろう。平和が二百年以上続いたなんて評価する奴も居るがその代償が世界からの置いてけぼりだった。とても評価は出来ん。明治の元勲達はさぞかし徳川を恨んだだろうな。幕府を倒した代償として置いてけぼりの後始末を押し付けられたのだから。

朝鮮からの船が敦賀に来た。私貿易、要するに民間の船だな。正式な交易は対馬の宗氏が握っている筈だ。こっちに来る事はないだろう。美保に来た船は隠岐を経由して来たようだ。隠岐って日本海では交易船の中継地としてかなり重要な拠点らしい。間抜けな話だが吃驚だ。

陶磁器か、今の日本には陶器は有っても磁器は無い筈だ。史実では朝鮮出兵で陶工を朝鮮から連れ帰った。その事が有田焼という磁器の生産に繋がった筈だ。確か十七世紀に入ってからだろう。土を固めるんじゃなくて磁器の原料となる岩を砕いてそれを使って焼き物を作った。細かい事は分からんが要するに陶器と磁器は製造原料が違うのだと思う。

俺は中国征服、朝鮮出兵なんて考えていない。つまりこのままでは有田焼は生まれないし同じ磁器である九谷焼も生まれない事に成る。あれ、儲かるんだよな。西洋では大人気だと聞いた覚えが有る。有田焼は無理だが九谷焼は加賀だから今からでも作る事は出来る。このまま放置という手は無い。朝鮮、中国から陶工を呼ぼう。新たな産業育成だ。もっと早く手を打っておけば良かった。失敗した。

しかし朝鮮出兵が無いとアジア史はどうなるのかな？　朝鮮救援は明にとってかなりの財政負担になったと聞いている。財政が破綻しそれによって政治的な混乱が生じた。朝鮮救援は明滅亡の一因だった筈だ。しかしそれが無ければ？　史実では十七世紀の半ばに清に滅ぼされた。明は既に斜陽だが滅亡はもう少し先に延びるのかな？　それともだらだらと明が続くのか。最後は内部分裂して後漢末から三国時代みたいになるのか……。

清が成立しない、満州を中心とした後金という国家で終わる可能性が出て来た。この場合朝鮮はどうなるんだろう？　後金が対明戦を行うのなら朝鮮にも攻め込む筈だ。明に攻め込むには後方の安全を確保する必要が有る。朝鮮はその気になれば明に攻め込んだ後金の後方を遮断する事も出来るのだ。後金が朝鮮を放置する事は無い筈だ。モンゴルだって何度も朝鮮半島に攻め込んで服従させている。

場合によっては朝鮮を巡って明と後金が争う事に成るのかな？　或いは明は朝鮮を見殺しにし朝鮮は日本に援軍を求める、そんな事も有り得るかもしれない。朝鮮半島に兵を出す？　そして後金と戦う？　却下だな。日本は島国なのだからその利点を生かすべきだ。半島や大陸とは交易を中心とした繋がりを持つが戦争には関わらない方が良い。海軍を強化して制海権を握れば可能だ。明治の日本の様に半島に関われば嫌でも戦争に巻き込まれる。避けるべきだ。後々のために遺言状でも作った方が良いかもしれない。日本の行動指針？　そんな感じかな。

伊勢兵庫頭から文が届いている。俺が辞任した内大臣の後には予定通り近衛前基が就任した。これで廟堂は関白に九条兼孝、左大臣は一条内基、右大臣には二条昭実、内大臣に近衛前基になる。いずれも摂家の人間だ。公家ってのは本当に家柄が物を言う。武家とは違うな。

その摂家の事で朝廷から兵庫頭に打診が有った。絶家になっている鷹司家を再興させたいと。綾ママに確認したのだが鷹司家最後の当主は鷹司忠冬という人物で従一位関白にまでなった。廟堂では頂点に立ったと言う事だ。三十代半ばで亡くなったのだが跡継ぎが無く鷹司家は断絶した。鷹司家が断絶して三十五年というから俺が生まれる直前の事だな。まあ天下も落ち着いて来た、他人の事を思い遣る余裕が出て来たと言う事だろう。

鷹司家の当主となって再興する人物だが二条晴良の息子、晴房を朝廷は考えているらしい。摂家の当主だからな、同じ摂家の中から選ぶと言うのは分かる。だがな、二条晴良の息子？　これが実現すれば五摂家の内二条、九条、鷹司の当主は二条晴良の息子と言う事に成る。多分俺に打診してきたのは俺と二条の関係が微妙だと思っての事だろう。まあ俺は如何でも良い、気にしない。だが太閤近衛前久は如何考えているのかな？　そっちの方が問題だろう。それに左大臣一条内基が如何思うか？　兵庫頭にはその辺りを確認させよう。

それとは別に改元の事を兵庫頭が提案してきた。帝が代替わりしたのだから元号も変えてはどうかという事だ。なるほどな、確かに改元をしてもおかしくは無い、いやむしろ行うべきだろう。もしかすると兵庫頭は公家達から何か言われたのかもしれない。良いだろう、改元をしよう。費用は朽木が持つ。臨時収入だ、朝廷も喜ぶだろう。

薩摩に居る足利義昭は相変わらず意気軒昂らしい。俺が島津に琉球から手を引けと言ったのが気に入らないようだ。琉球は島津の物だ、足利がそれを認めたと煩く騒いでいるのだとか。俺の事を僭越(せんえつ)だと事有るごとに言っているらしい。側近達は義昭に迎合している様だが義昭の居ない所では早く京に戻りたいとぼやく事も有るようだ。何と言っても収入が無いからな、島津におんぶにだっこだ。肩身が狭いのだろう。昔と違って流浪の将軍に援助しようと言う勢力は無くなった。徐々に追い詰められている。その事を義昭の側近は切実に感じているらしい。

改元したらそれに合わせて義昭の上洛を求めようか。俺が命じても無理だろうが帝の命ならどうだろう。本人は嫌がるかもしれんが側近達は受け入れるべきだと義昭に言う可能性は有る。義昭自身、何処かでもう無理だと理解してはいるだろう。となればどうやって義昭の面子を立てるかだ。帝の命、それに関白は近衛から九条に代わった。九条は親足利義昭の二条晴良の息子だ。帰り易いんじゃないかな。後は俺が義昭の安全を保障すれば……。あ、いかん、源氏の氏の長者の件が有った。一旦棚上げだな。

義昭は三好左京大夫義継、伊勢(いせ)伊勢守貞孝(いせのかみさだたか)、細川兵部大輔藤孝、一色式部少輔藤長を殺している。その辺りを宥めなければならんな。それを思えば義昭を余り厚遇は出来ない。或る程度の官位を与えたらすぐに隠居して貰おう。そして息子を元服させる。足利家は一万石程の名門武家として扱おう。そして今義昭に仕えている連中はそのまま義昭が召し抱える事にする。最後まで面倒をみて貰おうか。幕府ごっこでも将軍ごっこでも好きな事をすれば良いさ。

義昭が薩摩から戻れば島津の面目は丸潰れだな。その島津が如何動くか、一向門徒の問題も有る。要注意だな。

天正五年（一五八一年）　二月下旬　　近江国蒲生郡八幡町　　八幡城　　黒野影昌

「こうして話すのは久しぶりだな」

「真に」

闇の中、二人だけで話す。声の様子から御屋形様が寛いでいるのが分かった。表で話すよりもこちらの方が気が楽なのかもしれない。

「それで、織田の様子は？」

「織田三介様が清州城内にて襲われました」

空気が重くなった。

「……三介殿は死んだのか？」

「いえ、掠り傷にございます」

じわりと空気が緩んだ。御屋形様が〝くっ、くっ〟と笑った。

「三介という男、能力は無いが長生きは出来る男のようだな。この乱世では得難い資質だ」

「織田家にとっては不運な限りで」

御屋形様が声を上げて笑った。

「小兵衛は酷い事を言う」

「御屋形様もそうお思いでございましょう」

死んでいれば織田家は新たな当主を立てる事が出来た。その方が織田家にとっては幸いだっただろう。そして朽木家は新たな当主の下に纏まった織田家を相手にする事に成った。織田家は運が無いが御屋形様は運が有る。

「襲った男だが何者だ？」

「織田三七郎様に所縁の者だとか」

「……恨みか、誰かに唆されたかな」

「それが己一人の思い立ちのようにございます」

「……」

御屋形様が考え込んでいるのが分かった。誰かに唆されたのではない、単独での凶行……。

「織田も危ういな」

「はい」

「俺が三介殿なら邪魔な連中に罪を押し被せて纏めて始末するのだがな、難しいか」

「難しゅうございます。それをやれば織田家は分裂致しましょう」

美濃を捨てた事で三介様への求心力は急速に失われた。無茶は出来ない。

「今年の正月でございますが」

「うむ」

「殆どの国人衆が年始の挨拶に代理を遣わしたそうにございます」

「ほう、本人は出向かぬか」

「はっ、正月の宴は随分と寂しいもので有ったとか」

御屋形様が〝くっ、くっ〟とまた笑った。

「なるほど、それも有って殺そうとしたかな。三介殿では国人衆が付いて来ぬと」

「かもしれませぬ」

国人衆が織田を見離しつつある。三介様は頼りにならぬと国人衆は見ている。三介様を除こうとしてもおかしくは無い。

「森三左衛門は如何か？」

「こちらに付くとの事でございます。なれど人質を取られているので内応は難しいと。敵対しない事で許して欲しいと言っております」

「そうか、まあ良い。敵に付かねば十分だ」

内実は織田を裏切るのが心苦しいのだろう。御屋形様も察している様だ。

「こちらにも動きが有った。鈴村八郎衛門の親族が鈴村を通してこちらに付くと申し出てきた。仲が悪かった筈なのだがな、かなり危機感を抱いているようだ」

「左様で」

鈴村と言えば岩作の鈴村か。岩作は瀬戸に近い。寝返りが織田に漏れれば忽ち潰されるだろう。

その危険を冒して寝返った……。

「攻め時だな。織田の親族衆、重臣達に接触し寝返りを誘え。遅くとも四月の下旬には攻め込む。寝返りは確実でなくとも良い。織田の親族衆、重臣達が迷ってくれればな。俺の方からも三十郎に文を送らせよう」

「はっ」

つまり出来るだけ多くの重臣達に声を掛けろという事か。三介様のために命を落とすのは無駄死にだと思わせろという事だな。となると誘降だけでなく流言も要るな。

「美濃から尾張に攻め込むとなれば木曽川沿いの国人衆を味方に付けねばならん」

「川並衆と呼ばれる者達ですな」

「うむ、その者達にも調略をかけてくれ。味方に付くのが難しければ手を控えてくれとな」

「敵対しましょうか？」

国境沿いの国人衆ならばこの手の判断には敏感な筈だが。御屋形様が闇の中で首を横に振るのが見えた。

「分からん。あの者達、織田家臣の木下藤吉郎と親しいようだ。その者次第だろう」

「木下は如何します？」

御屋形様の下に挨拶に来ていたな。調略の障害になるようなら場合によっては殺す事も考えなければなるまい。

「……何もしなくて良い。いや、木下には俺が心配しているとだけ伝えよ」

「はっ」

どうやら御屋形様は木下には思い入れが有るらしい。

「それと津島、知多の佐治、瀬戸、生駒(いこま)も忘れるな」

「はっ」

「こちらは織田と関係が深い、それだけに厄介かもしれん。だが織田よりも朽木に付いた方が将来(さき)が明るいと説得しろ。それと朽木は過去に拘(こだわ)らぬと」

「承知しました」

時が無い、急がなくてはならん。

五摂家

天正五年（一五八一年）　三月上旬　　近江国蒲生郡八幡町　　八幡城　　朽木堅綱

「ふむ、顔色も良い。そうは思わぬか、小夜」

「そうでございますね。弥五郎殿、奈津殿、少しは伊勢の湯でゆっくり出来ましたか」

「はい、十二分に」

答えると隣で奈津が頷いた。それを見て父上と母上が満足そうな笑みを浮かべた。

「それは何よりであった。真面目なのも良いが時には息を抜くのも必要だ。その辺の加減を自分でつけられるようになれば安心なのだがな」

「そのように努めたいと思います」

答えると父上が御笑いになった。

「難しいぞ、俺も中々出来ぬのだから。奈津、そなたも気を付けてくれよ。弥五郎を頼むぞ」

「はい」

父上が頷いた。

「弥五郎、その方が伊勢に行っている間に色々と動きが有った。その事を話さねばならん。小夜、奈津、済まぬが席を外してくれるか」

父上の言葉に母上、奈津が席を立った。織田の三介殿が命を狙われた、織田家は混乱している。おそらくはその事であろう。二人が立ち去るのを見届けてから父上が〝近う寄れ〟と言った。

「悪巧みは顔を寄せ合って行うものだ」

父上が笑っている。悪巧みとは……。父上から五尺程の所まで膝を進めた。

「子が出来た」

「は？」

「辰と桂にな。今年の秋には生まれるだろう」

「おめでとうございまする」

悪巧みは……。

「うむ、有難う。だが少々面映ゆいな。そなたの所は如何か？　奈津にそのような気配は無いか？」

「奈津にでございますか？　さあ、今のところは……」

父上が〝そうか〟と仰せられた。

「或いは奈津は気に病むやもしれぬ。十分に労ってやれよ」

「はあ」

「そなたの母、小夜も嫁いでから暫くは子が出来ずに悩んでいたようだからな。気を付けねばならん」

「分かりました」

答えると父上が頷かれた。そうだな、気に病むやもしれぬ。父上がわざわざ教えてくれたのはそれが理由か。

「今年の正月の事だが織田の国人衆はその殆どが年賀の挨拶に使者を送ったそうだ」

「使者を？」

父上が〝そうだ〟と頷かれた。

「本来なら自ら赴いて挨拶をするのが筋。それをせぬ。三介殿を見限ったのであろうな」

「なるほど」

国人衆が織田を見限った。それでは兵が集まるまい。

「四月に兵を出す、尾張に攻め込む」

「四月に……」

「今小兵衛が織田の親族衆、重臣達に朽木に付けと声をかけている」

「……」

父上の視線が強くなった。

「その方は美濃から尾張に攻め込む。俺はまた伊勢に湯治に行こう。但し、今度は俺も尾張に攻め込む」

「はっ」

なるほど、前回は牽制だった。今度も同じ事をすると見せかけて不意を突いて攻め込むという事か。

「小兵衛の調略はどのような……」

「森三左衛門は積極的に敵対はせぬと言ってきた。他は分からぬ」

「……」

「俺の見るところ織田の親族衆、重臣達は内心では三介を見離しているようだ。使者を送れば寝返りは無理でも積極的に敵対する事は無いと見ている」

「確かに」

「国人衆も積極的に戦には参加せんだろう。だが織田は朽木同様銭で兵を雇う。兵力が足りぬという事は有るまい。油断は出来ぬ」

「はい」

「あの辺りは河川が多い。美濃の国人衆から良く話を聞く事だ」

「はい、御教示、有難うございます」

「うむ、頼りにしているぞ」

河川が多いか。渡る時に攻撃を受けると厄介ではある。鉄砲、それに大筒で援護させるべきかな？　後で半兵衛に訊いてみよう。

天正五年（一五八一年）　三月上旬　　山城国葛野郡　　近衛前久邸　　九条兼孝

「禎兆(ていちょう)か、めでたき兆(きざし)という意味か」

「はい」

太閤、近衛前久が一口茶を飲んだ。ホウッと息を吐く。

「悪うはないの、もうじき天下も統一という事に成ろう。世の中も落ち着く、めでたき限りじゃ」

「はい」

太閤が頷いている。新しい元号は禎兆に決まった。四月の然るべき日を選んで改元への運びとなろう。

「鷹司の件だが前内府(さきのだいふ)から麿と一条左大臣の所に問い合わせが有った。良いのかと」

「……」

太閤殿下がチラリと私を見た。

「まあそなたの父御とは色々と有ったからの、心配しているらしい」

当然の心配と言える。弟が鷹司家を継げば五摂家の内三家を二条の血が占める事に成る。

「だがの、天下が統一されようとしている時、もはや我ら公家も内で争っている場合ではない」

「はい」

「天下を獲った前内府と帝が対立する、考えたくはないが有り得ぬとは言えぬ。その時には我らは一つとなって帝をお守りせねば……、そのためには味方は多い方が良い。鷹司家を再興し五摂家として事に当たる必要が有る。そうであろう？」

太閤が私を強い眼で見た。

「分かっております。弟にもその事は確と申し含めます」

「うむ、頼むぞ。前内府は一筋縄ではいかぬからの。帝との関係を軋ませる事無く穏やかな形で維持しなければならん」

「はい」

ここ数代、足利は決して強い天下人では無かった。むしろその弱さは時として足利は頼りにならぬと帝を苛立たせた。だが前内府は間違いなく強い天下人になる。それが帝との関係に如何影響するのか……。

「ところで源氏の氏の長者の件だがどうなったかな？」

「その事でございますが前内府から少し待って欲しいと」

太閤が眉を上げた。

「ほう、何故かな？」

「薩摩に居る公方を上洛させたいと」

〝ふむ〟と太閤が鼻を鳴らした。太閤と公方の関係は良くない。予想はしていたが余り良い反応ではない。

「簡単に上洛するかの」

「前内府は帝の命で上洛させたいと考えているようにございます。新たな帝の命なら……」

「なるほど、意地を張らずに済むか」

「はい」

太閤と私、互いに顔を見合って頷いた。

公方は先の帝、院に対して良い感情を持っていない。その理由は先ず前公方(さきのくぼう)、足利義助に将軍職を認めた事、そして自らの将軍就任時に前公方に対して過分な配慮を示した事が有る。院も公方に対して強い不満を持った。悪政を布き朝廷を混乱させるだけで朝廷には何の奉仕もしなかった。将軍として不適格と見たのだ。その分だけ院は前内府を頼りにした。その事がまた公方には面白くなかった。院の命なら公方は上洛はするまい。だが帝の命なら……。

「そうよなあ、可能性は有るか。麿も関白を辞したゆえな。そなたが関白なら……」

〝ほほほほほほ〟と太閤が笑い声を上げた。父、二条晴良は親公方派であった。だが私には関係無い。少々迷惑ではある。

「となると源氏の氏の長者になるのはちと拙(まず)いの」

「左様でございますな。公方は意地になりましょう」

「そうよな」

太閤が頷いた。

「薩摩では公方は大分苦しいようで」

「さもあろう」

「本人はともかく付いて行った者達が弱音を吐いているとか」

「……」

朽木の天下は動かぬ。島津は所詮九州南部の大名。龍造寺、大友とも敵対している。九州を纏めて上洛する事は難しかろう。公方は足利尊氏の再現を狙っていると聞くがもう何年も九州に留まっている。そしてその間に朽木の勢いはさらに強まっているのだ。上洛など到底無理としか思えない。島津とてそのような事は考えてはいないだろう。朽木の斡旋で龍造寺、大友と和議を結んでいるのだ。

「しかし将軍職は如何するつもりかな。辞任を要求しては意地でも上洛はすまい」

「そのままで」

太閤の口元に力が入ったのが分かった。

「将軍にはならぬ、幕府を開かぬというのか」

「さあ、その辺りは何とも……。なれど伊勢兵庫頭の話では前内府は征夷大将軍職は足利の家職で良いと言っているのだとか」

「なるほど、足利の家職か」

太閤が頷いた。

前内府は将軍になりたがる単純な男ではないらしい。朝廷の中で勢威を伸ばす事も望んでいない。官位にも執着しなければ皇統にも関わろうとしない。一体如何いう男なのか……。帝を尊崇しているようでは有るが今一つ掴み切れぬ所が有る。だからこそ太閤も帝と前内府の対立を危惧するのだ。

「確かにそれなら公方も上洛するかもしれぬ」

「はい」

「しかし征夷大将軍を必要とせぬとは一体前内府は何を考えているのか、一度聞いてみる必要が有るの」

「私もそう思います。御願い出来ましょうか」

「うむ」

太閤が頷いた。如何いう武家の府を開くのか、それによって朝廷との関係も変わってくるだろう。注意しなければならぬ。

「それで、戻すのは公方だけか？　顕如は？」

「公方だけでございます」

「なるほど、顕如には未だ利用価値が有るか」

「と言いますと？」

太閤がチラッと私を見た。

「顕如と門徒達を使って島津を混乱させようというのであろう。逆を言えば公方にはもう利用価値は無いという事よ」

「……」

「むしろ上洛させた方が島津の顔を潰す事が出来る。そう思ったのかもしれぬな」

「……」

「島津も焦ろうな、嫌らしい事を考えるものよ」

「……島津が公方を弑す、有り得ましょうか？」

「さての」

太閤が〝ほほほほほほ〟と笑う。口元だけだ、目は笑っていなかった。


天正五年（一五八一年）三月上旬　肥後国益城郡矢部郷　岩尾城　甲斐親直

「殿、深水三河守が相良に帰りました」

「そうか、三河守は何か言っていたか？」

「以後も心を一つにして島津に当たりたいと」

答えると主、阿蘇大宮司惟将が〝うむ〟と頷いた。頬に笑みが有る、満足しているらしい。

〝宗運〟と殿が私の法名を呼んだ。

「如何見る」

「はっ、相良遠江守様はかなり危機感を抱いているようにございます。三河守の口振りからそのように感じ取りました」

主が頷いた。耳川の戦いによって大友が大敗し九州の勢力図に変動が生じた。島津の勢いが南から北へと伸びている。その勢いは肥後にまで及んだ。島津が肥後を狙っているのは間違いない。その手始めが相良領の葦北郡。昨年の春には島津勢が葦北郡に攻め込み水俣城の攻防が生じた。

あのままなら水俣城は陥落したであろう、葦北郡も奪われたに違いない。だが朽木が動いた。大友、龍造寺を動かし島津を包囲する動きを見せた。そして臼らも土佐に兵力を集め日向を窺う姿勢を見せた。それによって島津は兵力の大部分を日向方面に動かさざるを得なかった。葦北郡の危機は回避された。そして島津は朽木に譲歩しその勢いは押し留められた。危うい所であった、唇欠ければ歯寒しと言うが相良の滅亡は阿蘇の滅亡にも繋がる。相良との連携を強め相良を助けなければ……。

「肥後、豊後、島津はどちらに動くと思うか？」

「さて、緊張が強いのは豊後にございまするが……」

日向に安芸の一向門徒を入れた事で日向、豊後の国境沿いで住民達の小競り合いが絶えぬと聞く。それを利用して戦に持ち込もうとしているようにも見えるが油断は出来ぬ。肥後、或いは両方で兵を動かす事は有り得よう。朽木に押さえられたとはいえ島津には勢いが有る。そして大友は弱体化している。

「宗運は龍造寺を如何見る」

「単純に島津に対抗するためというなら龍造寺を後ろ盾にする事も一つの策でございます。ですが殿は龍造寺を嫌っておられる」

私の言葉に主が苦笑を浮かべた。

「儂は肥前の熊を信用出来ぬ。柳川の蒲池の一件、そなたも知っていよう」

「はっ」

「蒲池は龍造寺の苦境を二度も救った家。蒲池の援助が無ければ龍造寺は滅んでいたかもしれぬ。今の龍造寺は無かったであろう。それを……」

主の顔が嫌悪で歪(ゆが)んだ。今年の正月、柳川の蒲池民部大輔が龍造寺に誅(ちゅう)され蒲池一族も族滅された。騙し討ちに近いやり方であった。蒲池民部大輔が島津に近付こうとした所為らしい。龍造寺の家臣達からは蒲池民部大輔その人は誅しても蒲池一族は滅ぼすべきでは無かったという声が上がっているると聞く。要地である柳川を龍造寺が自ら押さえるためではないかという噂が流れている。その可能性は有るだろう。

「あの男、大領を得てから人が変わった。傲慢、冷酷なところが出てきた。到底頼る事は出来ぬ。あれを頼れば島津から我らを守るという名目で無理難題を押し付けて来るだろう。そうは思わぬか？」

「かもしれませぬ。となれば頼るのは大友となります。ですが大友は島津、龍造寺、大友の三家では一番勢いが振るいませせぬ」

殿が頷かれた。

「そうよな、そして筑前の秋月とも関係は良くない。大友は周囲を敵に囲まれている。頼りにはならぬ」

「はい」

「だが大友には朽木を動かす力が有る」

強い口調だ、殿が私を見ている。殿は大友では無くその後ろの朽木を頼ろうと考えている。

「御気持ちは分かります。某もその事は考えました。なれど朽木は東に動きました。それに朽木が動いたのは大友のためでは無く琉球のためだとも言われております」

殿が息を吐いた。

「朽木を頼る事は出来ぬか？」

胸が痛む、縋(すが)る様な視線だった。

「いずれは九州に参りましょう。ですがそれが何時の事に成るか……。それまで阿蘇家が存続しているという保証は有りませぬ」

「……」

主が沈痛な表情をしている。甘い事は言えぬ。この乱世では弱者は強者の庇護を得なければ生きてはいけぬ。だがその強者を選ぶのが難しい。

「先ず心せねばならぬのは島津、次に龍造寺でございましょう。島津に対しては相良と手を組み相良を助けねばなりませぬ。我らが島津の侵攻を撥(は)ねかえせば龍造寺は我らの価値を認め敵にするよりも味方にしようとする筈。そうなれば無理難題は申しますまい」

「うむ」

阿蘇だけでは弱い、相良だけでも弱い。だが阿蘇と相良なら……。

上手く行けば島津も相良、阿蘇を潰すよりも味方にしようと考えるかもしれぬ。いや、難しいか。相良、阿蘇をそのままにしては肥後を北上するのに不安を感じるかもしれぬ。やはりどこかで勢力を削ぎに来ると見るのが妥当だ。だが龍造寺なら島津への押さえとして利用しようと考えるだろう。

我らが島津を抑えている間に大友を喰う。人質は取られるかもしれぬが勢力を削ぎ落とそうとは考えるまい。

時を稼ぐのだ。いずれは朽木が来る。それまで時を稼ぐ。相良が健在な内は相良と手を組んで事に当たる。龍造寺も利用する。だが相良が当てに出来なくなった後は矢部郷に籠って時を稼ぐしかない。幸いこの矢部郷は決して攻め易い所ではない。

「朽木に使者を出しましょう」

「そうだな」

一日も早く九州への出兵をと使者には言わせよう。前内府に阿蘇の名をしっかりと覚えさせるのだ。時機を見て阿蘇の血を引く御方を朽木に送ろう。その御方に阿蘇家を継がせる。そういう事になるかもしれない……。

義理と面子

天正五年（一五八一年）　三月中旬　　近江国蒲生郡八幡町　　八幡城　　朽木基綱

「あと一月もすればまた戦に行かねばならん。桂、身体を厭（いと）えよ。無理をしてはならんぞ」

少しお腹の膨らみが目立ってきたな。男かな？　女かな？

「はい、でも寂しゅうございます。お戻りは何時頃に」

「さあ、夏には戻れると思うが……」

「まあ、そんなに」

あ、いや、そんな風に悲しまれるとちょっと困るんだが……。

「姉上、御屋形様が御困りですわ」

「でも……」

だからその縋る様な目はいかん。頼むから泣くなよ、戦の前に涙は禁物だ。ここは厳しく注意を……。

「桂、……出来るだけ早く戻るからな。これから段々と暑くなる。身体に気を付けるのだぞ」

「はい」

桂が素直に頷いた。うん、聞き分けが良いぞ。厳しく言った効果が有ったと思おう。妹の菊がクスクスと笑っている。この二人、姉が桂で妹が菊なのだが時々逆じゃないかと思う事が有る。頼りない姉としっかり者の妹という感じだ。父親の氏康、兄の氏政、どちらも桂の事は心配だっただろう。こんな事を思うのは何だが確かに側室向きだ。正室では留守を守れるのかと不安になる。

「戻ったら菊の婚儀を進めねばならんな」

「はい」

菊が頷いた。

「冷泉家は二つあってな。上冷泉家と下冷泉家と言うのだが菊が嫁ぐのは下冷泉家、冷泉家の本流だ。播磨での戦の時は下冷泉家の三位宰相が味方に付いてくれた。播磨では敵ばかりで味方は僅かだったのでな、良く覚えている。俺に味方をするのはかなりの勇気が要っただろう」

菊が嬉しそうにしている。自分の嫁ぐ家が朽木家と繋がっている。当主の俺が好意を持っている。将来は明るい、そう思ったのだろう。

綾ママの話では或る時から冷泉家は上冷泉家と下冷泉家に分かれるのだが上冷泉家が長男の家系で下冷泉家は次男の家系らしい。だが下冷泉家の方が本流と周囲からは見られている。下冷泉家は世渡りが上手な家らしい。それとも運が良いのかな。室町時代には足利将軍家に厚遇され勢いを伸ばした。そして今では朽木家と密接に繋がっている。桂の懐妊を一番喜んでいるのは三位宰相かもしれない。桂の産む子が女の子なら、下冷泉家は朽木家とその女の子が嫁ぐ家と縁が出来る事になる。

暦の間に戻って丹波焼きの壺を手に取った。相変わらず良い色艶だ。磨こうか、少し考えなければならない事が有る。桂には夏には戻れると思うと言ったが正直自信が無い。織田が手強く抵抗するとは思えない。織田の親族衆、重臣達はその殆どが抵抗しないと言ってきた。予想通り、三介を見離したのだ。おそらく、尾張は簡単に獲れる。三介は尾張に留まって腹を切るか、尾張を捨てて逃げるかだ。

問題は織田がドミノ倒しの様に崩壊するのではないかという事だ。尾張、三河、遠江、駿河、伊豆。あっという間に織田家の支配が崩れるかもしれない。史実における武田の崩壊と同じだ、あれもあっという間だった。強盛を誇った武田が殆ど抵抗する事無く滅びたのだ。唯一抵抗したのは勝頼の同母弟、仁科盛信の高遠城だけだった。織田が同じようになった場合、朽木は何処まで兵を進めるべきか……。

尾張攻略後に三河、遠江、駿河、伊豆と兵を進めれば徐々に奥へ奥へと兵を進める事になる。ちょっと嫌だな。奥に入って後方を遮断されたら……。敵らしい敵はいないから心配し過ぎかもしれない。しかし一揆というか暴動が起きる可能性がゼロというわけじゃないだろう。西三河は徳川の本拠地だったのだ。如何にも嫌な予感がする。

しかし放置も面白くない、混乱は目に見えている。それに上杉はそろそろ越後に戻る。となれば徳川が駿河、伊豆に勢力を伸ばす事も考えられる。後々面倒だ。やはり兵を進めて一気に攻略しよう。となると補給は陸路だけじゃなく海上も考えた方が良いだろう。九鬼、堀内に護衛を頼んだ方が良いな。その場合補給の起点は桑名、安濃津、大湊だ。そして知多半島の佐治水軍が味方に付いたら佐治も護衛に入れる。幸い佐治家当主、八郎信方はこちらの味方に付くと言ってきた。問題は無い筈だ。

尾張を制する以上、津島を押さえなければならん。問題は津島十五家だ。小兵衛の調略に未だはっきりした答えを返さない。織田とは縁が有るからな、寝返り辛いのだろう。だが迷ってはいる、このままなら後は俺の仕事だ。伊勢から侵攻し津島から知多半島を上手く押さえよう。弥五郎には瀬戸を押さえさせる。軍事の要衝だけでなく経済面での権益を押さえる。その辺りも弥五郎に教えなければならん。

それと生駒家だ。出来れば潰す事なく味方に付けたい。今のところ生駒家の当主八郎衛門家長から良い返事は来ていない。まあ三介の母親は八郎衛門の妹だから見殺しには出来ないと考えているのかもしれん。しかし生駒家の力は三河、美濃、飛騨にまで伸びていると聞く。その力は無視は出来ん。地理的にみて弥五郎の担当になる。言い含めておかなければ……。

後で蒲生下野守の屋敷に行かなければならん。体調を崩して寝込んでいるらしい。もう歳だからな。五郎衛門、新次郎が死んで気落ちしたのかもしれん。これから暑くなる、何とか元気になって欲しいものだが……。後で見舞いに行くか、カステーラでも持って行こう。あのジジイ、あの厳つい顔で甘い物が好きだからな、喜ぶだろう。

天正五年（一五八一年）　三月下旬　　尾張国海東郡津島村　　奴野屋城　　大橋長将

「大分暖かくなって来ましたな」

「如何にも」

確かに暖かくなってきた。庭の木にも若葉が芽吹いている。だが心が浮き立つような気分にはなれない。相手は城に来るなり庭を見たいと言ってきた。城内では話し辛いと言う事なのだろう。何を言い出すのかは想像が付く。

「和泉守様の下には朽木の使者が参りましたかな？」

「来ました。五郎右衛門尉殿の下には？」

「来ましたぞ」

隣を歩く五郎右衛門尉が頷いた。祖父江五郎右衛門尉秀重、歳は既に五十を越えている所為か猫背気味に歩く。我が大橋家の連枝衆の一人であり津島神社の神官でもある。津島を攻略しようとするなら使者が来るのは当然か。

「朽木の使者は津島の持つ権益は朽木に代わっても維持されると言っておりましたな。むしろ朽木に属した方が先々の事を考えれば得だと。当然ですが敵対すれば……」

五郎右衛門尉が歩きながらボソボソと言った。敵対すれば奪われるだろう、言うまでもない事だ。

「如何なされます？」

「……」

「皆、心配しております。岡本、山川、恒川……」

そして堀田、平野、服部、真野、鈴木、河村、光賀、宇佐見、宇都宮、開田、野々村。大橋を入れれば十五家。この津島を支配してきた十五家。大橋家はその十五家の党首だ。皆がその動向を注視している。この老人、皆に頼まれて此処に来たか。となれば皆の心は朽木に付くという事で纏まったのだろう。もう朽木にも返事をしたかもしれん。五郎右衛門尉が足を止め背を伸ばした。

「鶯(うぐいす)ですな」

「鶯？」

五郎右衛門尉が頷いた。〝ホーホケキョ〟、声が聞こえた。鳴いていたのか、気付かなかった。

「綺麗な声ですな。……もう直ぐ大瑠璃が鳴きます、夏になれば駒鳥が。楽しみな事です」

「そうですな」

〝ホーホケキョ〟、また鳴き声が聞こえた。五郎右衛門尉は笑みを浮かべながら鳴き声を聞いている。楽しんでいる。頬に古い傷が有る。若い頃、戦場に出て矢で射ぬかれた傷だ。口中に血が溢(あふ)れ、その血で喉の渇きを癒したと言うのがこの老人の自慢だ。もっとも失血が酷く戦場で失神しかけたと言う落ちが付く自慢だ。幼い頃は良く聞かされた。

「御母堂様は何と？」

「特には何も」

五郎右衛門尉がチラッとこちらを見て〝左様で〟と言った。また猫背になって歩き出した。

「勘七郎様は？」

「弟も何も言っておりませぬ」

「左様で」

「……」

「どうやら迷っておいでなのは和泉守様のようですが余り時は有りませぬぞ。朽木は着々と準備を進めております。佐治も朽木に付きました」

「何と……」

〝真にござる〟と五郎右衛門尉が言った。

知多半島の佐治八郎信方が朽木に付いた……。

「伊勢は既に朽木領、そして知多が朽木に付いたとなれば……。和泉守様、お分かりでございましょう」

「津島は周囲を包囲されたという事ですな」

答えると五郎右衛門尉が頷いた。

周囲を固められた。抵抗は無意味か。いや、最初から抵抗など考えてはいないが……。決断しなくてはならん。遅れればそれだけ大橋家にとって、津島にとって不利になる。今は我らが持つ権益の保持を約束しているがこれ以上遅延すれば反故(ほご)にする事も有り得よう。まして私の母は織田家の人間なのだ。これ以上の逡巡は許されない。

「当家から朽木に使者を出しましょう」

「左様で」

返事はそっけなかったが口調には明らかに安堵の色が有った。

「皆にも心配をかけたようです。誤解の無い様に某から皆に話をします」

「それが宜しいでしょう。いや、ここに来た甲斐が有りました。この歳になれば死を恐れるものではは有りませぬが鶯の声を聞いてしまいましたからの、出来ればあの声を聞きながら老いていきたいもので……」

老人が穏やかな笑みを浮かべた。

老人が帰った後、母の部屋を訪ねた。母も五郎右衛門尉の訪問を気にしていたようだ。母の方から如何様(いかよう)な話で有ったのかと訊ねて来た。

「佐治が朽木に付いたそうです」

母が目を瞠った。

「佐治が、八郎殿が朽木に付いたと言うのですか？」

「はい」

「そうですか」

大きく息を吐いた。

佐治八郎信方、その妻は亡き織田様の妹姫、お犬様だ。そして目の前の母は織田様、お犬様の姉に当たる。つまり私から見て三介様は従弟、佐治八郎は年下では有るが叔父になる。

「御存じだと思いますが朽木は岩村遠山の坊丸殿をそのまま跡取りとして認めました。朽木は余りそういう事には拘らぬようです。織田と縁を結んだ家にとっては極めて仕え易い相手と言えます」

母が頷いた。

「そなたは如何するのです？」

「某も朽木に付こうと思います。御理解頂きたいと思います」

母が首を横に振った。

「私への遠慮は無用です。そなたは大橋家の当主、大橋家を、津島を如何すれば守れるのかを考えて動きなさい」

「有難うございます」

「勘七郎は如何なのです？」

「弟は私の判断に従うと」

母が頷いた。

「そなたの父、中務大輔重長殿も随分と苦しい決断をされました。元々この津島は自治の町でしたが織田家がその財力に眼を付け支配しようとしたのです。戦にもなりましたが武力で敵う筈も無く織田家に服従し私を妻に娶ったのです」

「はい、そのように聞いております」

「屈辱だったでしょうね、ですがそれによって津島の繁栄も大橋家も守られたのです。先程も言いましたがそなたは大橋家を、津島を如何すれば守れるのかだけを考えなさい」

「はい」

苦しかったのは母も同様だろう。大橋家に嫁いできた母を見る周囲の目は決して温かくは無かった筈。だがその中で大橋家と織田家の懸け橋になろうとした。織田家が大きくなるにつれて津島の繁栄も大きくなった。だがその織田家が今滅びようとしている……。潰してはならぬ、なればこそこの大橋家を潰してはならぬ。母にはもう大橋家しかないのだ。

「朽木家に使者を送りまする」

母が頷いた。


天正五年（一五八一年）三月下旬　　尾張国春日井郡小牧村　　小牧山城　　津田五徳

城中から下がってきた夫は憂鬱そうな表情をしていた。不思議な程に父弾正忠信長に似ている。父は夫を可愛がっていた。それを思うと甥ではなく本当は息子なのではと思ってしまう事も有る。もちろん私が嫁いでいるのだからそんな事は有り得ない。

「如何なされました?」

着替えを終えた夫にお茶を差し出すと〝うむ〟と生返事をして一口茶を飲んだ。そして私を見た。

「五徳」

「はい」

「もうじき戦になる」

「はい」

声が掠れるのが分った。夫も分かったのだろう、ほんの少し眉を上げ、そしてクスッと笑った。

「織田は負けるだろう」

「……負けまするか……」

問い返したわけではない。だが夫は〝負ける〟と言った。強い口調だった。何処か自分に言い聞かせているような感じがした。

「誰も三介様のために戦おうとはするまい。重臣達も見限っておる。津島や佐治も見限ったようじゃ」

やはりそうか……。暗澹とした。

「美濃を見捨てた事が響いておりますか?」

「それも有る、いやそれだけでは無いと言うべきか……」

〝それは?〟と問うと夫が寂しそうな表情で私を見た。

「三介様を信じられぬという事よ。乱世だ、誰もが強い主君、頼りになる主君を求めている。三介様にはそれが無い。織田家の将来は誰が見ても暗かろう。そして敵にはそれが有る」

朽木は嫡男の弥五郎が美濃攻めを成功させた。その辺りも皆にとっては心強いのかもしれない。

「惨めな負けになろう。離脱、寝返りが続出する筈だ。三介様に一体どれだけの兵が従うか……。万を超える事は有るまいな。一方の朽木は最低でも四万は出そう。そうなれば残った兵も逃げる。戦らしい戦にはなるまい」

「情けのうございます」

涙が零れた。父は大軍の今川勢に小勢で襲い掛かり今川治部大輔義元を討ち取った。それなのに兄の三介は……。

「そう言うな、三介様も哀れよ。織田家に生まれなければ、能役者の家にでも生まれれば、安楽で幸せな一生を送る事が出来たかもしれぬ。織田の家に生まれたばかりに苦しんでおられる」

「苦しんでいる？」

問い返すと夫が頷いた。

「三介様とて御自身が織田家の当主の器ではないと分かっておられよう。だが三七郎様とずっと張り合ってきた。織田家の当主の座を譲ることは出来なかったのだろうな。そして張り合って織田家の当主になった。今の状況を一番不本意に思っているのは三介様かもしれぬ」

「……」

「儂の父も同じだったのかもしれぬ」

ハッとした。夫の父勘十郎信勝様は父と織田家の家督を巡って争い殺された。夫は兄に父親を重ねて見ているのかもしれない。

「……貴方様は如何なさるのでございます？」

「……戦う」

気負いのない声だった。その事が怖かった。夫はもうずっと前から決めていたのだと思った。

「兄への同情なら無用にございます」

〝そうではない〟と夫が首を横に振った。

「儂は本当は幼い時に殺されている筈の人間だった。だが亡き殿は儂を憐れみ命を助けてくれた。長じてからはそなたを妻に娶り一門として扱われた。異例の事よ。勘九郎様にも親しくして頂いた。その恩を捨てる事は出来ぬ、忘れる事もな」

「……私のために、子等のために生きて頂く事は出来ませぬか」

夫が哀しそうな表情を見せた。

「そなたのため、子等のため、そして儂のためにじゃ」

「殿……」

「ここで三介様を見離せば、儂は亡き殿に、そなたたちに負い目を持とう。人として夫として父親として愧じる事無く生きたいのだ」

「死んでもですか？」

夫が首を横に振った。

「死に様ではない、大事なのは生き様よ。儂はそなたや子等にとって愧じるような夫、父親では有りたくないのだ。分かってくれ」

涙が零れた。嗚咽が漏れる。夫が傍によって私を抱きしめた。優しく背中は撫でてくれる。〝五徳、五徳〟と声が聞こえた。このまま、このまま、時が止まれば良い……。

禎兆元年（一五八一年）四月上旬　近江国蒲生郡八幡町　八幡城　朽木堅綱

櫓台では父上が湖を見ていた。


「父上、お呼びと伺いましたが？」

「うむ、来たか。こちらに参れ」

「はっ」

傍に寄ると父上が〝皆下がれ、二人だけにしてくれ〟と命じた。石田佐吉、加藤孫六、北条新九郎、明智十五郎、黒田吉兵衛、細川与一郎、吉川次郎五郎、小早川藤四郎が下がった。相談役の重蔵が居ない。父上に問うと蒲生下野守の見舞いだと答えが有った。下野守は大分具合が悪いらしい。

「津島の大橋が味方に付いた。これで津島は朽木の物だ」

「おめでとうございまする」

「知多の佐治は既に味方になると言ってきている。これで伊勢から尾張に攻め込むのに何の障害も無くなった。そして三介は海路を使えぬ、清州城で籠城か陸路を三河に逃げざるを得ぬ」

父上の攻め筋は問題無しか。

「美濃からの攻め筋は如何でございましょう。川並衆は何と？」

「味方には付かぬが敵対はせぬと言ってきた。生駒もな」

味方には付かぬのか。様子見をしている。

「面白くないか？」

「あ、いえ」

父上が可笑しそうに私を見ていた。恥ずかしかった、私は直ぐに感情が顔に出るらしい。

「少なくとも敵にならぬと言っているのだ。それで良い。それに味方するのが難しいなら手を控えろと言ったのはこの俺だ」

「ですが様子見をしているのでは有りませぬか、信用出来ませぬ」

「弥五郎、余り追い詰めるな」

「は？　追い詰めるなとは……」

父上は湖を見ている。だが何時ものように楽しそうな笑みは無かった。

「あの者達に勝敗の帰趨（きすう）が見えておらぬと思うか？」

「……」

「当然見えておろう。だがあの者達にも義理や恩という物が有るのだ。家の存続とそれらを秤（はかり）にかけて出した答えが敵にも味方にもならぬという事なのだ」

「……だから許すと？」

父上が私を見た、そしてまた湖に視線を戻した。

「力が無いというのは悲しい。義理も意地も家を守るという事の前には捨てねばならぬ時も有る。

泥水を啜る様な想いをせねばならぬ時も有る」

「……」

「あの者達、織田に恩が無ければ朽木に味方しただろう。どちらにも味方に付かぬと言うのは織田に対して最後の義理立てなのだ。攻めぬ事で織田に、いや亡き織田殿に許しを請うている。一つ間違えば家を潰しかねぬ、その上での選択だ。分かってやれ」

「はい」

なるほど、そういう見方が有るのか。

「父上もそのような想いをされた事が有るのでございますか？」

父上が私を見た。

「何故そう思う？」

「父上も以前にそのような想いをされたから川並衆の気持ちが分かるのかと」

父上が顔を背けた。

「……別に昔に限らぬ、苦い想いなら今でもしている。他人はそうは思わぬかもしれぬがな」

「父上……」

今でも？

「弥五郎、人は生きている以上恩や義理、面子から離れる事は出来ぬ。それは身代の大小、男女の性別には関係が無いのだ。それを理解しておけ。余りに相手を踏み躙ると人の心が分からぬと思われる事に成る。いずれはしっぺ返しが来る」

「はい、気を付けまする」

父上が頷かれた。

「織田三十郎には調略で力を借りたが今回の織田攻めには同道させぬ。織田が崩れる所を見るのは辛かろう。三十郎には徳川攻めで働いて貰う」

「はい」

「今回は川並衆、生駒の顔を立てた。だが朽木の家臣になってからは懈怠(けたい)は許さぬ。良いな？」

「はい」

相手の立場を慮(おもんぱか)れ、だが主君としての厳しさを忘れてはならぬという事か。難しい事ばかりだ。まだまだ父上には及ばぬ。だが何時かは父上の様に、そして父上の隣に立つ事が不思議ではない男になりたい。

夢か現(うつつ)か

禎兆元年（一五八一年）四月中旬　近江国蒲生郡八幡町　蒲生賢秀邸　蒲生賢秀

「父上、御具合は如何でございますか？」

「うむ、少しは良いようじゃ」

父、蒲生下野守定秀が臥所で横になっている。力の無い声だった。肌からは艶も失われている。伊勢から戻って以来身体の不調を訴え横になっている事が多い。夜中に痛みを訴える事も有る。出仕もしないのだ、余程に具合が悪いのだろう。

「父上、医師を呼んだ方が良いのではありませぬか？」

「それには及ばぬ」

「しかし食欲も無いようですし」

「良いのだ」

強い口調ではなかったが反論を許さぬ重みが有った。この父が如何にも苦手だ。豪(えら)い父だと思い尊敬もしているが今一つ親しめない。父の前では自分が幼子になった様な気がする。

「ここ最近、良く夢を見る」

「夢でございますか」

父は目を閉じている。口元に笑みが有った。父は夢を見る事を楽しんでいるらしい。以前なら埒(らち)も無いと切り捨てそうなものだが病で心が弱っているのだろうか？　だが心配以上に夢の内容に興味が有った。

「一体如何様な夢で？」

「昔の夢だ。儂は観音寺城で管領代様と何やら話をしているようであった。管領代様は上機嫌であったな」

管領代様、六角定頼様。六角家の勢威を最大にされた名君。父にとっては無二の御方であろう。

「良い夢でございますな」

「うむ、良い夢じゃ。ところがの、気が付けば話している相手は何時の間にか御屋形様になっているのよ。場所も八幡城、暦の間になっておる」

「……」

父がクスクスと笑い出した。

「はて、儂は管領代様と話をしているのではなかったか、此処は観音寺城ではなかったか、そう思うと何時の間にか御屋形様が管領代様になり城は観音寺城に戻っておる。その繰り返しじゃ。終いには儂はどなたと何処で話しているのか分からなくなる。ただ、儂の話している方が隅立て四つ目結紋の衣服を身に着けている事だけは分かった。何を話しているのかも分からぬが相手は上機嫌で儂も楽しんでいるのだ」

父が私を見た。

「妙な夢とは思わぬか？」

「左様ですな」

六角家が健在であった当時、父にとって御屋形様は心許せぬ存在であった。御屋形様にとっても父は心許せぬ存在であっただろう。だが六角家滅亡後は父は御屋形様の求めに応じて相談役として出仕した。御屋形様は父の能力を買ったのであろうが御屋形様を嫌う父を登用する事で六角家の旧臣達に対して朽木に仕える事の不安を払拭する狙いもあると父は見ていた。強かな御方だと御屋形様を評していた。

「朽木家に仕えてざっと十五年だ。この十五年、楽しかった。思いの外に居心地が良かったようじゃ」

「御屋形様と父上が敵対していた事など若い者は誰も信じませぬ。倅の忠三郎も首を傾げますぞ」

父が笑った。

「そうか、その方は如何だ?」

「某も信じられませぬ」

「困ったものよ、だが儂も信じられぬ。左兵衛大夫、あれは真に有った事なのかのう。なにやら夢のようじゃ」

親子で声を揃えて笑った。何年ぶりであろう、こうして二人で笑うのは。父が私を見た。

「左兵衛大夫、儂はもう長くない。腹に膈が出来ておる。不治の病じゃ、助からぬ」

「……何を申されます」

膈、この父が?

「半年程前から腹にしこりの様な物を感じるようになった。まさかと思っておったがやはり膈であったわ。もういかぬの」

「……」

「先日、御屋形様がお見えになった」

「はい」

父の見舞いであった。カステーラを御持ちになっていた。主君が家臣の見舞いに自ら出向く、異例の事だ。

「儂はもう長くない、その事を御屋形様にお伝えした」

「父上！」

父が〝騒ぐな〟と私を窘めた。

「御屋形様は御怒りであった」

「……」

「真田弾正、日置五郎衛門、宮川新次郎、もっと扱き使ってやろうと思っていたのに勝手に死んだ。今度はその方が死ぬと言い出す、そのような勝手は許さぬ、カステーラを食べて力を付けろと。……拗ねておいでであった」

「……御屋形様が」

父が頷いた。あの御屋形様が子供の様に拗ねて……。

「儂は御屋形様を叱り付けるべきであった。何たる醜態、左様な事で天下が獲れるかと」

「……」

「だが出来なかった。拗ねる御屋形様が如何にも可笑しゅうて、愛おしゅうて、儂には御屋形様を見ている事しか出来なかった。そう、可笑しゅうて、愛おしかったのよ。何とも無様な事よ、死を間近にしてこの無様、歳を取って愚かになった。少々長生きし過ぎたの」

「何を申されます。それだけ御屋形様と父上の間には強い絆が有るという事では有りませぬか」

父が照れ臭そうに笑った。初めて見る表情だ。鼻の奥にツンとした痛みが走った。

「十分に生きた、良い主君にも恵まれた。悔いは無い、そう思ったのだがの。いかぬわ、御屋形様の見舞いを受けてから死にたくないと思う様になった。この歳になって、まだ未練が有るとは……」

「父上……」

涙が零れた。この父が、常に誇り高く強かった父が……。今死を間近にして弱さを出している。老いたのだとは思わなかった。乱世を生きるために気を張って来た父がようやく肩の荷を下ろそうとしている。普通の男に戻ろうとしている、そう思った。

「それ以来夢を見るようになった。あれは夢なのかのう、それとも儂の願いなのか……」

「父上、死んではなりませぬぞ。死んではなりませぬ」

涙で父の顔が歪む。どうにも嗚咽が止まらない。これほどまでに父を身近に感じた事は無かった。

「その方までが無茶を言う。だがなあ、死ねぬなあ。まだまだ死ねぬ」

「はい、死んではなりませぬ」

父の目尻から涙が零れた……。


禎兆元年（一五八一年）　四月中旬　近江国蒲生郡八幡町　八幡城　伊勢貞良

「改元の事、良くやってくれた」

「いえ、御屋形様より費用を頂きました故滞りなく進みました。大した事ではありませぬ」

「謙遜は要らぬ。差配したのがそなたでなければもっと手間取ったであろう、違うかな?」

「畏れ入りまする」

頭を下げると御屋形様が軽く笑い声を上げた。

「蒲生下野守殿が病と聞きましたが?」

「うむ、良くないのだ。心配している」

「御元気になってくだされば良いのですが」

「そうだな……」

御屋形様が表情を曇らせた。傍に控えている重蔵殿も沈痛な表情だ。どうやら具合は良くないらしい。或いは病状は重いのか。京の朝廷ではここ最近朽木家の老臣が相次いで亡くなっている事に関心が集まっている。その事が朽木家の朝廷政策に影響を与えるのではないかと見ているのだ。私にそれとなく訊ねてくる人間もいる。次に御屋形様に影響力を振るうのは誰かと……。例えば、重蔵殿……。

「ところで薩摩の公方様へ勅使を送る件につきましては飛鳥井権大納言様が勅使として下向されると決まりました」

「ほう、伯父上が」

「はい」

「これから暑くなる、伯父上も大変であろう。帰りに銭を受け取ってくれ、それを道中の掛かりの足しにと伯父上に渡して欲しい。それと無理をせぬ様にと言伝を頼む」

「はっ」

権大納言様は自ら勅使へと志願されたと聞く。従一位に叙位された事で儀同三司が見えてきた。

それへの弾みとしたいのだろうともっぱらの評判だ。

「島津にとっては寝耳に水の筈、上手く行けば島津を混乱させる事が出来よう。面子に関わるからな」

「はっ」

「阿蘇、相良も多少は息を吐けるやもしれぬ」

「左様でございますな」

先日、九州から阿蘇、相良の使者が御屋形様を訪ねて来た。早期の九州入りを願ってきたが……。

「御屋形様、真に征夷大将軍職はそのままで宜しいのでございますな？」

「うむ、構わぬ」

「その事で近衛様からこの先如何するのかと御下問がございました」

御屋形様が〃ふむ〃と鼻を鳴らした。

「如何するのか、つまり幕府を開かぬのかという事か？」

「はい、御屋形様より考えを聞きたいと」

「そうだな、織田攻めが終わったら一度京に行く。その時に殿下に御会いしよう」

「はっ、そのようにお伝えいたしまする」

「うむ、だがその前に兵庫頭には俺の考えを話しておきたい」

「はっ」

「武家が天下を治めるのであれば征夷大将軍となり幕府を開き守護を各国に置く事で天下を掌握する、その方が楽なのは確かだ。皆、慣れている」

「某もそう思いまする」

「だがこの乱世で足利将軍家、守護は混乱し没落した。というより足利将軍家と守護が乱世を起こし没落した。俺はそう思っている」

「はっ」

御屋形様がひたと視線を私に当てた。

「兵庫頭、その方には辛かろうが乱世に於いて将軍と幕府は無力だった。そうでなければ全国で百年以上も戦乱が続くなど有り得ん。将軍と幕府の権威は地に落ちたのだ。今敢えて幕府という組織、将軍という職に拘る必要が有るのだろうか？　俺は必ずしも拘る必要は無いと思う。大事なのは先ず天下を統一し諸大名に俺の前で膝をつかせる事、朽木の武威をこの日ノ本の隅々にまで振るう事だ。その上でどのような政の仕組みを整えるかだと思う。残念だが足利の幕府はそれが出来なかった。南朝、北朝の動乱で中途半端なまま幕府を作った」

やはり……。生前父が予想していた通りであった。いや、それ以上か。御屋形様は足利の幕府だけでなく幕府そのものに見切りを付けておいでだ。

「太閤殿下が懸念されているとすれば新たな政の組織と朝廷との関係がどのようなものになるかであろう。その辺りは十分に配慮するつもりだ」

「はっ」

なるほど、御屋形様は朝廷との協力態勢を維持していきたいと御考えの様だ。天下統一後に朝廷に対して態度を変えるという事は無いらしい。

「その事、某から太閤殿下に御伝えしたいと思いますが」

御屋形様が頷かれた。

「そうしてくれるか、殿下も安心しよう。公家というのは猜疑心が強いからな、痛くも無い腹を探られたくは無い」

「では京に戻りましたら直ぐに」

「うむ。それと俺は天下を朽木の私物とするつもりは無い。その事も伝えてくれ」

「はっ」

私物？　御屋形様は厳しい表情をしている。

「足利は天下を足利の私物であるかのように扱った。理由の一つに足利将軍家が弱く有力守護大名の力が強かった事が有る。彼らの勢力を削ぐ事が足利の権威を守る事になった。その方も分かっておろう」

「はっ」

三好との抗争、朽木との抗争がそれであった。足利は畿内で大きな勢力を振るう者を許さない。父は足利の悪い癖と言っていた。

「だがそれは天下の仕置とは関係ない事だ。にもかかわらずそれを優先した事が天下に混乱を招いたと思っている。足利の幕府というのはそういう恣意的な所の多い武家の府であったのだ。俺はそういう物は出来るだけ排除するつもりだ。そうでなければ天下は安定せぬ」

「はっ」

なるほど、御屋形様は公正な武家の府を創る。それを重視しているらしい。その為にも天下に武威を振るう事が必要か。

「ま、これからだな。東海から関東、奥州、そして九州。これらを制しながら天下の仕組みを考える事になる。天下草創だな」

「天下草創……、でございますか」

御屋形様が頷かれた。

「そうだ、頼朝公は新たに幕府という武家の府を創りだした。俺も新たに武家の、いや天下の府を創らなければならん」

天下の府……。

呆然としていると御屋形様が声を上げて笑われた。

「ま、ゆるりと参ろうか」

「はっ」

慌てて頭を下げた。武家の府ではない、天下の府……。御屋形様は武家を治める事で天下を治めるとは考えていないという事なのかもしれぬ。なればこそ幕府を必要としない……。一体どのような組織になるのか……。

禎兆元年(一五八一年) 四月中旬　　近江国蒲生郡八幡町　　八幡城　　朽木基綱

目の前で兵庫頭、重蔵が呆然としている。うーん、少し吹き過ぎたかな？　いや、そんな事も無いか。実際これからやる事は天下草創に近いだろうと思う。そうでなければ意味は無い。

『天下は一人（いちにん）の天下にあらず、天下は天下の天下なり』

良い言葉だ。家康が死を迎える前に外様大名に言った言葉らしい。この後に将軍の政治に非道が有り万民が苦しむようなら何時でも天下を奪って構わない。自分はそれを恨みに思わないと言ったようだ。

恨みに思わない？　本心ではないだろう。豊臣家も滅び戦国を生きた外様大名達もその多くが老い、死んだ。徳川の天下を揺るがす様な騒動は簡単には起こらない、そう思っていた筈だ。おそらくこれは秀忠や徳川譜代家臣への戒めであり遺言だと俺は思っている。酷い政治をすれば徳川は滅ぶ。だから決して政を疎（おろそ）かにするな……。家康の頭の中には混乱した足利や朝鮮出兵で諸大名を疲弊させた秀吉の事が有ったと思う。綺麗事ではある、だが天下統治の心構えとしてはそうあるべきだろう。

俺は幕府を開くつもりはない。そう考えている理由に幕府の権威の低下がある。だが他にも理由が有る。如何にも不安定なのだ。自分が政権を作るとなれば慎重にならざるを得ない。では幕府とは何なのか？　これはその成立まで遡らなければならない。元々は征夷大将軍や鎮守府将軍が奥州の最前線において軍政という形で地方統治権を認められた事が原形として有る。

幕府を作った源頼朝とそのブレーンはそれを利用したわけだ。頼朝には自分を押し上げてくれた関東の武士団を守らなければならないという想いが有った。それが出来なければ自分は武士団に見捨てられ没落するという恐怖も有った筈だ。頼朝には天下を制したという意識は希薄だっただろう。

幕府創成時、鎌倉幕府は日本の統一政権では無かった。その勢力範囲は関東から東北が主体で西国の大部分は朝廷の支配下にあった。要するに東西に政権が有ったわけだ。頼朝に有ったのは関東に武家の府という独立政権を作った、或いは朝廷から自治権をもぎ取った、そういう意識であっただろう。これは朝廷も同様だったと思う。だが頼朝とその武士団にとっては自治権をもぎ取った事で十分だった。不当な扱いを受けずに済む、そう思った筈だ。

朝廷は当然だがこの自治権を取り上げよう、或いは縮小しようとする。これが承久の乱だ。この承久の乱で幕府が勝った事で幕府と朝廷の力関係が逆転した。そして幕府の性格が変わったと思う。幕府は関東の独立政権ではなく日本の統治機関の府になった。要するに朝廷から統治権を奪ったのだ。日本史における最大のクーデターだろう。

しかし幕府はあくまで武家の府だ。そして征夷大将軍が令外官(りょうげのかん)である事を思えば不正規(イレギュラー)な組織が天下を統治した事になる。後醍醐(ごだいご)天皇の討幕は正規な統治機関である朝廷が不正規な統治機関である幕府を打倒し統治権を取り戻した、統治機関を一元化しようとしたと言えるだろう。もっとも建武の新政が壮大なる愚作に終わった事を考えれば迷惑行為でしかなかったが。

足利が幕府を京に開いたのは南朝から北朝の朝廷を守るという現実的な課題が有ったからだが朝廷を守るという姿勢を示す事で朝廷が反幕府活動を起こす事を防ごうとしたという狙いもあるんじゃないかと思う。徳川幕府の討幕も薩長が主導したとはいえ討幕の大義名分を与えたのは朝廷だった。それを思えば幕府という組織には常にその政権の正統性が否定されるという危険が内在すると言える。

豊臣秀吉が関白になったのはその危険性を考えたからかもしれない。武家の府を外に作るのではなく朝廷の中から武家を支配する。自分の出自に自信の無かった秀吉は朝廷の権威を利用して自らの権威を確立しようとした。そして朝廷の中に入る事で武家だけではなく公家も支配しようとした。そうする事で秀吉は公武の統合を図った、日本の統一を狙ったのではないだろうか。……うん、良く分からんな。

如何するかな。朝廷の中に入るか、それとも外に出るか。朝廷の中に入った場合官職を如何するかという問題が有る。関白は拙い。摂家との関係が決定的に悪化するだろう。それは避けたい。朝廷の外に出た場合は政権の正当性を如何するかという問題が発生する。当然だが官職にも影響するだろう。

分からんなあ、分からん。相談相手が欲しいな、この手の問題を話せる相手……。誰か適当な人間が居ないものか……。公家に相談するのは気が進まん。相談するのは或る程度考えが纏まってからの方が良いだろう。毛利の恵瓊に相談してみようか……。坊主が如何思うか？　問題先送りのような気もするが簡単に決められる問題でもないのだ。先ずは織田攻めに専念しよう。

関東の上杉景勝から使者が来た。朽木の織田攻めに協力すると言ってきた。具体的には信濃の国人衆に甲斐を攻めさせると言ってきた。そうなれば徳川は駿河、伊豆には兵を出せない。朽木は楽に東海道を制する事が出来る。その後は朽木が相模、上杉が甲斐で分け取りにしたいと。

些か朽木に都合が良過ぎるような気もするが景勝は蘆名を重く見ているらしい。本拠地である越後に攻め込まれたからな。徳川よりも危険だと見ている様だ。竹の事も関係しているかもしれない。上杉の使者は竹が戦場に出た事を頻りに詫びていた。朽木が駿河を獲れば徳川は嫌でも朽木に向き合わざるを得ない。その分だけ甲斐攻略、対蘆名戦が楽になるという事の様だ。謙信が戦場に出ずとも済む。思い切りが良いな、上杉の当主らしくなってきたという事らしい。

禎兆元年（一五八一年）四月下旬　　山城国葛野・愛宕郡　　仙洞御所　　近衛前久

仙洞御所に赴き院に拝謁をと歩を進めると院は近臣達と談笑しているところだった。

「ほほほほほほ、それは面白いのう」

「真、麿も思わず笑いましておじゃりまする」

「それは已むを得ぬ事でおじゃりましょう」

〝ほほほほほほほ〟とまた笑い声が上がった。笑い声が明るい、翳りが無い。皆が心から楽しんでいる。世の中が落ち着いてきたのだと思った。

「近衛におじゃりまする」

声を掛けて部屋に入ると近臣達が畏まった。

「おお、如何した。近衛」

「御寛ぎのところ立ち入る無粋をお詫び致しまする」

「構わぬ、参れ」

院の正面に座った。

「畏れながら、御人払いを願いまする」

畏まって願うと近臣達が頭を下げてから立ち去った。

「如何した？」

「はっ、他聞を憚りますれば御傍によらせて頂きたく思いまする」

院が頷くのを確認してから傍に寄った。

「昨日でおじゃりますが伊勢兵庫頭が臣を訪ねて参りました。用件は前内府よりこの後の政について自分の意のある所を伝えるように命じられたと」

院が目を瞠りゆっくりと頷かれた。

「前内府は幕府を開こうとするような素振りは見せませぬ。こちらでも気になっておりました。おそらく我らが不安に思っていると察しての事かと思いまする」

「そうであろうの。して、兵庫頭は何と？」

「はっ、前内府は幕府を開く事に懐疑的、いや幕府そのものにかなり否定的な考えを持っているようにおじゃります」

「かもしれぬ。これまで何度か公方を解任してはどうかと打診したが興味を示さなかった。そうであろう？」

院が問い掛けてきたので〝その通りでおじゃります〟と答えた。

源氏が鎌倉に幕府を作ったのが武家の府の始まりであった。守護を置き地頭を置き全国を支配した。鎌倉の後は足利が京に幕府を開いた。足利は鎌倉でも有力御家人であり守護でもあった。幕府を開く事にさほど疑念は無かったのだろう。鎌倉の幕府が滅びたのは北条が悪いからであって自分ならもっと上手くやれると思ったかもしれぬ。特に後醍醐の帝の悪政を見ればやはり武家の府は必要だと思った筈だ。疑念が有っても当時の政治情勢、南北で争っている状況では迷っている事を許されなかったかもしれぬ。

だが前内府は守護ではなかった。近江の小領主でしかなかった。この乱世の中、多くの守護が滅び幕府も衰えた。守護の無力さ、幕府の無力さに当然だが疑念を持っただろう。伊勢守は前内府が足利将軍家と守護が乱世を起こし没落したと考えていると言っていた……。

「ただ、幕府を開かずにどのように天下を治めるかとなれば未だ模索中のようでおじゃります。或いは考えた上でやはり幕府を開くという事も有り得るやもしれませぬ。そのあたりは流動的かと。先ずは天下を統一し諸大名を跪かせる事、朽木の武威をこの日ノ本の隅々にまで振るう事を優先しその上でどのような政の仕組みを整えるかを考えるべきだと申したそうにおじゃります」

「……なるほど、未だ分らぬか。……そうよな、幕府とは違う政の仕組となれば一から作る事になる。簡単ではないか……」

院が頷かれた。

「その場合気になるのは朝廷との関係でおじゃります」

「うむ」

「それについても十分に配慮すると前内府は兵庫頭に言ったそうにおじゃります」

院が大きく頷かれた。一番大事な事だ、院も気にかかっていたのだろう。

「幕府と違うとなれば色々と朝廷も応対のしようが変わりましょう。その事で多少の混乱が生じるやもしれませぬ。公家達もこれまでと違うと不満を申すかもしれませぬ。なれど前内府が朝廷との関係に十分に配慮すると考えているのであればそれほどおかしなものにはならぬのではないかと臣は愚考する次第におじゃりまする」

「そうであるの、これまでも前内府は朝廷を重視する姿勢を見せてきた。近衛の申す通り、おかしなものにはならぬであろう。となれば否定ではなく積極的に受け入れていく、或いはともに作り上げていく、そう考えるべきなのかもしれぬ。幕府というのも最初からあったわけではないのだ。朝廷と幕府の関わり合いも長い年月を経て出来た。そうであろう、近衛」

もしかすると院も幕府に対して不信感が有るのかもしれぬ、より安定し朝廷との関係も良好な武家の府を望んでいるのやもしれぬ。

「御意にございます。それと、前内府は天下を朽木の私物とするつもりは無いと申したそうにおじゃります」

「……天下を朽木の私物とするつもりは無い……」

院が呟くように仰られた。

「足利は天下を足利の私物のように扱った。足利の幕府というのはそのような恣意の多い武家の府であった。その事が天下を混乱させたと申したそうにおじゃります」

院が頷かれた。

「そして前内府はそのような物は出来るだけ排除したいと申したとか。そうでなければ天下は安定せぬと」

「そうか、そのように申したか……」

院が私を見た。

「近衛、漸く天下は安定するの。新しい時代が来る」

「御意」

「朕が即位した時、天下は麻のごとく乱れていた。この乱世がいつ終わるのかと絶望した事も有る。今前内府が天下を収めつつある。しかしそれで天下が鎮まるのか、不安であった。だが近衛の話を聞いて確信した。乱世は終わる、前内府が終わらせる」

「……」

「長かったの、本当に長かった……」

嗚咽が聞こえた。院の頬を涙が濡らしていく。見てはならぬ、頭を下げて畏まった。

決別

禎兆元年（一五八一年）　四月下旬　　伊勢国桑名郡香取村　　朽木基綱

「御屋形様、彦七郎は来ませぬな」

「そうだな」

主税、そんな不満そうな顔をするな、俺だって不満なのだ。いや、皆不満か。小山田左兵衛尉、梅戸左衛門大夫、長野慶四郎、真田源太郎、日置左門、守山作兵衛、秋葉九兵衛、千住嘉兵衛、葛西千四郎、町田小十郎。そして北畠次郎、高野瀬備前守、新庄刑部左衛門、大野木土佐守、月ヶ瀬若狭守等の越前の国人衆。陣幕の中は面白くなさそうな顔で一杯だった。

「如何なさいますか？」

「使者は出したのであろう？」

俺が問うと町田小十郎が〝はい〟と答えた。昔は俺の側で小姓を務めていたんだが何時の間にか大きくなってしまった。髭を生やした立派な親父だ。

「ならば今少し待とう、無理はしたくない」

俺の言葉に皆が頷いた。

伊勢国桑名郡香取村に朽木軍三万が集まっている。近江、越前、伊勢の軍勢を主力とした俺が率いる部隊だ。この香取村は長島の北方に有る。香取村を東へ進み木曽川、佐屋川を渡り津島神社へ、そして天王川を渡れば津島に入る事になる。しかしちょっと用心が必要だ。津島に行くとなれば小木江城を何とかしなければならない。小木江城には織田彦七郎信興が居る。彦七郎は信長の弟だ、史実でも小木江城に居た。長島一向一揆に攻められ討死している。

小木江城は当初は長島一向一揆に対する抑えの城だった。長島陥落後は尾張、伊勢の国境を守る城になっている。要するに対朽木の為の抑えの城だ。彦七郎は俺に味方をすると言ってきているが油断は出来ない。困った事にこの辺りは河川が多い。川を渡る最中に襲われたら厄介な事になるし木曽川と佐屋川の間の陸地は川に囲まれていて決して大軍の進退に適しているとは言えない。津島神社の有る天王島も同様だ。隙は見せられない。

「この期に及んで迷うとは思いませぬが……」

小山田左兵衛尉が首を傾げている。あのなあ、史実じゃお前は迷った挙句に勝頼を裏切ったぞ。世の中どんな事でも有り得るのだ。そして裏切りとは〝矢張り〟ではなく〝まさか?〟だ。だからこそ裏切りは成功する。だからこそ隙を見せてはならない。妙な気を起こさせないためにな。

「若殿の方は如何(いかが)でしょう?」

「さあて、如何(どう)かな」

弥五郎は近江、美濃の兵を主力とした三万の兵を率いている。笠松辺りから木曽川を渡り一宮へ踏み込む。川並衆が邪魔をしなければ渡河は問題無いだろう。だが一宮には野府城が有る。ここの城主は織田九郎信治だ。こいつも信長の弟で味方に付くとは言っているが油断は禁物だろう。弥五郎の側には智謀に優れた者、実戦経験豊富な者が居る。まあ大丈夫だろうとは思うが……。

いや、大丈夫だ。三介は三河、遠江、駿河、伊豆から尾張に兵を集めようとしたが三河、遠江、駿河、伊豆の国人衆はそっぽを向いた。美濃を見捨てた事で国人衆に見捨てられたのだ。そして尾張の国人衆も積極的に三介に従おうとはしていない。三介は自分の直属の兵だけで戦わざるを得ない状況に追い込まれている。落ち着こう、勝てるのだ。

なんか関ヶ原の時の家康の気分が分かるわ。味方するとは言っているが本当に味方に付くのかはっきりしない。……やはり切っ掛けが要るな。一人が行動に移せば皆が続く。皆が待っているのだ、誰かが動くのを。だが自分が先頭を切るのは嫌がっている。裏切者として目立ちたくないのだろう、その他大勢の中の一人になりたがっている。

「小十郎、今一度彦七郎に使者を出せ」

「はっ」

皆が顔を見合わせている。不満なのだろう、余りにしつこく使者を出せば足下を見られると思っている。

「中々来ないので迎えに行くとな。川を渡るぞ、小木江城に向かう。戦になると全軍に触れを出せ。先陣は北畠次郎、秋葉九兵衛、葛西千四郎、千住嘉兵衛が務めよ。四人が向こう岸に渡って安全を確認する。千四郎はその後佐屋川から敵が来ないかを確認しろ。全てにおいて問題無いと分かった時点で全軍で渡る」

四人が頭を下げた。この四人で千人以上の兵力になる。問題は無いだろう。

日置左門がニヤリと笑った。親父の五郎衛門に似ているわ。まったくなあ、五郎衛門、新次郎が死んで蒲生下野守が死病だ。大叔父の蔵人も最近は寝込みがちだと主殿から聞いた。寂しくなるわ。……いかんな、気を引き締めろ。彦七郎も攻められるかもしれないとなれば覚悟を決めるだろう。三介は稲葉山城を見殺しにした。小木江城への後詰が有るという確信は得られない筈だからな。彦七郎が降伏すれば他も降伏する筈だ。

皆が散って俺の側に残ったのは主税、左兵衛尉の他には小姓の石田佐吉、加藤孫六、吉川次郎五郎の五人だ。そして新たに笠山敬三郎、笠山敬四郎、多賀新之助、鈴村八郎衛門が陣幕に入って来た。こいつらも俺の傍に仕えてもう十年だ。今ではそれぞれ五百の兵を率いている。俺にとっては近衛軍の様なものだ。リーダー格の敬三郎はもう五十を越えたがまだまだ若い連中には負けないだけの頼もしさが有る。

「川を渡るのですな？」

「そうだ、新之助。恥ずかしがり屋が多いのでな、俺が迎えに行かねばならん。世話の焼ける事だ」

皆が笑った。敬三郎は声は上げなかったが目尻に皺(しわ)が寄ったから笑っているのだろう。やはり年を取ったと思った。

「今少し楽に終わると思ったのですが」

「当てが外れた。八郎衛門、楽な戦など無いという事だ」

皆が頷いた。

少しの間他愛無い話をしていると〝妙ですな〟と小山田左兵衛尉が眉を寄せて呟いた。皆が左兵衛尉を見た。視線を感じたのだろう、左兵衛尉が困った様な顔をして咳払いをした。

「御屋形様が進軍を命じたのです。普通なら士気が上がり兵に勢いが出る筈。なれどざわめいております」

皆が顔を見合わせた。確かにざわめいているな。

「興奮しているのでは有りませぬか？」

「いや、違うな、敬四郎。興奮ならざわめきには力が有る。だがこのざわめきには力が無い。有るのは戸惑いだ」

敬三郎の言葉に左兵衛尉が頷いた。

〃誰か見て参れ〃、と声を上げようとした時に北畠次郎から使いの者が来たと警備の兵から報告が入った。直ぐに陣幕の中に入れた、未だ若い男だ、緊張している。主税が俺を見て頷いた。

「何事か、御屋形様にお知らせせよ」

「はっ、対岸に織田勢が。その数、約三百」

皆が顔を見合わせた。

「それは出迎えか？」

「いえ、そのようには見えませぬ」

「では敵か」

「はっ！」

敵？　三百で？

「何者の兵か？」

「分かりませぬ、ですが旗には木瓜が。主は御屋形様の御判断を仰ぎたいと」

木瓜紋？　あのなあ、木瓜紋なんて使っている奴は幾らでも居るぞ、織田も木瓜だ。

「三百というのは些か少ないが先鋒として対岸を押さえたというなら有り得なくはない」

「うむ、後詰が有るという事か」

「しかし先鋒が三百では後詰が有るといっても万には及びますまい。精々五千から六千では？」

「確かに、ですが対岸を押さえられたのは面白くは有りませぬ」

皆が口々に思った事を言う。同感だ、面白くは無い。

「彦七郎達がこちらに来ないのもその所為か。五千以上の織田勢が動いているとなれば簡単には降れぬな」

俺の言葉に皆が頷いた。しかし誰だ？　三百の兵の指揮官も気になるが五千も兵を率いるとなるとそれなりの人物だ。織田の一族、或いは重臣達の誰か……。まさか三介か？

「如何致します？　先鋒は指示を待っておりますが」

左兵衛尉の言葉に使いの者が期待する様な視線を向けてきた。頭が痛いわ。

川を渡って攻めろというのは容易い。だがその最中に後詰が来れば先鋒部隊の苦戦は免れない。こちらも本隊を動かして無理攻めをしなければならないだろう。そこに彦七郎、津島の者達が敵に付けば……。面白くないな、全く面白くない。それにしても腑に落ちない。五千もの兵が動いていれば八門から報せが有る筈だが……。

ざわめきが起きた。〝御免〟という声と共に小兵衛が入って来た。ホッとした、これで判断材料が増える。

「小兵衛、良く来た。対岸の兵の事か？」

「はっ、遅くなりまして申し訳ありませぬ」

面目無さそうな顔をしている。そうだな、ここに重蔵が居たら苦虫を噛み潰したような表情だっただろう。

「それで、何者だ？」

「兵を率いるのは津田七兵衛信澄という者にございます」

七兵衛？　皆が首を傾げている。尾張出身の鈴村八郎衛門も首を傾げているが仕方ないだろう。相手は信長に謀反(むほん)を起こして殺された織田勘十郎信行の子供だ。普通なら子供も殺されている。八郎衛門が尾張を出た頃は未だ子供だっただろう。小兵衛が七兵衛に付いて話し出すと皆が信じられないというような表情をした。

「それで、後詰は？」

「有りませぬ」

無い？　冗談だろう、皆も驚いている。三百で三万に立ち向かおうというのか？

「死ぬ気か？」

俺が問うと小兵衛が頷いた。

「亡き弾正忠様の御恩に応えると。七兵衛の妻は弾正忠様の御息女、五徳様にございます」

え、そうなの？　そうか、浅井長政が早い時点で死んだからお市は浅井に嫁がなかった。信長は徳川と同盟した、同盟の絆を強めるには婚姻だが御家騒動で徳川は妻、息子、娘を全員殺してしまう。そこで家康に後妻を勧めたのだがそれには五徳よりもお市の方が適任だった。そして五徳は織田一族の結束を固めるために津田信澄に嫁いだという事か……。

「御屋形様、如何なさいますか？」

主税が問い掛けてきた。面白くなさそうな表情をしている。俺も面白くない。

「そうだな、出来れば殺したくない」

左兵衛尉が何か言いたそうな表情をした。

「分かっている、気が重いが殺さなければならんだろうな」

相手は死ぬ気で出陣してきたのだ。簡単には説得に応じないだろう。下手な説得をすればこちらが名を落とす、蔑まれかねない。左兵衛尉はそれを心配したのだ。

「先鋒には直ちに川を渡り敵を追い払えと伝えよ」

「はっ」

北畠次郎が寄越した使者が頭を下げると立ち去った。皆憂鬱そうな表情をしている。誰だって死にに来た人間を殺すなんて面白くないんだ。自殺を手伝うようなものだからな。先鋒の四人も状況を知ればウンザリするだろう。いっそ相手に後詰が有った方が精神的には楽だな。

暫くして鬨の声が上がった。先鋒隊が勢いを付けるために上げたのだろう。如何攻めるのか、正面から押し切るか、それとも一隊を側面に回して撃破するか、或いは二隊を両側面に回して包囲する形を取るか。どれを選んでも良い、こちらは三倍以上の兵力だ。問題は無い筈だ。

ざわめいている。今度は戸惑いでは無い、興奮だ。先鋒隊が動き出したのだと思った。だが陣幕の中で口を開く者は居ない。ただ身動ぎもせず黙っている。ここだけ別な世界の様だ。重いわ、粘着く様に空気が重い。

「小兵衛」

「はっ」

「七兵衛に子は居るのか？」

「はっ、男子が二人居りまする」

「そうか」

男子が二人か、未だ幼いだろう。何らかの形で俺が援助するべきだろうな。三十郎に庇護させて成人したら朽木家で召し抱える事にしよう。戦国大名としての織田家は潰すが織田一族は朽木家の家臣として丁重に扱う。織田の重臣達も俺が織田一族を丁重に扱っているとなれば安心する筈だ。ただ変な閥は作らせないようにしないといかん。そこは気を付けなければ……。

半刻程経った時、歓声が上がった。

「終わったようですな」

主税の口調はホッとした様な口調だった。皆もホッとした様な表情をしている。多分七兵衛を討ち取った筈だ。もう直ぐ先鋒から報せが来るだろう。俺は先鋒の働きを誉め、七兵衛を討ち取った事を誉める。大きな声で誉めるのだ。そして七兵衛の覚悟を称賛し死を悼まなければ……。その時に三介の様な主君を持った事が不運だと言おう。そう、悪いのは三介なのだ。投降する織田の親族、重臣達の心を軽くしなければ。少し涙ぐむのも良いだろうな……。


禎兆元年（一五八一年）四月下旬　　尾張国春日井郡　清州村　清州城　丹羽長秀

「如何すれば良い、如何すれば良いのだ！　朽木め、父上の代には友誼を結んでおったのに……」

うろうろと三介様が歩き回った。ガシャガシャと耳障りな鎧の音がする。それを林佐渡守秀貞、佐久間右衛門尉信盛、柴田権六勝家の三人が白けた表情で見ていた。多分俺も同様だろう。朽木勢は間近に迫っている。この期に及んで如何すれば良いとは……。

「何故兵が集まらぬのだ！　何故国人共は儂の命を軽んずる！」

美濃を捨てたからだ。あそこで敵わぬまでも美濃に踏み込んで一戦しておけば未だ違っただろう。だが見捨てたのでは如何にもならぬ。見捨てた以上見捨てられても文句は言えぬ。ま、この御方には分かるまいな。分かる様なら見捨てたりはせぬ。こうなったのは至極当然、自業自得だ。

「佐渡！　儂は如何すれば良い！」

また、如何すれば良いか。林殿も迷惑そうな顔をしている。いや、三介様には思い悩んでいるように見えるかもしれぬな。

「朽木勢は美濃より三万、伊勢より三万で攻め寄せております。こちらは一万がやっと。この清州城は難攻不落というわけでは有りませぬ。包囲されてはどうにもなりますまい」

「だからと言って外に出ては……」

「負けますな。兵力において劣る以上簡単には勝てませぬ。もたつけば挟撃される事も有り得ましょう。それに城を出れば朽木に味方する者にこの城を奪われる懼れも有ります」

〝うー、うー〟と三介様が唸った。眼が血走っている。そしてまた〝如何すれば良い〟と言った。

困ったものよ、権六と眼が合った。権六も煮え切らない三介様にウンザリしている。

「既に朽木勢は木曽川を渡り尾張領に踏み込んでおります。小木江城の織田彦七郎様、野府城の織田九郎様は朽木に降りました。津島も朽木に降っております。もはやこれ以上尾張では戦えますまい」

言上すると三介様が儂をじろりと睨(にら)んだ。

「尾張では戦えぬと？　では如何すれば良いのだ、降伏しろと言うのか？」

「そうは申しておりませぬ」

慌てて顔を伏せた。三介様は降伏したがっているのかもしれぬ。横目で他の三人を見た。三人も驚いている。三介様の助命が確約されれば降伏という事も有り得る。如何する？　権六が、右衛門尉殿が微かに首を横に振った。

「城を出て兵を集めるしかありますまい」

「兵を集める？　如何いう事だ！　佐渡守！」

怒鳴られて佐渡守殿が顔を顰めた。

「されば、この城に居る限り兵は集まらず城を朽木勢に囲まれ負けましょう。勝つためには城を出て三介様自ら兵を集めるべきかと思いまする」

「兵を集めるか……」

「三河、遠江、駿河に赴き兵を集めるのです。場合によっては徳川様の御力を借りるのも宜しいでしょう」

三介様が訝(いぶか)しげな表情をした。

「お主らは徳川を敵視していたではないか。今になって徳川の力を借りろと言うか？」

「今戦をしているのは朽木でございますぞ！」

佐渡守殿が声を荒らげると三介様が僅かに怯んだ。

「左様、佐渡守殿の申す通りです。徳川様とて織田家が滅べば次は徳川家と分かっている筈。必ずや力になってくれましょう」

「分かった、その方等の申す通りだ」

右衛門尉殿の言葉に三介様が大きく頷かれた。

「ならば先ずは岡崎城に参ろう。坂井右近将監に使者を出せ」

「はっ」

控えていた小姓に使者を出すようにと命じた。小姓が弾かれた様に動いた。

「兵を五千程率いられませ。それなら国人衆に侮られる事も有りませぬ」

儂の言葉に三介様が不満そうな表情をした。

「五千？　残りは如何するのだ？」

「我らがこの城に籠り朽木勢の足止めを致しまする。殿、御急ぎなされませ。朽木勢は迫っておりますぞ」

「そうか、分かった、頼むぞ」

慌てたように言って三介様は部屋を出て行った。

一刻程後、城から三介様が出て行った。出発までの一刻、城は蜂の巣を突いた様な騒ぎだった。

「岡崎城の坂井右近将監も頼られて顔を顰めような」

「何、予定通りだ。我らと同じ様に三介様を遠江から駿河へと落とすだろう」

佐渡守殿と右衛門尉殿の言葉に権六と共に頷いた。遠江から駿河、駿河には池田勝三郎が居る。亡き殿の御恩を思えば織田に背き三介様の御命を奪う事は出来ぬ。だが三介様と共に滅ぶ事も出来ぬ。兵が集まらぬのは分かっていた。だから兵を集めると名目を付けて城から落とす。三介様の御気性なら命惜しさに城を出る事も分かっていた。予想通りだった。後は勝三郎が降伏を勧めるだろう、勝三郎の言葉なら素直に頷く筈……。

「さて、我らも準備をしませぬと。新たな主を迎える準備を」

「使者を出しましょう」

権六、儂の言葉に佐渡守殿と右衛門尉殿が頷いた。今日、この時から我らは朽木家の家臣になる。三介様、織田家との決別だ。いや、未だ切れたわけでは無いな。三介様が降伏した時には命乞いをせねばならん。何処までも世話の焼ける事よ、だがそのくらいはせねばなるまい……。さて、鎧を脱いで新たな主君を迎えるとしようか。

清州開城

禎兆元年（一五八一年）　四月下旬　　尾張国春日井郡　　清州村　　清州城　　朽木基綱

津田七兵衛信澄は討ち死にした。自ら槍を振るって手強く戦ったが多勢に無勢だ。最後は周囲を朽木勢に囲まれる形になって討ち死にした。七兵衛配下の兵達は最後まで七兵衛を見捨てる事無く奮戦したようだ。見事なものだ、七兵衛は信頼されていたのだろうし士心を得ていたのだろう。なかなか出来る事じゃない。

七兵衛を討ち取ったのは北畠次郎の部隊だった。次郎はこれまでにも何度か功を上げて今では越前で一万二千石の領主だがこの戦いが終わったら又加増だな。一万石加増しよう、ちょっと奮発だが七兵衛は信長が見込んだ婿だったのだ、それだけの価値は有る。そう周囲には言おう。織田の親族、旧臣もそれなりに満足する筈だ。次郎も喜んでくれるだろう。

次郎は決して派手な働きをする男では無いが手を抜く事が無い堅実さと懸命さが有る。努力でここまで来た男だな。今の身代は親から譲られた物じゃない、自分で勝ち取った物だ。良くやっていると思う。自信も有るのだろう、以前に比べるとかなり落ち着きが出ている。名門北畠の当主として十分な男だ。頼もしくなってきた。

兵を進めると小木江城の織田彦七郎が此方の味方に付いた。そして津島の大橋和泉守長将が残りの津島十五家と共に兵を率いて挨拶に来た。どうも七兵衛の手前、こちらに来辛かったらしい。まあ良い、約束は守る。和泉守には朽木の支配になっても津島には十分な庇護を与えると改めて約束した。

和泉守は安心したようだ。これで朽木は伊勢から津島、知多を押さえた事になる。長島という信濃、美濃との物流の集積地は既に押さえてある。そして津島という湊を押さえ知多という工業地帯を押さえたのだ。東海地方の主要経済地帯を押さえたと言って良い。他の大名にとっては羨望有るのみだろう。これからは俺の手で更に発展させなければ……。

美濃方面から攻め込んだ弥五郎は特に大きな問題は無かったようだ。川並衆は約束を守り中立を守ったし野府城の織田九郎も直ぐに降った。清州城に近付いたのは弥五郎の方が早かったが俺が来るのを待っていた。律儀だなあ、何時の間にこんなに律儀になったのか……。或いは俺を怖がっているのか。それは嫌だな。後でちょっと話してみよう。

用心のため清州城への入城は俺の軍だけにする事にした。弥五郎には一日の休息を取ってから三介を追って三河から遠江、駿河へ兵を進めるようにと命じた。但し、ゆっくりと三介を追えと命じた。奥に引きずり込まれるのは不安だが下手に追い詰めて籠城されては損害が大きくなる。それよりは逃げて貰った方が良いだろう。

問題は徳川だ。上杉が信濃から甲斐に攻め込むなら徳川は出てこないだろう。もし万一、徳川勢が出て来た時には決して戦うなと命じた。少し不満そうだったな。大きな戦いで武勲を上げたいと思っているのかもしれない。まあ徳川が出て来ても兵力は弥五郎の方が多い筈だ。だが油断は出来ない。徳川は戦慣れしているし小勢での戦いにも慣れている。引っ掻き回されれば大軍など統制が取れずに混乱するだけだ。無理をする事は無い。

しかしまあ何て言うか、見捨てられたトップって言うのは古今東西惨(みじ)めだが三介もその例の一つだな。三河に逃げたと言うより三河に追い払われたと言うべきだろう。織田の家臣達は三介を見離して厄介払いにした。見離したのは家臣達だけじゃない、一族も同様だ。親族、弟妹達も見離した。

誰も三介に付いて行かないんだから。

現実を見る事が出来ない男には付いていけない。巻き添えは御免だ、そんな感じだ。少しは世の中の冷たい風に当たって頭を冷やしてこい、そんな想いも有るだろう。五千の兵を率いて三河に向かったらしいが三河の岡崎城に着くころには逃亡兵が相次いで半分も残っていれば良い方だろうな。まあそうなれば三介も抵抗は無理だと判断して降伏するかもしれない。弥五郎にゆっくり進めと言ったのはその辺も考えての事だ。

清州城に入城しようとすると大手門の前で織田の旧臣達が平服姿で片膝をついて出迎えてくれた。重臣である林佐渡守、佐久間右衛門尉、柴田権六、丹羽五郎左衛門尉、森三左衛門達だ。馬を下りて挨拶を受けた。そしてそれぞれに声をかけた。林佐渡守は織田家の筆頭老臣、佐久間右衛門尉は退き佐久間、柴田権六は織田家随一の猛将、丹羽五郎左衛門尉は墨俣城築城の事を触れた。森三左衛門には〝辛い思いをさせたな〟と労った。

皆喜んでくれた。三左衛門は涙を零したほどだ。勿論相手だって俺が自分達の心を獲ろうとしての事、尾張支配を安定させようとしての事だと理解しているだろう。だがそうやって気遣いをして貰えれば悪い気はしない。そういう気遣いが出来ない主君に比べれば遥かに仕え易いのだ。安心も出来る。戦国大名で二代目と老臣の間で軋轢が生じるのはそういう部分が少なからず有る。ぼんぼんの二代目にはその辺りの気遣いが出来ないのだ。弥五郎にも注意しなくてはならん。

木下藤吉郎の姿が無かった。訊ねると大広間で他の家臣達と一緒に挨拶する予定らしい。直ぐに呼んで貰った。藤吉郎が小走りに走ってきて転ぶ様に平伏した。可笑しかった、嬉しかった。声を上げて笑ってしまった。〝ようやく会えたな、会えて嬉しいぞ〟と声をかけると藤吉郎が顔をくしゃくしゃにした。その顔がまた嬉しかった。近寄って肩を叩きたかったがそれをやると藤吉郎が周りから妬まれかねない、そう思って堪えた。いずれ機会が有れば肩を叩いてやろう。

大広間では先ず織田の一族に会った。信長の兄弟である織田三郎五郎信広、織田源五郎長益、織田又十郎長利。息子である於次丸、大洞、小洞、酌……。信長って子供に妙な名前を付けるな。独特のセンスなのか、面倒くさくて適当に付けたのか、良く分からん。息子の方は母親付だ。いずれは名門織田家の人間としてきちんと禄を与えて取り立てると約束した。それと津田七兵衛の遺族も成人後は取り立てると約束した。七兵衛の妻は五徳だ、つまり七兵衛の子供達は信長の孫なのだ。粗略な扱いは出来ない。

その次に大広間に集まったのは中堅クラスの家臣達だった。いや、居るわ居るわ、馴染み深い名前の男が居る。木下藤吉郎秀吉を先頭に滝川彦右衛門一益、前田又左衛門利家、佐々内蔵助成政、蜂屋兵庫頭頼隆、金森五郎八長近、河尻与兵衛秀隆。この辺りは良く聞く名前だよな。それに菅屋九郎右衛門長頼、村井作右衛門尉貞成、矢部善七郎家定、堀久太郎秀政、長谷川藤五郎秀一、祝弥三郎重正、塙九郎左衛門直政、佐脇藤八郎良之……。いやあ、挨拶が楽しいねえ、嬉しいねえ。頬が緩みっぱなしだよ。

禎兆元年（一五八一年）四月下旬　尾張国春日井郡　清州村　清州城　丹羽長秀

「前田又左衛門利家にございます」

「おお、槍の又左とはその方か。剛の者としてその名は聞いているぞ！」

朽木、いや御屋形様が膝を叩いて嬉しそうに声を上げた。大広間がざわめいた。皆が驚いている。先程から皆の挨拶を受けているが御屋形様は我らの事を良くご存じであられる。その度にざわめきが起きている。又左の異名まで知っているとは……。

「これは、畏れ入りまする」

又左衛門の顔が嬉しげに綻(ほころ)んだ。無理も無い、天下第一の御大将に名を覚えられていたのだ。

「確かその方は荒子の領主であったな」

「良くご存じで」

「色々と調べたからな。その方の働き、楽しみにしているぞ」

「はっ！　必ずや御期待に添いまする」

御屋形様が大きく頷かれた。

「佐々内蔵助成政にございまする」

「うむ、又左衛門と共に武勇の名、高き者よな。聞いておるぞ」

「畏れ入りまする」

「その方の姓は佐々木源氏に関わりが有るのか？」

御屋形様が興味津々といった様子で尋ねた。世評とは違い厳しい御方では無い。むしろ好奇心旺盛で話し易い御方のようだ。その辺りも皆の心を和ませている一因であろう。

「はっきりとは分かりませぬがそのように聞いておりまする。以前は隅立て四つ目結の紋を使っておりました。今も軍旗には使っておりまする」

「ほう、では遠い昔に分かれた縁者というわけか。近江ならともかく尾張で会えるとはな。会えて嬉しいぞ、内蔵助」

「恐縮至極にございまする」

御屋形様が笑い内蔵助が頭を下げた。

「ところで、今の家紋は棕櫚（しゅろ）のようだが何か謂（いわ）れが有るのかな？」

御屋形様が小首を傾げられた。

「はっ、亡くなりました我が兄が小豆坂の戦いで抜群の功を上げ、その折棕櫚を家紋にするようにと主より命じられましてございまする」

「小豆坂か、俺が生まれる前の事だな。今川との激しい戦いが二度有ったと聞いている。互いに勝敗が有ったともな」

また大広間がざわめいた。生まれる前、まして他国の事なのに……。

「となるとその時の主君というのは先々代の弾正忠殿、信秀という御名を持たれた方だな」

「はっ」

御屋形様が頷かれた。

「待て待て、小豆坂か。思い出したぞ、確か七本槍と謳われた武功の者が居たな。佐々という名も有った筈だ、珍しい姓だと思った覚えが有る。内蔵助、俺の記憶違いか？」

大広間がざわめくのはこれで何度目か。なんとも良くご存じの事よ。

「いえ、記憶違いでは有りませぬ。佐々隼人正政次、佐々孫介勝重、兄二人が七本槍に入っておりまする」

内蔵助が嬉しそうに答えると御屋形様が大きく頷かれた。

「やはりそうであったか。佐々家は昔から武功の家なのだな。それ程の家の者が仕えてくれるとは何とも嬉しい事だ。これからも頼むぞ」

「はっ」

内蔵助が深々と頭を下げた。いやはや、気難しい内蔵助をあっさりと手懐（てなず）けてしまわれた。

「佐脇藤八郎良之にございまする」

「うむ、知っておるぞ。その方、又左衛門の弟であろう」

「はっ」

「……何だ、驚かぬのか？」

「もう先程から十分に驚いておりまする」

二人の遣り取りに彼方此方から笑い声が起きた。御屋形様も苦笑いをされている。

「藤八郎は何が得意かな？」

「刀術を得意と致しまする」

「ほう、では槍の又左に刀の藤八か」

「そこまでは」

藤八郎が苦笑を浮かべた。

「そうか、ではそう並び称されるように励め。その方なら出来よう」

「はっ」

「だが藤八郎、戦場では功を焦るなよ。最上の武功とは生きて戻る事だ。功を上げても死んでは意味が無い。忘れてはならぬぞ」

「はっ。御言葉有難く、胆（きも）に銘じまする」

「うむ、頼むぞ。皆も決して功を上げる事を焦ってはならぬぞ。確（しか）と胆に銘じよ」

御屋形様の御言葉に皆が平伏した。何ともお気遣いを下さる事よ、これでは三介様では太刀打ち出来ぬな……。


禎兆元年（一五八一年）四月下旬　三河国額田郡　康生村　岡崎城　坂井政尚

「三介様、良くぞ、御無事で」

「うむ。右近将監、世話になる」

三介様の声には力が無かった。表情にも疲労の色が有る。いや、何より鎧が重たげだった。清州からこの岡崎までの行軍で疲れ果てるとは、何とも頼りない御大将よ。御父君とは大分違う。倅の久蔵は隣で無表情に控えているが内心では罵倒しておろう。こやつは気性が激しいからな。

「精一杯努めさせて頂きまする。御疲れでございましょう、少し横になられましては？」

「うむ、しかし……」

迷っておられる。久蔵が微かに口元に力を入れたのが分かった。罵倒を堪えたようだ。後で誉めてやるか。

「ご案じなされますな。朽木勢も清州城を落とすまでには時がかかりましょう。それに清州城を落としたからと言って直ぐには兵を動かせぬ筈、未だ時は十分にございます。休息を取らねば良い考えも浮かびませぬぞ。休む事も大事な仕事にございまする」

「そうだな、では休ませて貰うか」

ホッとした様な声だ。余程に疲れているのだろう。家臣達に臥所の用意を命じて三介様を案内させた。三介様が背を丸めて家臣達の後をとぼとぼと歩く、大将の背中ではないな。後で女子を部屋に送らなければなるまい。適当な後家が居たかな？　多少金を弾むと言えば嫌とは言うまいが……。

「何とも頼りない事ですな、まさに不覚人」

久蔵が冷笑を浮かべながら皮肉を言った。時々こやつの親である事が疎ましくなる。今がそうだ。

「口を慎め、無礼であろう。その方にとっては義理の兄君でも有る」

「父上はそうは思われませぬので」

今度は儂に噛み付くか、余程に腹を立てているらしい。

「口を慎めと儂は言ったぞ」

久蔵が一礼した。こやつが慇懃無礼になると憂鬱になるわ。

「なるほど、思ってはいても口には出すな、腹に納めよという事ですな。なかなか腹黒い。流石は父上、頼もしい限りですな、フフフ」

「その辺にしておけ、儂に噛み付いても如何にもならんぞ」

久蔵が口元をへの字に曲げた。ようやく終わったか。

「父上、三介様は清州を出る時は五千の兵を率いていたそうです」

「何？」

五千？　此処に着いた時は三千に足りぬ、いや二千を僅かに越える兵しか居なかった……。久蔵がまた冷笑を浮かべている。

「大分急いで駆けたようで」

「では半数以上が付いていけずに脱落したと申すか」

久蔵が首を横に振った。

「然に非ず。脱落した振りをして逃げ出したのでございましょう。それにも気付かぬ程に逃げるのに夢中で有ったようです」

「……」

兵を疲れさせぬという配慮も出来ぬのか……。その辺りの配慮が有れば兵達も不安に思わぬのに……。家臣達だけでなく足軽達からも見放されている。誰が見ても頼りない、三介様に勝ち目は無いという事か。となると残った二千の兵も明日にはさらに減っていよう。一千を切るやもしれん。

これ以上は無理だな、如何にもならん……。

「如何なされます、父上」

「……」

「まさか三介様と生死を共にする、等と申されるのでは有りますまいな。某は無駄死には御免ですぞ」

「……降伏して頂くしかあるまいな」

「それしかありますまい」

久蔵が頷いた。

「奥へ奥へと御逃がし致す所存であった。これまでの織田家の御恩を思えば三介様と共に滅ぶ事は出来ぬが御命を奪う事も出来ぬ。奥へと逃がし後は三介様の御運次第、そう思っていたが……」

久蔵が首を横に振った。

「無駄でございましょう。尾張はともかく三河以東では織田家の根は浅うござる。三介様のあの御器量では人は集まりますまい。むしろ離れていくだけの事、徒(いたずら)に無残な事になりかねませぬ」

「そうかもしれぬの」

「織田家の恩を思うのであれば降伏を勧めるのが上策にござる」

確かにそうだ。兵が付いて来ぬとなれば国人衆、或いは土民達に襲われかねぬ。落ち武者狩り同然の目に遭おう。それでは織田家の当主として余りにも惨めだ。降伏して頂くしかない。

「相姫は何と言っておる」

儂の問いに久蔵が珍しく視線を伏せた。

「……妻は已むを得ぬ事と」

「そうか……」

妹君の相姫から見ても三介様では織田家は保てぬか……。真、已むを得ぬ事だな。

「父上、朽木に使者を出しまするか？」

「そうよな、我等の降伏と三介様の御命乞いをせねば……。佐渡守殿達にも御助力を頼まねばならん。その方、使者として行ってくれるか」

「それは構いませぬが、では降伏は父上御一人で勧めると？　場合によっては斬られかねませんぞ」

「その方が居れば坂井の家は大丈夫だ」

久蔵が片眉を上げた。心にも無い事を、そんな感じだな。だがこやつが此処に居ては纏まる物も纏まらん。短気を起こしてぶち壊しかねん。

「まさかとは思いまするが御自分の命で三介様を説得する、そんな事を考えておいでなのでは有りますまいな」

「戯けたことを」

場合によってはそうなるかもしれんな。

「それなら宜しゅうござるが。詰まらぬ命の捨て方はお止めくだされよ」

「案ずるな。今書状を書く、それを持って清州に行け」

「はっ」

久蔵が一礼して席を立った。やれやれ、儂の手で織田家に引導を渡すか。何とも因果な事よ……。

泥水を啜る

禎兆元年（一五八一年）　五月中旬　　尾張国春日井郡小牧村　　小牧山城　　朽木基綱

目の前に女性が座っている。鷺山殿と織田家では尊称された女性だ。未だ五十にはなっていない筈だがぱっと見には三十代後半くらいに見える。若い頃はさぞかし美人だっただろう。信長の正室だったのだが信長の死後は三介に幽閉されていた。……まあ、そういう風に俺が追い込んでしまった。恨んでいるかもしれん。今もジッと俺を見ている。

「如何されましたかな？」

思い切って問い掛けると鷺山殿がフッと息を抜いた。

「失礼しました。天下人とはどのような御顔をされているのかと思ったのです」

「……」

返事に困るな。別に大した顔じゃないんだけど……。第一顔で天下を取れるわけじゃない。いや、長年同盟関係にあった織田家を滅ぼしたんだからな。もしかすると冷酷、非道とでも思ったのかもしれない。

「某を恨んでおられましょうな」

鷺山殿がフッと微笑んだ。

「織田家を滅ぼした事は恨んでおりませぬ。所詮は夫が一代で築いたもの。元に戻ったという事でございましょう」

「……」

「ですが、夫の夢を潰した事は恨んでおります」

また鷺山殿がフッと微笑んだ。

「天下でございますか？」

「はい、良く言っておりました。憎い男だと……」

「……」

返事のしようが無かった。史実では信長が天下を取りかけた。いや、事実上天下人だった。俺が輝虎に川中島の助言をしなければ第四次川中島の戦いは痛み分けに終わった筈だ。信玄は南下しただろう。三河の一向一揆があそこまで酷くなる事は無かった。長嶋に苦しめられる事も無かっただろう。信長は天下を目指す事が出来た筈だ。

「そして自分にも出来ると言っておりました。自分が考えている事と同じ事をすると……」

その通りだ。俺がやったのは信長の真似だ。

「そうでしょうな。織田殿ならもっと上手く出来たと思います」

鷺山殿が〝うふ〟と笑った。可愛い笑い方をするな。

「真にそうお思いなのですか？　本当は歯牙にもかけておられなかったのでは有りませぬか？」

「そのような事は」

首を横に振って否定すると鷺山殿が可笑しそうに俺を見ている。

「真に？　夫は何度も貴方様に助けられました。その度に夫は感謝はしても何処となく悔しそうでした。夫と戦う事になっても勝てると思っていたのでは？」

「そうでは有りませぬ。助ける必要が有ったから助けたのです。それに……」

「それに？」

鷺山殿が小首を傾げた。なんか妙に可愛いな。

「某は織田殿と戦う事が無いようにと手を尽くしておりました。戦って勝てる自信が有りませんでしたから」

鷺山殿が目を瞠った。そして〝真ですか？〟と問い掛けてきた。

「ええ、織田殿はしぶとい。どれほど劣勢でも跳ね返してくる強さが有る。戦う事に力を注ぐよりも戦わぬ事に力を注いだ方が良い。そう思ったのです」

「そうですね、しぶといお人でした」

鷺山殿が頷いた。懐かしそうな、楽しそうな表情だ。俺を見た。悪戯な笑みを浮かべている。

「前内府様は狡いお方ですね。夫から逃げたのですから」

「そうですな、逃げました。しかし逃げるが勝ちという言葉もあります」

鷺山殿が〝まあ〟と言って笑い出した。俺も笑った。そう、逃げたから勝ったんだろう。戦っていたら天下は取れなかったに違いない。

「織田殿とは二度会いましたがどちらも忘れる事は有りますまい」

「……竜胆の花」

竜胆の花？　竜胆の花か……。

「そうでしたな。手力雄神社で会った時、二人で竜胆の花を見ました」

俺は花が竜胆だとは知らなかった。信長に笑われたっけ……。

「貴方様は竜胆の花の名を知らなかった」

「はい」

「夫はその事が可笑しくて笑ったそうですが笑ってから不快にさせたかと心配したそうです。ですが貴方様も楽しそうにお笑いになったので一緒に笑う事が出来たと言っておりました。私に笑いながら教えてくれました」

「そうですか……」

あの時の事を思い出す。軽やかな笑い声だった。全然嫌味じゃなかったし侮蔑も感じなかった。天真爛漫、そんな笑い声だった。だから俺も笑えたのだろう。その事を伝えると鷺山殿が笑みを浮かべながら頷いた。

「出来ればもっと話したかったと思います。国の事、政の事、戦の事、銭の事、もっと話したかった……」

「夫もそう思った事でしょう」

「寂しいですな、本当に寂しい」

そう、寂しいんだ。もう信長は居ない……。鷺山殿が〝前内府様〟と声を掛けてきた。

「夫は天下を取れませんでした。天下を取る戦も出来なかった。無念だったと思います。でも良い友を得たと思います。自分と同じ事を考える人が天下を取ったのですから……」

鷺山殿の頬を涙が伝った、嗚咽を漏らしている。涙が滲んできた、鷺山殿の姿がぼやけて見える。……寂しいのだ、もう一度会いたいと思った。沢山話して沢山笑おう。そしてカステーラを一緒に食べるのだ。きっと信長は喜んでくれる。竜胆の花も見よう。信長はあの時のように軽やかに笑ってくれるだろう……。


禎兆元年(一五八一年)　五月中旬　　尾張国春日井郡　　清州村　　清州城　　朽木基綱

織田三介信意が降伏した。織田の重臣達に促されて三河に逃げた、いや追い払われたのだが岡崎城城主、坂井右近将監政尚に説得されて降伏してきた。もっとも簡単では無かった。最初に右近将監の息子である久蔵が使者として来たのだが久蔵が持参した右近将監の書状には自分が三介を説得して降伏させるので三介の命を奪うのは勘弁して貰いたいと書いてあった。

三介の手勢からは脱落者が続発し兵の減少が如何にもならなかったようだ。このままでは落ち武者狩りに遭う、惨めな最期を遂げる事になる、それよりは降伏をと坂井親子は考えたらしい。良い判断だ、最悪の場合は一緒にいる兵が逃亡する事よりも牙を剥く事を選ぶ。そうなったら助からない、その方がより惨めだ。

久蔵は父の右近将監が死ぬつもりかもしれないと疑っていた。俺もその可能性は有ると思ったので久蔵に俺の書状を持たせて岡崎城に戻した。書状には三介の助命とそれなりの待遇を与える事を約束すると記した。三介は降伏すれば殺されると怯えていたらしい。右近将監に勝手な事をするなと怒りをぶつけたらしいが久蔵が持って行った俺の書状を見て降伏を決断した。最初から戦う気なんてなかったんだろう。

三介の助命は已むを得ない。織田の一族、旧臣達の感情を考えれば殺すのは拙い。彼らは三介を軽蔑し嫌っているかもしれないが憎んでいるわけではないのだ。その感情は困った奴、出来る事なら七男、八男に生まれれば良かったのに、そんなところだろう。それを殺しては彼らの感情に妙なしこりを生じさせる事になる。そういう事は避けなければならない。

まあ戦いらしい戦いも無く滅んだ辺りは史実における武田の最後に似ているな。しかし織田の一族、重臣達の殆どは残っているし三介も生きている事を考えればこっちの方が遥かにましだ。何と言うか俺が圧(お)し潰したというより織田家という組織が自壊したという方が近いと思う。予感は有ったんだがなんかあっけなかったな。あれよあれよという間に終わった気がする。

織田家は急速に拡大しあっという間に自壊した。まるで限界まで膨らんだ風船が針の一刺しで破裂した様な感じだ。もう風船は何処にも無い。三介が頼りなかった事も有るが信長の存在が大き過ぎた事が原因だと思う。史実もこの世界も織田家は信長の独裁体制だった。それに皆が慣れてしまっていた。信長亡き後の混乱はそれが原因だと思う。

この乱世では合議体制よりも独裁体制の方が向いている。独裁体制の方が非常事態への即応性が高いのだ。だからどうしても即応性を高めるために当主の権限が強大化せざるを得ない。というより当主が成功すればその持てる権限が強大化し即応性がより高まるのだと思う。実績が有れば家臣達も従順になる。

家を大きくした当主はその権限を適切に使ったのだと言える。だが組織としては歪だし非常に不安定だ。だから代替わりが有るとあっという間に勢力が縮小する。新たな当主の能力の欠如も有るが当主としての権限の縮小とそれに伴い即応性の低下が生じるのだと思う。そしてその事が新当主への不満に繋がり家臣達の発言力の強化へと繋がる。つまり独裁体制から合議体制の色が強くなるのだ。その事が更に即応性を低下させる。悪循環だ。そして家が傾くのだと思う。

同じ弊害は朽木家にも潜在している。今俺に何か有れば朽木家はどうなるか？　弥五郎は俺に代わって朽木家を一つに纏められるか？　近年良くやっているのは分かるが俺の代わりを務められるかと言えば極めて心許ないと言わざるを得ない。朽木家も織田家同様強大では有っても不安定で脆弱なのだ。何とかしなければならん……。手は有るのだが弥五郎には試練になるな。しかし、可哀想だと言って躊躇っていて良いのか……。

三介の処遇は五千石程の禄を与える事にした。近江で屋敷を与えようと思ったのだが本人が嫌がった。俺に殺されると危惧でもしたのかと思ったが何の事は無い、ただ故郷を離れたくないという事らしい。馬鹿だよな、尾張に置いておけば俺が危険視すると思わないらしい。自分の立場が分かっていないのだ。相手が自分を如何思うかと言う配慮が全く出来ない性分なのだろう。これでは上には立てんな。

無理に近江にとも思ったが考え直して尾張に置いた。これから東へと兵を動かす。それを阻もうとすれば、或いは朽木の支配から脱却を図ろうと考えれば尾張で騒乱を起こして攪乱（かくらん）しようとする筈だ。その時には必ず三介を利用しようとするだろう。つまり三介の動きを見張れば敵の動きが見えてくる。そして織田家内部での反朽木勢力の炙（あぶ）り出しにも使える。三介は餌として尾張に置こう。どんな魚が掛かる事か……。

三介の降伏を伝えてきた坂井右近将監の息子、久蔵尚恒は史実では十五、六歳で姉川の戦いで戦死している人物だ。武勇に優れたなかなかの美少年だったと言われているが、俺の前に現れたのは細面の中々の美男子では有るが眼光の鋭い危なそうな男だった。ちょっと謙信の若い頃に似ている。何と言うか、いかにも戦国の男、そんな感じがした。この世界の久蔵は信長の次女、相姫を妻としている。この相姫って史実では蒲生氏郷の妻になった女性だと思う。そういう事も有って三介は坂井右近将監を頼った様だ。

右近将監には今回三介を説得した事は織田家に対して何よりの恩返しだと文を送った。心の負担が軽くなる筈だ。そしてこれまで通り岡崎城を守り三河の旗頭として国人衆を纏めるようにと命じた。現状維持だ、右近将監も安心するだろう。そして久蔵には弥五郎に同行し三河、遠江、駿河、伊豆の平定に協力するようにと命じた。

まあ正面切って戦いを挑む国人衆はいないだろう。道案内に近いな。但し徳川が如何出るかという問題は有る。尾張の仕置きが一段落したら後を追わないといかん。後で蒲生下野守に全ては順調に進んでいると手紙を書こう。それと弥五郎の事、東海道の仕置を如何するかだ。そいつも相談してみよう。

幽閉されていた鷺山殿に会った。話してみて聡明な女性だと改めて思った。恨み言らしい事は言われなかった。考えてみれば彼女の実家は滅んでいる。親子兄弟で殺し合い嫁ぎ先とも戦になって織田家に滅ぼされた。乱世の厳しさは誰よりも分かっているのだ。これからは静かに親兄弟、そして信長、信忠の菩提を弔いたいと言われたから彼女の為に美濃に寺を建てる事にした。手厚く庇護しよう。その事が朽木家の尾張、美濃支配に役立つ筈だ。

鷺山殿からは信長の息子達、娘達の事を頼まれた。息子達は良い、成人したら取り立てれば良いからな。問題は娘だ。結婚しているのは長女と次女、残りは未婚だ。厄介なのは三女の藤姫、彼女は今年十八なのだが信長の死でごたごたが続いたために嫁ぎ先が決まっていない。鷺山殿は何度も三介にその事を言ったようだが三介にはそんな余裕は無かった。何とか彼女の嫁ぎ先を決めないといかん。武田、今川、北条、織田、結婚相談所の相談員みたいだな、俺。頭が痛いわ。ん、孫六が来たな。

「御屋形様」

「何用かな、孫六」

孫六は緊張している。

「黒野小兵衛様が」

「分かった、此処へ通せ」

小兵衛が来た。さて、何が起きたか？　おそらくは信濃、甲斐の事だろう。心を落ち着けて深呼吸だ。

禎兆元年（一五八一年）　五月下旬　　山城国葛野・愛宕郡　　東洞院大路　　勧修寺邸
勧修寺晴豊

「あっという間でおじゃりましたな」

弟の万里小路充房がポツンと言った。

「今少し織田は戦えるのかと思いましたが……」

今度は〝ホウッ〟吐息を吐いた。

「織田三介は不覚人と呼ばれていたそうですが道理でおじゃりますな。あの強大な織田家を溶かしてしまった」

「そなたは前内府が苦戦すれば良いと思ったのか？」

問い掛けると弟がバツの悪そうな表情をした。

「そういうわけではおじゃりませぬ」

「ならば気を付けるのだな。他人が聞けばそなたが前内府の苦戦を望んでいると思うだろう」

弟が顔を顰めた。

「前内府が苦戦するのを望んだわけではおじゃりませぬ。もう少し戦いらしい戦いが有っても良いと思っただけでおじゃります」

「そうだと良いが……」

私が弟を見ると弟が狼狽えた。

「私だけではおじゃりませぬ。皆も言っております。織田はあっけなかったと。……違いましょうか」

「そうだな」

弟の言うとおりだ。皆が織田は大した事が無かった、あっけなかったと言っている。弟がホッとしたような表情を見せた。

「だが御降嫁の一件が有る。そなたが前内府の苦戦を望んだとしてもおかしくは無い。違うかな?」

「それは……」

あの一件で西園寺権大納言と弟は院、帝から厳しく叱責された。その事を逆恨みして前内府の敗北、苦戦を願ったととられても仕方がないのだ。その事を指摘すると弟が項垂れた。

頼りない。今年の秋の除目では右中弁、蔵人頭に任じられ頭弁(とうのべん)と称される事になる。若手の公家では帝の側近としてお仕えしなければならぬのだが……。どうにも粗忽なところが有る。先年亡くなった父もこの弟の事は心配していた。織田三介を笑える立場ではないのだ。

「足利の時代ならそなたは足利が負ける事を願ったと処罰されるところだぞ。平島公方家に与した勧修寺家が公方に何かと圧迫された事はそなたも分かっていよう」

弟が頷いた。

「それを救ってくれたのが前内府だ。その事を忘れてはならぬ。勧修寺は借りが有るのだ」

「はい」

「前内府は公家には厳しくあたらぬ。だがその事に油断してはならぬ」

「……」

「出来ぬのではない、やらぬのだからな」

弟が曖昧な表情で頷いた。納得はしていないだろう。

「公方を見よ」

「公方でおじゃりますか」

「京を追われ毛利を追われ今では九州の片隅で逼塞しておる。惨めなものよ」

「……」

「もう誰も公方を武家の棟梁とは認めてはおじゃるまい」

「島津もでおじゃりますか」

弟が訝しげな表情をしている。

「大友、龍造寺、島津の和睦は前内府の仲裁でおじゃろう。違ったか？」

「……違いませぬ」

「公方は前内府を討つ大名を欲しているのに皆が前内府に従う。島津でさえ前内府の仲裁で和を結んだ。公方は自らを征夷大将軍、武家の棟梁と鼓舞しておろうが鼓舞する度に無力感を噛み締めておじゃろう。周囲の幕臣達もな」

「……」

顔を強張らせている。

「公方を相手にせず少しずつ公方の拠り所を削る。気が付けば公方には逃げる場所も頼る相手も居ない。いずれは公方も心が折れよう。潰すのではなく絶望させる。惨い話よ、そうは思わぬか？」

「……そう思いまする」

「前内府はそれが出来るのだ。甘く見てはならぬ」

弟が〝はい〟と小さい声で答えた。少しは身に沁みたか？　まあ、半年だな。半年後にはもう一度締めなければなるまい。


禎兆元年（一五八一年）五月下旬　越後国頸城郡春日村　春日山城　上杉景勝

「御疲れでございましょう、実城様」

「うむ」

与六の淹れてくれた茶を一口飲んだ。美味い、沁みいる様な美味さだ。疲れたな、帰国してから御隠居様に挨拶をし皆の挨拶を受け溜まっていた政務を片付けた。書類の全てを見終わった頃には目が痛くなった程だ。何度も目元を指で揉んで疲れを解(ほぐ)したが書類を見るのは好かぬな。

「与六、織田はもういかぬな」

「はい、降伏したかもしれませぬ」

「うむ」

織田はもう大将の居ない軍勢と同じだ。纏まって動く事が出来ずにいる。三介殿の器量が織田家当主に相応しからざるものとは分かっていたが、まさかここまで酷い事になるとは思わなかった。華を織田に送らなかったのは真に幸いであった。

「織田が滅んだとなれば徳川は大分苦しくなりましょう」

「うむ。諏訪は如何か？」

「はっ。村上、高梨勢が諏訪を攻めておりますが中々……」

与六が首を横に振った。簡単には攻め取れぬか。

如何も良く分からぬ。徳川甲斐守、どのような男か。北条を巧みに始末した事を考えれば謀略は描くない。いや恐るべき男と言える。蘆名と組んだのも中々のものだ。だが戦は如何か？　小田原では籠城ばかりで戦の上手さは見えてこぬ。野戦にて器量を測ろうと村上、高梨勢に諏訪を攻めさせてみたが大きな動きは無い。今川、武田と何度も干戈を交えたのだ、下手ではない筈だが……。やはり俺自身が諏訪から甲斐を狙うべきか。そうであれば甲斐守も小田原から甲斐へ出て来る筈。城から引き摺り出して野戦にて勝敗を決する。危険は有る、だが何処かで俺自身の武威を示さねばならぬのだ。今年は兵を休め来年の春に出陣する……。となるとやはり問題は蘆名か。後ろを攪乱されては堪らぬ。

「与六、華の事だが如何思うか？」

与六が頭を下げた。

「某は実城様の御考えに賛成致しまする。なれど越前守様、御方様は如何御思いかと……」

「うむ」

与六が語尾を濁し俺を見ている。両親を説得出来るか、それを危ぶんでいるのだと思った。

華を下野の那須に嫁がせる。那須家当主である修理大夫資胤から跡継ぎの弥太郎資晴の嫁にと打診が有った。修理大夫も蘆名と徳川が組んだと見ている。蘆名が徳川と結び関東で勢威を伸ばそうとすれば下野の那須は危うい。だから上杉との結び付きを強めようとしている。そしてその事は上杉にとっても悪い事ではない。下野に頼りになる味方が居れば蘆名を押さえる事が出来るのだ。或いは那須と共に蘆名を攻める事も出来る。朽木と組んで徳川を攻め那須と組んで蘆名を攻める……。

やはり障害は父と母だな。本人が嫌がれば無理はさせたくないと反対するだろう。だが説得する術は有る。上杉を守るために女子でありながらも竹姫は戦場に出ているのだ。他家から来た嫁が戦っているのに上杉家の者がそれを黙って見ている事は許されぬ。華にも上杉を守るために那須に嫁いでもらう。そう言って説得しよう。父も母も反対は出来ぬ筈だ。竹姫が戦場に出た事には腹が立ったが今となっては幸いで有ったな。

そしてこれ以上御隠居様に無理をさせる事も出来ぬと言おう。御身体が万全でないのに戦場に出るなど無謀に過ぎる。御隠居様に万一の事が有れば必ずや上杉家は揺らぐだろう。無念だがそれが事実、そこから目を背ける事は出来ぬ。俺は未だ上杉家の当主として盤石の重みを持っているとは言えぬのだ。このもどかしさは弥五郎殿なら、いや弥五郎殿しか分かるまい……。


禎兆元年（一五八一年）　六月上旬　　近江国蒲生郡八幡町　　蒲生賢秀邸　　蒲生とら

「……斯様な次第にて尾張、三河は当家の領国となり申し候。遠江、駿河、伊豆には弥五郎を遣わし候。徳川甲斐守儀、諏訪にて村上、高梨と戦の最中なれば海道筋に出る事は難しく三国、日を置かずして当家の分国になるものと思い申し候」

私が御屋形様の文を読み上げると祖父、蒲生下野守定秀が満足そうに頷かれた。

「夏前に戻る予定なれば東海道の仕置、甲斐、相模の事を下野守に相談致す所存、当方の隠居、弥五郎の家督相続も含めて御考え頂きたく候。……御祖父様、御屋形様の文は以上ですがこれは？」

「とら、起こしてくれぬか」

「はい」

上半身を起こそうとする祖父を支え脇息を宛がうと祖父が身体を脇息に凭れさせながら太い息を吐いた。

「起きるのも一苦労じゃの、とら」

祖父が苦笑を浮かべた。

「左様でございますね」

気休めは祖父が喜ばない。食が細くなってから祖父の身体から力が少しずつ失われている。

「御屋形様も大胆な」

「と申されますと？」

「東海道の仕置を若殿に任せようと御考えなのかもしれぬ」

「まあ」

驚くと祖父が〝フン〟と鼻を鳴らした。

「そうでなければわざわざ家督の事を含めて考えよとは申されぬ筈じゃ」

「そうでしょうか」

疑問を口にすると祖父がじろりと私を睨んだ。怖い御顔、まるで御元気なころの様……。

「近年、御屋形様は若殿に様々な役目を与えておいでだ。四国遠征中の留守、御譲位の準備、美濃攻め、尾張攻め……。若殿はそつなく熟しておられる。しかし今一つ影が薄い、如何しても御屋形様の陰に隠れてしまう。その所為か頼りないと思われがちだ。御屋形様もその事を苦慮しておいでであろう」

「それは皆が若殿を御屋形様と比べてしまうからでは有りませぬか？」

祖父が頷いた。

「確かにそうだ。だがだからと言って見過ごす事は出来ぬ。儂の見るところ若殿には苦労が足りぬ。いや、苦労されているのやもしれぬが御屋形様には及ばぬ。その事が頼りないと見られてしまうのだ」

「御祖父様、御屋形様も御苦労をされたのでしょうか？」

あの御屋形様が？　疑問に思っていると祖父が破顔した。

「当然であろう。近江の一国人領主が天下に覇を唱えるまでになったのだ。何度も泥水を啜る様な思いをされたであろうよ」

「泥水を啜る……」

祖父が頷いた。

「とらよ、良く覚えておくが良い。男とはの、どれだけ泥水を啜ったか、その泥水を吐き出さずに飲み込んだかで器量が変わるのだ。泥水の飲めぬ奴、吐き出す奴は頼りにならぬ。儂は幾人もそういう男を見た、性根が据わっておらぬ、堪え性が無いのよ」

「……」

祖父の表情が渋いものになった。

「残念だが若殿には泥水が足りぬ。御屋形様の跡を継ぐには足りぬのだ。だが跡継ぎが頼りないと思われてはならぬ。織田家の事を考えればそなたにもそれは分かろう」

「はい」

あの強勢を誇った織田家があっという間に滅んだ、信じられないほど簡単に。その事を思えば祖父の、そして御屋形様の不安は杞憂とは言えない。

「さて、考えなければならぬ。……東海道の仕置を任せると言う事は若殿を遠江、駿河の辺りに置くという事であろうな」

「まあ、近江では無く他所へ？」

問い返すと祖父が〝うむ〟と頷いた。

「そして徳川との戦を若殿に一任する御積もりであろう。甲斐、相模の攻略、上杉との協力を如何するか、その全てを若殿に委ねる。……失敗する事も有ろう、泥水を啜る事に成ろうな。だが徳川を下せば誰も若殿の器量を不安に思うまい」

「……」

「容易い事では無いぞ、徳川は決して弱くない。御屋形様もその事は十分に御承知の筈、その上で若殿を徳川にぶつけるおつもりだ」

「厳しいのでございますね」

祖父が〝その通りだ〟と頷いた。

「厳しい、しかし若殿のためでもある。今のままでは若殿は御屋形様の陰に隠れるひ弱な跡継ぎでしかない。何処かで若殿は己が力を示さねばならぬのだ。若殿は自らの立場を固めるために徳川を屠(ほふ)らなければならぬ、徳川を喰わねばならぬ。そして御屋形様はそれを信じて待たねばならぬ。若殿が泥水を啜る時、それは御屋形様が泥水を啜る時でも有る」

溜息が出そう、殿方はなんと生きるのが厳しい事か。

「……御祖父様、家督の件は」

祖父が私に視線を向けた。

「若殿を近江から移せば馬鹿共が若殿は御屋形様の御信任を失った、跡継ぎではなくなったと騒ぐやもしれぬ。さればこそ御屋形様は若殿に家督を譲ると御考えなのだ」

「……」

「遠江、駿河で四十万石程か、伊豆を入れてざっと五十万石。徳川とは五分。だが上杉の存在を考えれば若殿が優位では有る。問題は尾張か、尾張が揺れては三河以東は落ち着かぬ。若殿も十分に力を発揮出来まい。さて、その辺りを如何するか……」

祖父が宙を睨んだ。

「いや、それも泥水か……」

「御祖父様？」

「若殿を海道筋に置けば必ず徳川は尾張に手を伸ばす。反朽木勢力を徳川を使って炙り出し若殿に処断させる。なるほど、若殿に手を汚させる御積もりか……」

祖父が二度、三度と頷く。口元には楽しげな笑みが有った。

東海道分譲

禎兆元年（一五八一年）　六月上旬　　近江国坂田郡今浜村　　一色義道

目の前に城が有った。左程に大きな城ではない。だが城下は賑わっていた。ここが今浜か……。

「作兵衛」

呼ぶと〝はい〟村山作兵衛が返事をした。丹後一色家が没落しても付いてきてくれた数少ない家臣の一人だ。年は未だ五十にはなるまい。

「少し疲れたな、腹も減った」

「朝から歩き通しでございますから」

「そうだな、どこぞで一息入れるか。作兵衛も疲れたであろう。茶を飲めるところは無いか？」

「室内で御覧になりますか？　それとも外でも構いませぬので？」

「外で構わぬ」

「ならばあそこに店が有りまする。茶と団子を出しておりますな」

作兵衛が指し示す方に店が有った。指物が立ててあり団子と書いてある。

「良かろう、偶には良いわ」

店に向かって歩き出した。……昔とは違うのだ。もう自分は丹後の国主ではない、僅か五千石の領地を持つ朽木家の家臣でしかないのだ。格式だの身分などという詰まらぬものに拘る事も有るまい。現にここには作兵衛のほかに小者が二人付いているだけだ。俺を襲う者などいない。寂しくは有るが気楽なものよ。

座る事を遠慮する作兵衛、小者二人を座らせ四人で茶と団子を頼んだ。直ぐに餡の乗った串団子と茶が出てきた。一口食べる、……ふむ、美味いな。咀嚼すると団子に餡が絡まって素直に美味いと思えた。茶を飲んで口中の甘さを拭い去る。

「美味いな」

「はい、中々のもので」

あっという間に団子を食べ終えてしまった。存外に腹を空かせていたらしい。

茶のお代わりをもらって寛いでいると作兵衛が〝殿〟と呼び掛けてきた。昔は御屋形様と呼ばれていたが今は殿と呼ばせている。最初は戸惑ったがもう慣れた。……あれから八年か……。

「如何した、作兵衛」

「此度は一体何用でこちらへ？　どなたかに面会するのでしたら急ぎませぬと？」

「ははは、そのような用事は無い。ただ、今浜を見たくなったのよ」

「今浜を？」

「うむ」

頷くと作兵衛が曖昧な表情で〝左様でございますか〟と答えた。

店の奥に向かって〝主、主は居らぬか〟と声を掛けた。直ぐに男が出てきた。年のころは五十くらいか。背を屈め呼びつけられた事に不安そうにしている。

「何か粗相がございましたでしょうか？」

「いや、美味い団子だと思ってな。主と話したくなったのだ。忙しいところを済まぬな」

「左様でございましたか、有難うございます」

主が嬉しそうな表情をした。

「今浜は随分と賑わっているな」

「はい、何と言っても東海への玄関口でございますから」

「なるほど、玄関口か」

上手い事を言うものだと思った。

「主は何時からこの店を？」

問い掛けると主が少し考えるそぶりを見せた。

「ここに代官所が出来た頃ですから永禄五年か六年頃でございましょう。未だ城は有りませんでした」

「ほう」

思わず嘆声が出た。永禄五年か六年か、となると観音寺崩れの直後であろう。もう十五年ほども前の事になる。

「そのころから比べると随分と変わったか」

「はい、城が出来、近江が統一されました。関も廃されましたし商人が溢れる程に訪れるようになりましたな」

「そうか……」

「有難い事でございます」

「そうだな、良い事だ。……団子をもう一皿貰おうか。作兵衛は如何じゃ、その方らは？」

作兵衛も小者達ももう一皿貰うと言うと主は嬉しそうに一礼して店の奥へと引っ込んだ。

あの男がこの町を、湊を造った。見事なものだ。今浜は今では大津、塩津浜と並んで栄えている。大津は畿内と、塩津浜は北陸と、そして今浜は東海と結びついている。そして淡海乃海を使ってそれらの産物が行き来している。

「俺には出来なかったな」

愚痴が出た。作兵衛が〝はあ？〟と訝しげな声を上げる。

「何でもない、独り言じゃ」

作兵衛がまた〝はあ〟と言った。

俺にも海が有り舞鶴、宮津の湊が有った。だが俺はこのように賑やかで豊かな湊には出来なかった。そんな余裕は無かったのだ。だがあの男はやった。楽では無かった筈だ。六角も居れば一向一揆も居た、なにより三好が居たのだ。それでもこの町を造った……。

「俺には出来なかった……」

また愚痴が出た。作兵衛が俺を見たが何も言わなかった。

俺が抗った頃は畿内、北陸の主でしかなかった。だが公方様を京から追い払い毛利を降し織田を滅ぼした。八年でそれだけの事をやった。今では山陰、山陽から北陸、東海までの巨大な領域を支配している。そして譲位も執り行った。まさに天下人よ。公方様は名だけの将軍になったわ……。

何者であったのか……。叡山を焼き一行門徒を根切にした。残虐で神仏を信じぬ不届き者、人ではない何か……。その何かがこの町を造った。そして朽木領内は豊かに繁栄している。人が戦乱を引き起こし人でない何かが戦乱を終わらせようとするか。いや、人なのか？　人だからこそ戦乱を終わらせようとするのだろうか？　幕府を滅ぼし朝廷を擁しあの男は一体何処へ行こうとしているのか……。分らぬな、分からぬ。あの男は一体何者なのか……。

丹後を離れて良かったのかもしれぬ。もし丹後に居れば丹後が発展していく姿を俺は自分の目で見る事になっただろう。それは苦痛でしかなかったに違いない。惨めさに圧し潰されていただろう。

『長生きするのだな。そして俺の生きざまを見続けろ。そうすれば俺が何を目指したか、何を望んだかが分かるだろう。その時もう一度俺が何者なのかを考える事だ』

『退屈せずに済みそうだな、羨ましいぞ』

声が聞こえる。あの男の声だ。俺の事など歯牙にもかけていない声だった。反発は生じなかった。

ああ、そうなのだ。この男は俺とは違うのだと疑念が確信に変わっただけだった。見続ければなるまい。あの男が何者なのか……。そうよな、退屈はするまいな……。

主が現れ団子を置いていった。ふむ、先ずは腹ごしらえとするか。生き続け見届けるために……。


禎兆元年（一五八一年）六月中旬　駿河国安倍郡　府中　駿府城　朽木基綱

凄い城だと駿府城を見て思った。石垣造りで水堀が三重に有る。信長にとっては自慢の城だっただろう。この時代は殆どが山城だ、平地に三重の水堀なんて中々お目にかかれない。北条の小田原城なんて眼中にない、そんな信長の意気込みがひしひしと感じられる城だ。家康の造った駿府城に似ているのかな？　比べてみたいと切実に思ったが無理だな。詰まらん。

信長は居城を駿府城に移すつもりだったと聞いている。小田原城を軍事の拠点として関東を攻略し、駿府城を政務の拠点として織田領の統治を行う、そういう発想だったらしい。政務と軍事の拠点を別ける、安土城と岐阜城の関係に似ているな。安土城で政務を執り岐阜城を拠点として武田に対応する。信長らしいと思うと嬉しくなる。

駿府城の城代は池田勝三郎恒興だった。勝三郎恒興の母親は信長の乳母だから信長とは乳兄弟の関係になる。恒興の母親は後に信長の父、信秀の側室になって娘を産んでいるから恒興は織田家に信長という乳兄弟と母親と信秀の間に生まれた異父妹を持つ事になった。駿府城という重要拠点の城代を任されたのは能力以上にその濃厚な血縁関係が影響しているだろう。その勝三郎恒興が朽木に降った事で駿河の国人衆はそれに倣った。

勝三郎恒興の降伏は大きかった。駿河が朽木の物になると伊豆もそれに倣った。東海道は尾張から伊豆まで朽木家の領国となった。弥五郎が軍を進めると先を争って国人衆が服属し恒興以外の織田家の武将達も降伏した。国人衆の中には弥五郎に人質として年頃の娘を差し出す者も居た。人質とは言っても内実は側室にしてくれという事だろう。朽木家の世継ぎは未だ嫡男に恵まれていない。上手く行けば……、そんな狙いが有るのだと思う。

弥五郎の判断は人質を一時預かり全て俺に引き渡す、だった。あのなあ、軍の行動中に人質なんか預かったら面倒だろう。第一、朽木は人質は取らないがモットーだ。毛利から吉川次郎五郎経信、小早川藤四郎元総の二人が来ているがあの二人も人質ではなく見聞を広めるために来ている。要するに勉学とコネを作る為の留学生なのだ。少なくとも表向きはそうだし俺もそう思っている。毛利家の次期指導者達と朽木家上層部に繋がりが有るのは両家にとって有益だ。

この辺りの判断がなあ……。確かに東海道における織田の崩壊はあっという間だった。国人衆が信用出来ない、人質を取った方が良いんじゃないかという判断も有るだろう。それなら一時預かり俺の判断を仰ぐなどとせずに信用出来ないから人質を取ると俺に言えば良かったんだ。だがな、いざとなれば国人衆は人質を捨て殺しにして家の存続を図る。その辺りを考えれば人質を取る事に固執する事は無い。むしろ作戦行動中なのだから身軽な方が良い。人質が必要なら近江に帰ってから要求しても良いのだ。

結局俺が駿府城に来てから全部返した。裏切りたければ裏切って構わないと伝えた。その時にはそれなりの対応を取ると。人質を返して貰った連中は引き攣っていたな。国人衆から見れば人質を受け取れば何処かで朽木に緩みが出る、つけこむ隙が出ると思ったのだろう。残念だな、俺はそう思われる事が嫌なんだ。裏切られたくなければ強くなる事だ。

そして裏切れない様に様々な手段で搦めとる。関を廃し街道を整備し領内を豊かにする。朽木の支配下にある限り繁栄出来るのだと理解させる。それでも裏切る奴は容赦なく叩き潰す……。いかんなあ、弥五郎は如何しても俺に遠慮している。もう少し自分を出して良いんだが……。やはり俺の傍に居ては駄目なのかもしれん。俺に頼れない、自分で判断せざるを得ない、そういう立場にする必要があるのだろう。その中で失敗と成功を経験して成長していく。

十年、十年かけて一人前にすれば良いと思ったが織田家の事を考えると甘いのだと判断せざるを得ない。鉄は熱いうちに打てと言うが今がそうなのだろう。信長と同じ様にするべきなのかもしれない。息子を方面軍司令官として扱い経験を積ませる。家康が将軍職を秀忠に譲り駿河に移ったのもそういう事なのだろう。教えるのではない、鍛える。そのためには独立させた方が良い。

弥五郎を駿河に置いて相模から関東への進出を任せよう。近江に帰ったら蒲生下野守と話す。下野守が俺の問いに如何いう答えを出したか……。下野守も六角の後継者問題では苦労をした筈だ。俺と似た様な事を考えたんじゃないかと思うんだが……。

弥五郎の事も有るが東海道の仕置を如何するかも問題だ、頭が痛いわ。特に尾張だな、織田の臭いが強過ぎる。史実だと織田の一族、譜代は全国に散らばってしまったがこの世界では殆どが尾張に残っている。東海道の重要拠点である尾張がそれって如何見ても面白くないだろう。……やはり城を築くか。大きな朽木の城を築いてそこを拠点に織田の臭いを消してゆく。

史実の家康も似た様な事を考えたのかもしれない。天下の有力大名には尾張にルーツの有る人間、織田、豊臣に縁故の有る人間が多かった。尾張が東海道の要衝という事だけでなく徳川の臭いで織田、豊臣の臭いを消す、そういう考えが有ったのかもしれん。城主は如何する？　松千代を元服させて城主にするという手も有るな。……なんだかなあ、やってる事は信長とか家康の真似ばかりだ。先人の知恵かな、それとも発想力の無さか。落ち込むわ。

弥五郎を駿河に、松千代を尾張に。そうなれば徐々にではあるが三河、遠江を東西から押さえて安定させる事が出来るだろう。そして御油、見附を直接押さえる。そうする事で東海道と本坂道を押さえ物流を押さえる事が出来る筈だ。気賀もこちらの影響下に置く事が出来るだろう。あの辺りが安定すれば三河も落ち着く、後は人の配置だな、今直ぐは止めた方が良いだろう。徳川攻略後に人を動かす。東海道はそれで大丈夫、だよな……。


禎兆元年（一五八一年）　七月中旬　　近江国蒲生郡八幡町　　蒲生賢秀邸　　黒野影久

「横になっていて良いぞ、下野守」

「なれど」

「話は少し長くなる、楽な方が良い」

「では御言葉に甘えさせていただきまする」

下野守殿が孫娘のとら殿に支えられながら横になった。また少し痩せた様に見える。御屋形様も痛ましそうな御顔だ。

下野守殿が横になるととら殿が頭を下げて部屋を出て行った。

「東海道が朽木家の領地に成りました事、真に祝着至極と思いまする。おめでとうございまする」

「うむ、思いの外に上手く行った」

「やはり上杉の甲斐攻めが効きましたようで」

「そうだな」

確かにそうだ、あれで徳川は動けなくなった。

「下野守、間違いなく上杉は方針を変えたぞ。越後に攻め込まれたのが大分効いたらしい。上杉は関東よりも蘆名を重視している」

「と申されますと」

「風魔が報せて来たのだがな、上杉は下野国の那須弥太郎資晴に華姫を嫁がせるつもりだ」

「なんと」

下野守殿が驚きを表した。御屋形様が頷く。

「那須家というのは源平の合戦で活躍した那須与一の末裔(まつえい)だそうだ。下野国那須郡を中心に勢力を張っている。そして那須郡は蘆名と領地を接している。蘆名を牽制するには格好な存在だな」

「なるほど」

「この縁談、那須家の方から持ち込んだらしい。那須家の当主、那須修理大夫資胤は分家や重臣の力が強いので手を焼いている様だ。上杉の力を借りて外も内も抑えようとしている」

「上杉はそれに乗ったのですな？」

御屋形様が〝そうだ〟と頷かれた。

「謙信公が蘆名を抑えられたが婿殿にとっては自分の非力さを指摘された様に見えたのかもしれん。関東管領に拘れば相模を獲らねばならんが簡単には小田原城は落ちない。このままでは蘆名と徳川に掻き回され自分の当主としての権威が否定されかねぬ。それよりは那須家と結んで蘆名を押さえ朽木に相模を攻略させて自らは甲斐を攻め獲る。先ず甲斐を攻め獲り後は蘆名を攻めるつもりだろうな。だからこちらに協力したのだ」

下野守殿が大きく頷かれた。

「甲斐を上杉、相模を朽木、徳川は身動きが取れませぬな」

「下野守殿、おそらく上杉が先に甲斐を獲る。だがそうなれば甲斐の忍びは徳川を見捨てよう。徳川は目と耳を失う。小田原城は攻め易くなる」

「なるほど」

俺と下野守殿の遣り取りを御屋形様は頷きながら聞いていた。

「さて、下野守。この度得た東海道五カ国の仕置き、俺の隠居の事、如何思う。重蔵に遠慮は要らぬ。既に話してある」

下野守殿が俺を見たから頷くことで答えた。

「お訊き辛い事では有りますが御屋形様は若殿に御不満をお持ちで？」

下野守殿の問いに御屋形様が僅かに顔を顰められた。

「不満か、多少は有る。だが不満以上に不安が大きい。弥五郎が若いなりに良くやっている事は認める。しかし俺に万一の事が有った場合、それを考えざるを得ぬ。俺は心配のし過ぎだと思うか？」

御屋形様が下野守殿と俺を見た。大丈夫だと安請け合いは出来ぬ。今、御屋形様に万一の事が有れば朽木は混乱するだろう。第二の織田になりかねない。

「弥五郎が元服した時、十年かけて物事を覚えろと言った。十年経てば弟達も元服しその方を助けてくれるだろうとな。だがなあ、今のままで十年過ごさせて良いのかという疑問を持った。今のままでは十年後も何処かで俺に頼るだろう。だが十年後には俺は四十を過ぎている。三好修理大夫殿、上杉謙信公、織田弾正忠殿、いずれも四十代で病に倒れた。俺が同じように倒れぬという保証は何処にも無い。このままで良いのか、そう思わざるを得ぬ」

御屋形様の表情、声には苦渋の色が濃い。

「それを考えると外に出して経験を積ませるべきではないかと思うのだ。弥五郎にとっては苦しかろうが後々の事を考えればその方が良いのではないかとな。勿論失敗すれば弥五郎の立場は厳しいものになる。だがそれでも弥五郎を育てるためには外に出すべきではないかと……」

御屋形様が太い息を吐かれた。

「外に出し、世継ぎ問題が起こらぬように若殿に家督を譲ろうと御考えなのですな？」

「その通りだ」

御屋形様の答えに下野守殿が頷いた。

「良き御思案かと思いまする」

「下野守、賛成してくれるのだな」

「はい、相模から関東へと朽木の力を伸ばせれば誰も若殿に対して不安を覚える事は有りますまい。それに上杉が甲斐に向かうとなれば、……颪は若殿の背を押しておりましょう」

「うむ」

御屋形様が満足そうに頷かれた。

「御屋形様、若殿には何処までをお任せなさるおつもりで？」

「今回得た五か国全て」

「尾張も含むのですな？」

「うむ、但し尾張には新たな城を築き松千代を入れる」

「松千代君を」

下野守殿が目を剥いた。

「尾張は織田の臭いが強過ぎる。松千代を入れてその臭いを消そうと思っている。そして松千代はあくまで弥五郎配下の一人の将だ」

下野守殿が唸った、そして俺を見た。

「重蔵殿は存じておられたようだな？」

「如何にも」

「大胆な事を御考えになられるとは思わぬか？」

「確かに、そして周到でも有る。如何にも御屋形様らしいかと」

「それもそうか」

下野守殿が笑い、皆で笑った。

「某、賛成致しまする。後は人にございましょう」

「人か」

「はい、若殿の周囲に誰を置くか」

「なるほど、それが有ったな」

「血縁、そして細川、明智、黒田、小早川は避けられませぬ。どうせなら、厳しく行くべきかと思いまする」

今度は御屋形様が唸られた。

「分かった、それには気付かなかった。礼を言うぞ」

下野守殿が嬉しそうな笑みを浮かべた。

「年内には弥五郎を駿府城に送る。松千代を尾張に送るのは城を築いてからだがそれまでには元服を済ませる事に成る。尾張の城は大きな城を造るぞ。織田の臭いを消す巨大な城をな。尾張と言えば朽木の造った城、皆にそう言わせるのだ」

三人の笑い声が上がった。


禎兆元年（一五八一年）　八月上旬　　近江国蒲生郡八幡町　　八幡城　　朽木小夜

御屋形様が暦の間に人を集められた。弥五郎夫妻、傅役の竹中半兵衛殿、山口新太郎殿。弥五郎の傍に仕える浅利彦次郎殿、甘利郷左衛門殿、黒田吉兵衛、明智十五郎、細川与一郎、小早川藤四郎。そして相談役の黒野重蔵殿。不思議な事、何故私と奈津殿が呼ばれたのか。

「弥五郎」

「はっ」

「その方、駿府城に移れ。尾張、三河、遠江、駿河、伊豆を譲る。ざっと百二十万石を越えよう」

皆が顔を見合わせた。表情が強張っている。平静なのは御屋形様と重蔵殿だけ。海道筋の国を譲るとは一体御屋形様は何を御考えなのだろう。駿府城に移れとは？　まさか弥五郎の器量を見限った？　分家させるという事？

「池田勝三郎はその方の配下になる。駿府城を居城とし相模から関東へと攻め込め」

「畏れながら若殿は嫡男、朽木家の世継ぎでございます。この八幡城に居て然るべきではございませぬか？」

半兵衛殿の言葉に何人かが頷いた。

「吉日を選んで弥五郎に家督を譲る」

〃父上！〃、〃御屋形様！〃、声が上がった。

「御屋形様、弥五郎は未だ弱年、当主となるのは荷が重うございまする」

「母上の申される通りにございまする。朽木家の当主になるなど」

私と弥五郎の言葉に御屋形様が首を横に振られた。

「案ずるな、全てを譲るとは言っておらぬ。東海道五カ国を譲る故関東に攻め込め、天下統一へ力を貸せと言っている」

「……」

「弥五郎、何時までも俺は居らぬぞ。今のうちに当主としての力を付けておけと言っている。ここに居ては俺の陰に隠れたままだ。それで良いのか？　後で苦労するのはその方だぞ」

「……」

弥五郎の表情が歪んでいる。弥五郎も不安に思っているのかもしれない。

「俺が生きている内なら失敗しても取り返しがつく。俺が庇ってやる事も出来る。だが俺が死んだ後では取り返しがつかぬ事に成りかねぬ」

「……」

「織田家を見れば分かろう。当主になる経験を積まなかった者が当主になった。当主としての力量を持たぬ者が当主になった。それが織田家が滅んだ理由だ」

「……はい」

「このままではその方もそうなるぞ。今の内に外に出て力を付けるのだ。俺が居なくても朽木が揺るがぬだけの力を付けろ」

「……」

「徳川を叩け！　相模を獲り関東へと進むのだ。朽木家の当主として相応しい力を持っていると皆

に示せ！」

「父上……」

弥五郎！　何を悩むのです、返事をしなさい！　御屋形様はそなたの答えを待っています。

「出来ぬのか？　出来ぬのならその方には世継ぎの資格は無いぞ。俺はその方を廃さねばならん。だがそれで良いのか？　これまでの事を全て無駄にする気か？　皆がその方に期待している、俺もだ。期待しているから外に出すのだ。出来ぬのか？」

「……そのような事は有りませぬ」

「ならばその方は自らの力で朽木家の当主である事を証明せねばならぬ。戦え！　逃げる事は許されぬぞ」

「……駿府へ行きまする」

弥五郎が頭を下げる、皆がそれに続いた。


禎兆元年（一五八一年）八月上旬　　近江国蒲生郡八幡町　　八幡城　　朽木奈津

弥五郎様、竹中半兵衛殿、山口新太郎殿、浅利彦次郎殿、甘利郷左衛門殿、黒田吉兵衛殿、明智十五郎殿、細川与一郎殿、小早川藤四郎殿。弥五郎様の部屋では皆が沈痛な表情をしていた。困った事。

「弥五郎様、おめでとうございまする」

私が祝いの言葉を述べると皆が慌てて祝いの言葉を口にした。でも弥五郎様は浮かない表情のまま。

「真に目出度い。家督を継ぎ五か国を任されるとは」

「関東へ兵を進めよとの命令も受けた」

「急ぎ準備を整えなければなりませぬな」

「うむ、忙しくなる」

年長者の声が明るい、努めて座を明るくしようとするかのように。そして弥五郎様を含めて若い者達の表情は暗かった。

「その方等は真に目出度いと思うのか？　奈津、そなた真に目出度いと思うのか？」

不機嫌そうな御顔。

「はい」

弥五郎様が私を睨んだ。でも兄の仏頂面よりはずっとまし。

「父上は私を頼り無いと御思いなのだぞ」

「仕方ありませぬ。頼り無いのですから」

弥五郎様が顔を顰め〝御寮人様〟と私を窘める声が聞こえた。新太郎殿？　それとも彦次郎殿かしら。

「でも期待しているとも仰られました。御屋形様の後を継ぐという事は天下を受け継ぐという事でございます。そんな簡単に受け継げる物でもございますまい」

「……」

「そのために御屋形様は駿河に行って力を付けよと仰られているのでございます。期待されているというのは嘘ではございませぬ。御屋形様は弥五郎様を励まされているのでございます」

「そんな事は分かっている」

拗ねておられる。少し可愛い。越後の兄とは大違いだ。

「でしたらそのように落ち込まれる事はお止めなされませ。弥五郎様が落ち込まれていては皆が心配致します。駿河に行って力を付ければ良いと割り切れば宜しいでは有りませぬか」

弥五郎様が唇を噛んだ。未だ納得されていない。

「若殿、御寮人様の申される通りにございます。徳川を倒し関東へと兵を進めれば御屋形様も若殿の力量を御認めになられましょう」

「半兵衛殿の申される通りです。何より五か国を任されたという事はそれだけの力量が有ると御屋形様が認められたという事にございましょう。これまでは御屋形様の下で経験を積まれました。今後は一人でやってみよという事。一つ上の立場になられたのでございます」

「……そう思うか、郷左衛門」

少し表情が緩んだような気がする。まるで城攻めの様。

「しかしな、吉兵衛、十五郎、与一郎、藤四郎とは別れなければならぬ」

名を呼ばれた四人が俯いている。御屋形様は四人を自分が預かると仰られた。弥五郎様にとって歳の近い四人は愚痴や弱い所を見せられる無二の存在なのだと思う。兄にとっての与六の様な存在。

だからこそ御屋形様は四人を弥五郎様から遠ざけようとしている。弥五郎様をより厳しく鍛えるために……。

禎兆元年（一五八一年）　八月上旬　　近江国蒲生郡八幡町　　八幡城　　朽木基綱

「弥五郎殿、竹若丸に徳川と戦え、関東に攻め込めと命じたと聞きましたが真ですか？」

あー、参ったわ。綾ママ血相を変えている。美人が台無しだ。

「はい、真です」

「何故そのような事を」

そんな責めるような眼で俺を見なくても……。いや、責めてるんだろうな。

「弥五郎を鍛えるためです」

「竹若丸は……」

「母上、もう竹若丸では有りませぬ。あれは弥五郎堅綱という一人の男なのです。妻もいます。竹若丸と呼ぶのはお止めください」

「……」

そんな非難するような眼で見なくても……。あ、一つ忘れた。

「某の事は……、そうですな、基綱とお呼びください」

「……鍛えると言いますが駿河に送る必要が有るのですか？　あの子は良くやっています。これまで通り、そなたの下で経験を積ませれば良いでは有りませんか。織田もそうして滅ぼしたのです」

綾ママがにじり寄ってきた。〝基綱殿〟と俺の膝を揺する。

「決定を変えるつもりは有りませぬ」

「基綱殿！」

声を上げる綾ママを〝母上〟と宥めた。

「今、某が死んだらどうなると思います？」

「それは……」

眼が泳いでいる。俺は未だ三十三歳だ。考えた事なんて無いんだろうな。

「弥五郎に朽木家を纏めていく事が出来ましょうか？」

「……ですがそなたは未だ若いでは有りませぬか。身体に異常が有るとも聞きませぬ」

「そうですな、未だ若く幸いにも頑健です。しかし今日元気でも明日は分からないのが人の命です。某に万一の事が起きればどうなるか……。母上も容易に想像がつくでしょう」

「……織田のようになると？」

「もっと悪い。朽木家は北陸、東海、畿内、山陰、山陽を押さえているのです。その全てが混乱する事になります。纏まりかけた天下がまた分裂して争う事になる」

綾ママが項垂れた。

「弥五郎は自らの足で立たねばならぬのです。そして皆にそれを認めさせなければならぬのです。そのためには私に頼る事無く徳川を滅ぼし関東を攻め取らなければ……。徳川を滅ぼし関東を攻め取れば、誰も弥五郎を侮らなくなるでしょう。そうなれば某が居なくても朽木が揺らぐ事は有りませぬ」

綾ママがノロノロと顔を上げた。

「弥五郎に万一の事が有ったら如何するのです？」

如何するか……。

「弥五郎は朽木家の次期当主の器ではなかったという事でしょう」

綾ママが〝そんな！〟と言って俺を非難する目で見た。酷い親だと思ったのだろう。情の無い親だと。弥五郎の幼い時の事が目に浮かぶ。生まれた直後に御爺に見せた事、戦から帰ってくると嬉しそうに纏わりついた事……。後悔するだろう、苦しむだろう。だが如何しようもない、そう思うしかないじゃないか。

「そなたはそれでよいのですか？　竹若、いえ弥五郎はそなたの息子ですよ！」

「……決定を変えるつもりは有りませぬ。母上、御下がりください。某は忙しいのです」

綾ママがジッと俺を見ているのが分ったが無視した。綾ママが〝ホウッ〟と息を吐いて立ち上がった。そして下がっていく。多分、心の中では俺を鬼畜、人でなしと罵っているだろう。

「次郎五郎」

控えていた吉川次郎五郎を呼ぶと〝はっ〟と答えて近付いてきた。

「喉が渇いた、茶を淹れてくれ」

「はっ」

頭を下げてスッと下がる。気が付けば溜息が出ていた。

天正九年（一五八一年）　八月上旬　近江国蒲生郡八幡町　八幡城　吉川経信

お茶を用意して御屋形様の許に戻ると御屋形様は文を書いているところだった。左手に巻紙を持ちさらさらと筆を動かしている。

「お茶をお持ちしました」

「うむ、そこに置いてくれ」

御屋形様の傍に硯と筆置きが有った。筆置きの横に置いて脇に控える。綺麗な緑色の光沢のある筆置きだった。多分瑪瑙だろう。御屋形様が時折顔を顰めながら文を書いている。いつもと変わらないその姿に圧倒されるような思いがした。

朽木家に来て一年、織田を滅ぼしたと思ったら家督を譲って弥五郎様に徳川を滅ぼせとは……。驚く事ばかりだ、予想外の事ばかりで振り回されている自分が居る。カタッと音がした。御屋形様が筆を置き茶碗を口に運ぶ。一口飲んで茶碗を戻した。御屋形様がこちらを見た。思わず身体が硬くなった。気付かれたのだろうか？　御屋形様が〝フッ〟とお笑いになった。

「驚いたかな？」

「は、はい。驚きましてございまする」

御屋形様が声を上げてお笑いになった。そう驚いた。〝弥五郎は朽木家の次期当主の器ではなかったという事でしょう〟。さりげない口調だったがヒヤリとするような冷たさがあった。まるで刃を首筋に押し付けられたような冷たさだ。毛利に居る頃、御屋形様を激しいお方、怖いお方と聞いていた。だがお仕えしてみればそんな事は無かった。闊達でお優しいお方だ。しかし、あのヒヤリとするような冷たさ……。いざとなれば苛烈にも冷酷にもなれるお方なのだろう。

「次郎五郎は幾つだったかな？」

「二十一になりまする」

「そうか、二十一か。となると永禄四年の生まれか。桶狭間の翌年だな」

桶狭間？　織田が今川を破った戦だ。そうか、そうなのか。毛利では尼子晴久が死んだ年、死んだ月に生まれたと言われた。あれから毛利が尼子を押すようになったと言われたが……。

「俺は十三歳だな。小夜を娶って浅井を滅ぼしたころか」

「……」

答えようが無かった。浅井の事は何も知らない。

「となればあれからもう二十年か、あっという間だったな」

お若いのだと思った。未だ三十代の前半なのに天下の半ばを手中に収めている。

「何度ももう駄目だと思った。良く生き延びたものだ」

ポツンと響いた。八千石から天下人へ、自分には想像出来ないような危難が有ったのだろう。

「生きるという事も勝つという事も自らの力で掴み取るものだ。誰かに与えてもらうものではない。

弥五郎はその事を身をもって学ばなければならぬ。そうでなければ自らの足でこの乱世に立つ事は出来ぬのだからな」

寂しそうな御声だった。若殿の事を憐れんでいるのかもしれない。……獅子は我が子を千尋の谷に落とすという。御屋形様はこの乱世に生まれた獅子なのだと思った。そして若殿にも獅子である事を求めている。厳しい、でも正しいのだと思った。獅子であるからこそ、この乱世を鎮められるのだろう。御屋形様が筆を取った。そして巻紙に書き始めた……。いつもと変わらぬ姿だ。獅子なのだと思った。

別命

禎兆元年（一五八一年）　八月上旬　　近江国蒲生郡八幡町　　八幡城　　朽木小夜

「昼間の事、驚いたか？」

「はい、突然の事で驚きました」

夜、臥所の中、御屋形様が私の背を優しく撫でてくる。

「済まぬな。だが考えに考え抜いての事だ。そなたに相談すれば後々苦しむのではないかと思ってな。おれの命としてあの場で伝えた」

「御屋形様……」

気遣ってくれるのは嬉しい。でもその分だけ御屋形様が悩み苦しんでいるのだと思った。

「昔を思い出しました。喰う事を躊躇ってはならぬ、喰う事で生き残れるのだと言われた事を」

御屋形様が微かに笑った。

「そんな事を言ったな」

「弥五郎も当主の座を喰わねばならぬのですね」

今度は声を上げて御笑いになった。

「上手い事を言う。だが確かにそうだな。当主の座を喰う事で弥五郎も生き残れる」

「……あの子を産んだ時はただ嬉しゅうございました。まさかこんな日が来ようとは……。側近達とも離れて……」

御屋形様が大丈夫だという様に私の背をトントンと叩かれた。

「弥五郎は苦しむかもしれぬ、辛い思いもしよう。だがその事が弥五郎を一回りも二回りも大きくする筈だ。そうなる事を信じよう。弥五郎なら必ずそうなると」

「はい」

「京へ行く。太閤殿下と会うつもりだ。その際朝廷から弥五郎に官位を授けるようにと頼んでくる。従四位下大膳大夫、如何だ？」

「まあ」

御屋形様が最初に頂いた官位を弥五郎に。

「朽木家の新当主に相応しい官位であろう」

「はい」

「外に出す以上、それなりの事をしてやらねばな。後は弥五郎次第だ」

御屋形様が太い息を吐かれた。


禎兆元年（一五八一年）　八月中旬　　尾張国春日井郡　　清州村　　清州城　　木下長秀

ドンドンドンドンと勢いの良い足音と共に兄の小柄な姿が見えた。

「兄上、御邪魔しておりますぞ」

「なんじゃ、小一郎、小六、将右衛、皆来とったのか」

兄が笑いながら部屋に入って来た。そして私の肩をポンと叩くとドスンと音を立てて上座に坐った。上機嫌だ。

「近江の御屋形様より我らに文が届いたと聞きましたのでな。何が書かれて有ったのか兄上にお聞きしたいと集まったのです」

私の言葉に小六殿、将右衛門殿が頷いた。

「そうか、そうか。いや、驚くぞ」

兄の言葉に小六殿が〝ほう、左様で〟と声を出した。そして兄が〝信じておらぬな、小六〟と言って笑った。

兄が以前の様に陽気に笑う様になった。織田家は滅んだが織田の一族で死んだ者は七兵衛様だけだった。織田一族は追われるでもなく虐げられるでもなく尾張で以前の様に暮らしている。三介様でさえ尾張で何不自由なく暮らしている。不思議な事だ。だがその事は兄だけでなく織田家の家臣だった者達の心を軽くしている。

「御屋形様はの、家督を若殿に譲られるとの事じゃ」

「なんと！」

「真にございまするか？」

「信じられませぬ！」

我等が驚きの声を上げると兄が嬉しそうに笑い声を上げた。

「真じゃ、秋にはその運びとなろう。だがの、御屋形様は若殿に全てを譲られるというわけではないぞ」

兄が我らをぐるりと見回した。

「それはそうでございましょう、今の御屋形様に隠居など簡単に許される事では有りませぬ」

「まあ、そうじゃの。若殿には尾張、三河、遠江、駿河、伊豆の五カ国をお任せになるそうじゃ」

小六殿が〝ほう〟と声を上げると兄が〝小六、まだまだじゃ〟と言った。

「驚くなよ、若殿は駿府城に居を移される。それも年内にじゃ。旧織田家の者達は一部を除いて駿府城に出仕する事に成る」

皆が顔を見合わせた。

「では？」

将右衛門殿が身を乗り出して問い掛けると兄が頷いた。

「関東に攻め込めとの仰せよ」

「兄上、いよいよ徳川と戦うのですな？」

「うむ、上杉とは約定が出来ているようだ。甲斐は上杉、相模は朽木。今度こそ小田原城を攻め落とす事になる」

小六殿が、将右衛門殿が二度、三度と頷いた。

「それにしても家督を譲るとは……、御屋形様は未だ三十の半ばにも達しておられますまい」

「若殿も未だ十代の半ばの筈、家督と共に五カ国を譲られるとは何とも大胆な……」

「新参の者達を率いて関東に攻め込ませる。小六、将右衛門、御屋形様は若殿を鍛えようとしておいでだ」

兄の言葉に皆が頷いた。厳しい、新参の我らを掌握し関東へ攻め込めとは……。御屋形様は東海道の五カ国を攻め獲った直後に緩む事無く動いている。或いは三介様の醜態を見て決められたのかもしれぬ。皆口には出さぬが同じ事を思っていよう。

「遅れを取る事は出来ませぬな、兄上」

「左様、若殿を盛り立て御屋形様の期待に応えなければ」

「腕が鳴りまする」

我らが意気込むと兄が首を横に振った。

「いや、小一郎、小六、将右衛門。我等は戦には出ぬ」

「は？」

小六殿、将右衛門殿と顔を見合わせた。はて、兄は不満そうな顔をしていない。折角の働きの場を……、如何いう事だ？

「俺と五郎左殿は御屋形様より別命を受けた」

「丹羽様と？　兄上、それは？」

兄がにんまりと笑みを浮かべた。

「尾張に新たな城を築けとの命じゃ。駿府城を超える天下に二つと無い城を築けとな」

「何と……」

思わず声を出すと兄が笑い声を上げた。

「どうじゃ、驚いたか、小一郎、小六、将右衛。銭は幾らでも使え、足りぬ物が有れば何でも言えとの仰せだ」

ごくりと喉を鳴らす音が聞こえた。小六殿か、将右衛門殿か。或いは自分か。兄が我ら三人を見回して〝ふふふ〟と含み笑いを漏らした。

「分かるだろう？　尾張は東海道の要衝の地、御屋形様は此処をしっかりと押さえたいと御考えなのよ」

自然に頷けた。兄はもう笑っていない。露骨には言わないが尾張には織田家の人間が多い。それを押さえるために朽木家の城を築くのだと兄は言いたいのだろう。そして駿河に居を移す若殿のためでもある。

「それにな、それだけの巨城を築くとなればとんでもない程の銭が尾張に落ちる事になる。そして人も物も動く。尾張は祭りの様に賑やかになるぞ」

「なるほど、百姓、商人、皆がその恩恵を受けましょうな」

私の言葉に兄が頷いた。

「そういう事じゃや、小一郎。朽木領になって豊かになった、御屋形様はそう思わせたいのだと俺は見ている」

シンとした。御屋形様の凄み、強か(したた)さを感じた。織田一族を押さえるよりも商人、百姓を押さえようとしている。織田一族の誰かが御屋形様に反旗を翻しても誰も付いていくまい。

「そうそう、忘れておった。織田三郎五郎様、三十郎様、林佐渡守殿が評定衆に任じられた。以後は近江に詰めるようじゃ」

兄が雰囲気を変えるかのように声を出した。なるほど、駿府の尾張衆と御屋形様の連絡役になるのであろう。何か困った事が起きた場合、織田三郎五郎様、三十郎様、佐渡守様を通して御屋形様にお伝えする……。皆、安心するであろう。

「御屋形様は新参者を差別致しませぬな。仕え甲斐が有りまする」

私の言葉に小六殿、将右衛門殿が顔を綻ばせた。

「そりゃそうじゃや、小一郎。そうでなければ俺や五郎左殿が城造りを任せられる筈は無いわ。天下に二つと無い巨城じゃぞ。それを築くだけの力が有ると認められたのよ」

兄が胸を張った。鼻をうごめかせて得意気な表情だ。可笑しかった。私だけではない、小六殿、将右衛門殿も頬が緩んでいる。

「兜首を一つや二つ獲るよりもずっと面白かろう。一生の思い出になるぞ、小一郎、小六、将右衛。そしてな、城が出来上がった時に頂ける御屋形様のお褒めの言葉が楽しみじゃ。藤吉郎、ようやった、見事じゃ。そう言って下さる筈じゃ」

兄の嬉しそうな声に皆が頷いた。小六殿、将右衛門殿が口々に楽しみだと言った。

「御屋形様からの、場所の選定と簡単な縄張りが出来たら報告に来るようにと言われておる。まあ年内には場所だけでも決めて近江に行かねばなるまい」

「年内でございますか、では急がねば……」

「しかし卒爾(そつじ)な仕事は出来ませぬぞ」

「左様、早速にも丹羽様と御話しせねばなりませぬ」

私、小六殿、将右衛門殿の言葉に兄が〝そうじゃのう〟と声を上げて頷いた。

兄が活き活きしている。兄は兄を使い満足させてくれる主君を得たのだと思った。

禎兆元年(一五八一年)　八月中旬　　山城国葛野・愛宕郡　　仙洞御所　　目々典侍

「暑いですね」

新大典侍がうんざりしたような口調でぼやいた。外では蝉が喧しいほどに鳴いている。もしかすると彼女がうんざりしているのは蝉の鳴き声かもしれない。

「あと一月はこの暑さに耐えねばなりませぬ」

「気の重い事です」

「真に」

新大典侍が〝ホウッ〟と息を吐いた。

「御身体の具合は如何ですか？」

「仙洞御所（こちら）に移ってから大分良いのです」

声が明るい、嘘ではないのだろう。

「それは宜しゅうございました」

一時期は寝込む事もあった。今ではこうして私のところに来る事も有る。かなり具合は良いのだろう。でも元気だった頃に比べれば顔色は良くない。

「蝉も鳴いていますが公家も鳴いています。皆、大騒ぎです。隠居だけならまだしも跡目を譲った嫡男を駿河に送るとは……。まして織田を滅ぼした直後です、何故そこ迄と思う人は多いでしょう」

「……」

新大典侍が大きく息を吐いた。

「これまでにも隠居をする大名は居ました。三好修理大夫、毛利陸奥守、隠居はしても実権を握り新当主を導いてきた。ですがいきなり百万石を超える大領を与え敵を攻め滅ぼせとは……。それに率いるのは織田の旧臣だと聞きました。昨日までの敵を率いて戦うのです、容易な事ではないでしょう」

新大典侍がまた息を吐いた。

「前代未聞でございましょう」

「ええ、皆が騒ぐ筈です」

新大典侍が麦湯を一口飲んだ。そして私を見た。

「弥五郎殿は良くやっていると思ったのですが……」

「足りぬという事でございましょう」

「……」

美濃を単独で攻め取りその後は一手の大将として織田攻めを行った。誰もが認める武勲であった筈。皆がそう思うだろう。私もそう思ったのだ。だが……。

「目々殿、まさかとは思いますが前内府と弥五郎殿は……」

「仲が悪いと？　そう御疑いですか？」

「考えたくない事ですが……」

新大典侍が暗い表情をしている。朽木家で御家騒動が起きるのではないかと懸念しているのだろう。

「そのような事は有りませぬ」

「真に？」

「はい、姉から文が届きました。」

「……」

「その中に書かれていました。姉は止めたそうですが前内府は弥五郎殿を鍛える、自分が居なくても朽木が揺るがぬようにすると言ったそうにございます。跡継ぎとしては未だ不足、未熟という事でございましょう」

「……」

新大典侍がジッと私を見ている。

「次の天下人が弱くてはまた天下が乱れましょう。前内府はそれを考えているのだと思います」

「そうかもしれませぬ。しかし徳川甲斐守に勝てましょうか？」

新大典侍が小首を傾げている。甲斐守は織田に従って今川、武田と戦い続けてきた。決して弱くは無い。それに小田原城も攻略している。新大典侍の不安は若い弥五郎で立ち向かえるのかという事だろう。

「姉もその事を言ったそうにございます。弥五郎殿に万一の事が有ったら如何するのかと。駿河に送るのを止めさせたかったのでしょうね」

「それで？」

「前内府はその時は弥五郎殿は朽木家の次期当主の器ではなかったという事だと言ったそうです。取り付く島も無かったとか」

「なんと！」

新大典侍が〝ホウッ〟と大きく息を吐いた。

「姉は嫁の小夜殿にも止めるべきだと言ったそうですが小夜殿は断ったそうです」

「断った？」

新大典侍が信じられないというように私を見ている。

「ええ、小夜殿から見ても弥五郎殿には足りないところが有るという事なのでしょう」

会った時は大人しそうな、優しそうな女性に見えた。だがやはり乱世を生き抜く武家の女なのだろう。芯に強いものが有る。

「武家は厳しいのですね」

「そうですね、厳しいと思います。……ですが已むを得ぬのかもしれませぬ」

「それは？」

新大典侍が訝しげな表情をしている。

「弥五郎殿も確か十五歳にはなった筈です。前内府は十五歳の時には北近江三郡を自らの力で攻め獲っていました。周囲は当然比較しましょう。物足りぬと弥五郎殿に不満を持つ者も居るのかもしれませぬ」

新大典侍が目を瞠った。

「……そのような事、考えもしませんでした」

「厳しい事ですが弥五郎殿が前内府の跡を継ぐなら徳川を滅ぼし関東を制して自らがそれに相応しい事を家臣達に、いえ天下に証明しなければならないという事なのでしょう」

「天下人になるために？」

私が〝ええ〟と答えると新大典侍が溜息を吐いた。

「朝廷としても弱い天下人は足利だけで沢山でございましょう」

「それは……」

「そう考えるとこれは当然の事であって驚く方がおかしいのだとは思えませぬか。弥五郎殿自身も納得して駿河に行くようだと姉の文には有りました」

「なるほど」

新大典侍が頷いて麦湯を一口飲んだ。前内府は天下統一だけではなく天下を制した後の事を見据えている。

「弥五郎殿を駿河に送った以上、前内府の次の狙いは九州でございましょう」

「そうですね」

新大典侍が頷いた。

「東が安定すれば前内府は九州に全力を注げます。安芸の一向一揆も居ません。何時でも攻め込む事が出来ます」

「では？」

「公方の上洛が有るかもしれませぬ」

弥五郎を駿河に送った事は公方にとっては恐怖だろう。前内府が九州に攻め込めば、そして島津が敗れれば公方は何処に行けば良いのか……。関東？　奥州？　どちらにしても惨めな逃避行だろう。薩摩で交渉している兄にとっても大きな援護になる筈だ。


禎兆元年（一五八一年）　八月中旬　　越後国頸城郡春日村　　春日山城　　上杉景勝

なんと……、溜息が出た。

「如何なされましたか、御実城様」

与六が心配そうな表情でこちらを見ていた。さて、如何する？　いずれは近江の舅殿から文が届くだろう。だが奈津から報せが来たのだ、御隠居様に報せねばなるまい。それと……。

「……御隠居様の許に行く。与六、父上にも御隠居様の許に来て欲しいと伝えてくれ」

「承知しました」

与六がチラッとこちらを見てから立ち上がった。厄介事が起きた、何事かと思っているのだろう。その通り、とんでもない事が起きた。一体如何受け取れば良いのか……。

立ち上がって御隠居様の許に向かう。舅殿が隠居した。朽木家の当主は弥五郎殿になる。実権は舅殿が持つのだろうが東海道五カ国を弥五郎殿に分け与え徳川の相手をさせるとは……、なんとも大胆な事よ。……御隠居様の部屋に近付くと琵琶の音がした。御隠居様ではない、となると竹姫かもしれぬ。

「失礼致しまする、喜平次にございまする」

戸が開いている。少し離れた所から声をかけると琵琶に音が止んだ。〝構わぬぞ〟と御隠居様の声が聞こえた。部屋に入ると竹姫と母が居た。母の前に琵琶がある。どうやら琵琶を弾いていたのは母らしい。竹姫に教えていたのかもしれぬ。御隠居様が竹姫を戦場に連れて行ってから姫らしい教養を身につけさせねばと心配している。

「お楽しみのところを無粋を致しました」

「良い、あ、遊びじゃ」

御隠居様がお笑いになった。母と竹姫が腰を浮かし席を立とうとする。

「いや、そのままに」

二人が訝しげな表情をした。

「良いのですか？　喜平次殿」

「いずれは分かる事ですので……。今、父上も参ります」

二人が顔を見合わせて腰を下ろした。御隠居様は表情を厳しくしている。何事かが起きたと判断したのだろう。

「奈津より文が届きました。これにございます。御披見を願いまする」

懐から文を取り出し開いた。そして御隠居様の許に近寄り差し出すと御隠居様が右手で受け取られた。以前は必ず左手で受け取られていたが……。

「う、うーむ」

読み出すと直ぐに御隠居様が唸られた。文を読む表情が厳しい。また〝うーむ〟と唸られた。

読み終わると一つ息を吐かれた。そんな御隠居様を母と竹姫が不安そうに見ている。

「だ、大胆な」

御隠居様が俺の顔を見ながら言った。そして文を母の方に差し出す、母が受け取り読み出した。

竹姫が不安そうに母を見ている。読み終わったのだろう、食い入る様に読んでいた母が顔を上げて

〝ほうっ〟と息を吐いた。

「なんとまあ……」

「義母上」

「ああ、さあ、どうぞ」

母が文を差し出すと竹姫が受け取って読み出した。

「越前守にございまするる」

父が部屋の外から声をかけてきた。御隠居様が頷く。

「構いませぬぞ、父上」

声をかけると父が部屋の中に入ってきた。父が少し離れた所に座ろうとすると御隠居様が〝越前〟と声をかけ手招きした。父が〝畏れ入りまする〟と言って俺の傍に座った。

読み終わったのだろう、竹姫が〝義父上、これを〟と言って文を差し出した。訝しげな表情で受け取って文を読みだした。直ぐに〝なんと！〟と声を上げた。そして顔を挙げて俺を見た。〝奈津からにございます〟と答えると視線を文に戻した。夢中で文を読んでいる。読み終わると大きく息を吐いた。

「御隠居様もご存じなのですな」

父の問い掛けに御隠居様が頷く。父がまた溜息を吐いた。

「織田を滅ぼしたばかりだというのに……。これはどういう事なのでしょう」

母が呟くように言葉を出した。御隠居様も父も答えない。無言のまま何かを考えている。

「喜平次殿、そなたは如何思います？」

母が問い掛けてきた。御隠居様、父、竹姫も俺を見た。さて、何と答えたものか……。

「舅殿は未だ三十を過ぎたばかり、弥五郎殿は某より十歳下ですから十六歳、隠居を急ぐ必要はありませぬ」

皆が頷いた。

「実際に譲られたのは東海道の五カ国たのみ。奈津の文には徳川を滅ぼし関東へ打ち入れと命じられたとありました。次期当主として鍛えようとしているのだと思います」

俺の答えに御隠居様と父は頷いた。だが母と竹姫は釈然としない表情をしている。

「織田をあっという間に滅ぼしたのにですか？　織田攻めでは弥五郎様が大きな働きをしたと聞いていますよ？」

「綾、織田攻めでは朽木は殆ど戦っておらぬ。織田は滅ぼしたというよりも自壊に近かったようだ。前内府様は認めておらぬ、いや足りぬとお考えなのではないかな」

同感だ。織田は殆ど戦っていない。織田の家臣達は三介殿を見限っていたようだ。朽木家の次期当主としてはまだまだ認められぬと思った可能性はある。

「か、関東は弥五郎に任せ、み、自らは、九州を攻め取るつもりかもしれぬ」

それも有り得る。関東と九州では些か離れ過ぎている。一人では対応出来ないと思ったのだろう。そして九州には公方様が居る。となれば弥五郎殿には任せられぬと思ったのかもしれぬ。

「徳川を弥五郎様に任せると？」

母の声には不安の色が有った。小田原を攻め取った徳川を母は危険視している。

「徳川の領地は甲斐、相模で五十万国ほど、弥五郎様は五カ国で百万石を超えよう。戦の経験は徳川の方が上であろうが兵力では圧倒しておる。落ち着いて戦えば負ける事は無いとお考えになったのやもしれぬ」

父の答えに母が〝なるほど〟と頷いた。竹姫も頷いている。

「いずれ舅殿、弥五郎殿からもこの件で文が来るものと思います。さすれば今少し詳しい事が分りましょう。奈津からも第二、第三の文が来るやもしれませぬ」

俺の言葉に皆が頷いた。こちらから奈津に文を出した方が良いかもしれぬな。舅殿の隠居の時期も分からぬし弥五郎殿が駿府に行く時期も書かれていない。舅殿のお考えもはっきり分らぬ。これではこちらが不安に思うだけだ。今少しこちらが何を知りたがるかを考えて書けと注意しなければならぬ。


禎兆元年(一五八一年)　八月中旬　周防国吉敷郡上宇野令村　高嶺城　小早川隆景

「側近達を取り上げ織田の旧臣達を率いて攻め込めとは、厳しいの」

兄が膝を叩いて溜息を吐いた。

「驚きましたな」

人質として出した藤四郎から文が届いた。前内府様が隠居した。そして嫡男の弥五郎に東海道の五カ国を分け与え徳川を打ち破り関東に攻め入れと命じた。前内府様は未だ三十を過ぎたばかり、隠居を急ぐ必要はない。健康に不安が有るとも聞かぬ。となれば隠居したのは家督に乱れが生じないようにとの配慮で有ろう。つまり目的は弥五郎を徳川にぶつける事、鍛える事という事になる。

兄が私を見た。

「毛利とは違うな」

「はい」

「左衛門佐、毛利は間違えたか」

兄が問い掛けてきた。自信無さげな表情だ。〝分かりませぬ〟と答えると兄が〝ほうっ〟と息を吐いた。

「右馬頭には全てが有った。父上は右馬頭を毛利家の当主として扱い我等もそれに従った。兵も有れば銭も有る。親身に支える親族も重臣達も揃っていた。足りぬものは何もなかっただろう。皆が右馬頭を羨んだ筈だ」

「はい」

返事を聞いているのだろうか？　兄の眼は宙を彷徨っている。

「だが、その所為で右馬頭は決断出来ない当主になった。常に誰かに頼る癖がついてしまった」

「……」

「間違えたかのう」

また兄が溜息を吐いた。

「……已むを得ませんでした。右馬頭は幼く当主としての権威を確立するには皆で支えるしかなかったのです」

「……」

「兄上、十六歳の右馬頭に独力で大友を攻め潰せ、尼子を滅ぼして来いと言えましょうか？」

兄が切なそうな表情で私を見た。

「無理じゃ、そのような事は出来ぬ。父上の体調がすぐれない状況で右馬頭に一人で戦をさせるなど……」

兄が首を横に振った。そう、無理だっただろう。毛利には選択肢は無かったのだ。

「寂しかっただろうな」

「……」

「父上の事だ。そうは思わぬか、左衛門佐」

兄がしんみりとした口調で問い掛けてきた。

「……そうですな、寂しかったかもしれませぬ。或いは恨んだか」

「そうだな、恨んだかもしれぬ」

父は天下を望むなと遺言した。毛利には天下を取れぬと見たのだろう。その一因に右馬頭の事が有った筈だ。天下を取れる男に育て上げられなかった。その時間が無かった……。病床で父は前内府様を憎い男だと言っていた。あの言葉には右馬頭をこそあのように育てたかったという思いが有ったのかもしれぬ。

「愚痴だな、言っても詮無い愚痴だ」

兄が嗤った。

「……」

「後継者を鍛え始めたとは思っていた。織田攻めで十分な実績を上げたと思ったが……」

「天下を治めるには未だ足りぬという事でしょう」

「そういう事だな。天下というのは儂が思うよりも重いらしい」

「果たして耐えられるのか……」

私の言葉に兄が大きく頷いた。

「それ次第では天下はまだまだ乱れよう」


禎兆元年（一五八一年）八月中旬　山城国久世郡　槇島村　槇島城　朽木基綱

「東海道攻略、おめでとうございまする。兵庫頭、心より御祝い申し上げまする」

伊勢兵庫頭が深々と頭を下げた。

「うむ、有難う」

「京では御屋形様が瞬時に東海道を制した事に驚きの声が上がっておりまする」

「そうか」

喜んでくれているのかな？　それなら良いんだが。

「近日中に太閤殿下に会うつもりだ。先日兵庫頭と話した件、今後の天下の仕置の事だが太閤殿下に話そうと考えている」

「はっ」

「まあ話すと言っても相談に近いだろう。分からぬ事ばかりでな、頭が痛いわ」

兵庫頭が頷いた。

「某、太閤殿下に御屋形様の意の有る所を御伝え致しました」

「それで、殿下は何と？」

「はっ、頻りに頷いておられました。御屋形様が朝廷との関係を維持してゆきたいと考えておられる事をお伝え致しますと大層喜んでおいででした」

簒奪（さんだつ）とか考えているんじゃないかと疑っていたのかな？　その事を口にすると兵庫頭が首を横に振った。

「そうではございませぬ。ですが公家の方々は如何しても武家には不信感を御持ちでございます。何と言っても武家は力を持っております故」

「そうか」

虐（いじ）められっ子の心理みたいなものかもしれない。実際に虐められる事は無くても虐められるんじゃないかと怯えを持つ。

「御屋形様の天下の府という考えにも理解を示しておいででした。二度と応仁・文明の大乱を起こしてはならぬと」

「うむ」

「ただ、どのような形になるのか分からぬと困惑もしておいででした」

「そうだな、俺も分からん。……先日、毛利の安国寺恵瓊が近江に来た。まあ来てくれと頼んだのだがその話をしてみた」

兵庫頭が頷いた。

「坊主というのは博識だな。それなりに得る所は有ったが悩みはより一層深まった。恵瓊も頻りに首を傾げていたな」

「左様でございますか」

恵瓊は大分困惑していた。まあいきなり呼び出されて天下を如何治めるかなんて相談されたらそれも当然か。天下の構想について相談を受けたなんてエピソードが歴史に残るんだろう。恵瓊の一生の自慢かもしれない。

「話を変える。聞いているかもしれぬが家督を弥五郎に譲る」

「はっ」

兵庫頭は驚いていない。やはり既に知っていたか。朽木内部の情報も抜かりなく収集しているのだ。流石に幕府内で権力を握り続けてきた一族では有る。

「そこでだ、弥五郎に官位を賜りたい。従四位下大膳大夫だ」

「はっ、必ずや」

兵庫頭が力強く請け負ってくれた。駿河に居を移したとはいえ家督を継ぎ従四位下大膳大夫に任官すれば誰もが弥五郎が俺の後継者だと理解するだろう。間違っても追い出された等とは思わない筈だ。朝廷も此処は恩の売り所と反対はしないだろう。銭も入る。官位なんて形式だがその形式が意味を持つ事も有る。馬鹿には出来ない。

「琉球の使者と会った」

「はっ」

兵庫頭が興味有り気な表情をしている。なるほど、この話は知らなかったらしい。海の外の事だからな、朽木家の内部でも必ずしも関心の持たれている話題じゃない。朽木で今一番のホットニュースは家督問題だ。

「島津を抑えた事について礼を言われた。今後も関係を密にしていきたいとな」

兵庫頭が頷いた。

「日本に入朝し官位を受けるという事については意見が纏まらぬようだ。琉球は明から冊封されている以上日本に入朝は出来ぬという勢力と、現実問題として島津を押さえるには日本に入朝し朽木の力を借りるのが最善と考える勢力で二分されているらしい。纏まるには時間がかかろうな」

「なるほど、左様でございますか」

琉球は親日派と親明派で意見が纏まらずにいる。俺が会った使者は親日派、或いは親日派を装った男だった。日本の情勢を良く知っている。かつては足利が日本の統治者であったが長い戦乱の末に没落し今では力を失った事。そして朽木が足利に代わって日本を統一しようとしている事……。

この男が危険視していたのは島津だが足利義昭の存在も重視していた。義昭が日本を支配した足利の当主である事。今では朽木に追われ九州の島津を頼っている事も知っていた。そして義昭が琉球を島津の物だと認めた事を酷く憤慨していた。琉球にとっては島津よりも島津の琉球支配を認めた義昭の方が諸悪の根源に見えるのだろう。

義昭を引き取るのは失敗かな？　もう少し島津に置いて琉球へのカードとして利用した方が良かったかもしれん。利用価値はもう無いと思ったが未だ有ったようだ。如何するかな、飛鳥井の伯父が交渉に出向いているが……。目の前の兵庫頭を見た。死んだ伊勢守との約束だからな、この辺で引き取ろう。

琉球とのカードは他にもある。昆布だ。中国では昆布は薬として扱われ高額で取引される。琉球は明との交易の為に昆布が欲しいのだ。そしてその昆布は朽木が押さえている。琉球は俺を怒らせる事は出来ない。安全保障、交易、その両面で怒らせる事は出来ないのだ。

琉球が親日派と親明派で割れているというのもやらせかもしれん。無下に断れば俺を怒らせる事になると見ている。この場合、だらだらと引き伸ばし今の状況を常態化させようとするだろう。入朝せずに安全保障と交易を朽木に頼る。その場合、如何するかという問題が生じるな。

やはり九州制圧後に兵を出した方が良いのかもしれない。いや、その前に日本の領土を何処までと規定する方が先かな。如何する？　北は北海道から樺太、千島列島までは取りたい。天下を統一したら積極的に入植させるべきだ。南は琉球は必要だな。問題は台湾と澎湖（ほうこ）諸島だ。出来れば押さえておきたい。だが台湾と澎湖諸島は大陸に近すぎる。今はどうなっているんだろう。明の一部なのか？　後で確認してみよう。

兵庫頭から嬉しい知らせが有った。兵庫頭の次男、与三郎貞興に子が出来たらしい。与三郎の妻は武田の菊姫だ。来年の春ごろには生まれるだろう。目出度い限りだ。

相国府

禎兆元年（一五八一年）八月下旬　山城国葛野郡　近衛前久邸　朽木基綱

「あっという間でおじゃったの」

「畏れ入りまする」

「ああも簡単に織田が滅ぶとは思わなんだわ。いや、あれは滅んだのかの？　麿には織田の家臣達は三介から前内府へと主を変えただけのようにも見えたが……」

太閤近衛前久が首を傾げている。そうだろうな、周囲にはそういう風に見えただろう。それだけに織田の家臣達には葛藤が有った筈だ。彼らは三介を、織田家を捨てたのだから。

「京では大層な評判じゃ」

「……」

「織田の事ではおじゃらぬぞ、弥五郎の事よ」

「弥五郎の事と言いますと？」

〝ほほほほほ〟と殿下が笑った。扇子で顔を隠しながらチラリ、チラリと俺を見ている。八月下旬、暑いわ。屋内にまで蝉の鳴き声が聞こえる。背中を汗が流れるのが分かった。

「家督を譲り駿河へと送ると聞いた。鍛えるために駿河に送るのか、それとも徳川如きは自ら出るまでも無し、倅で十分という事なのか、皆興味津々でおじゃるの」

「左様で」

「どちらかの？」

顔を覗き込まれて思わず苦笑が出た。どうやら誰よりも興味を持っているのは目の前の殿下らしい。困ったものだ、一口茶を飲んだ。

「何時までも某の下に居ては窮屈かと思いまして」

「ほう、窮屈か」

「そろそろ自分の思う様にやってみたい、そう思う頃でございましょう。成功するも良し、失敗するも良し、得る所は有ると思いまする」

〝なるほど〟と言って殿下が大きく頷いた。

「武家は厳しいからの。かつて勢威を張った六角、朝倉、武田、北条、今川は滅びた。そして織田も……」

そう、武家は厳しいのだ。だからこそ弥五郎は自らの力を天下に示さなければならない。毛利は天下を望まなかった。だから領土を減らしても生き残る選択肢を選べた。その事で輝元を不甲斐無しと蔑む人間はいないだろう。元就は正しい遺言をしたのかもしれない。だが朽木はそれが出来ない。朽木は天下統一を目前にしているのだ。今の時点で天下を望まぬ等という事は出来ない。弥五郎は天下人にならざるを得ないのだ。当然だがそれに相応しい力が要る。天下を制する力が。

史実の徳川秀忠は関ヶ原の戦いの時に二十歳ぐらいだった。加藤清正、福島正則等の豊臣恩顧の大名が三十代後半から四十代前半だ。関ヶ原以後、十五年ほど平和が続き大坂の陣が起きて豊臣が滅ぶ。家康はその直後に死ぬから秀忠は三十代半ばで本当の意味で天下人になった事になる。そして豊臣恩顧の大名は五十代前半から後半になった事に成る。この時代で言えば十分に老人だ。関ヶ原から大坂の陣の間の約十五年、この十五年は戦国を血に塗れながら生き抜いて来た大名達が相次いで死んで世代交代が起きた時代だ。それによって戦争を経験していない、大坂の陣が初陣という大名が誕生している。つまり各大名家は創成期から安定期、守成期に移りつつあったと言って良い。戦国生き残りの大名は少数派でもう老人だった。先は長くない。武勲らしい武勲の無い秀忠に将軍が務まったのはそれらの要因が大きいと思う。

俺が何歳まで生きるか分からない。史実では関ヶ原の戦いに参加しているが歴史は変わっている。努力はしているが俺が長生き出来る保証は無い。そして弥五郎には俺が死んだ時、天下人として君臨するだけの力が要る。そうでなければ天下はまた戦国乱世の時代に戻るだろう。弥五郎の立場は徳川秀忠などよりもずっと厳しいのだ。

「官位の事、聞いておじゃる」

「はっ、何卒よしなに願いまする」

「うむ、案ずるには及ばぬ。冬になる前に望みは叶おう」

隠居は弥五郎が官位を貰った時だな。従四位下、朽木大膳大夫堅綱。うん、良いんじゃないの。このままいくと朽木家の嫡男が最初に付く官位は従四位下、大膳大夫になるのかもしれない。

「ところで政の府の事でございますが」

「うむ、麿もその事が気になっていたのじゃ。兵庫頭から聞いておじゃる。麿に相談したい事が有るとな」

殿下が身を乗り出してきたので自分の思う所を話した。幕府の様な武家の府では朝廷との対立が生じがちである事。その分だけ不安定な組織になるであろう事。だが朝廷の内に入るとすればどのような官職の職掌で政の府を開けば良いのか……。上手く説明出来たとは思えないが殿下は真摯に聞いてくれた。小首を傾げたり頷いたりしている。時折〝なるほど〟と声も出した。

「なるほどのう、面白い話じゃ。いや、面白いと言うては不謹慎でおじゃるの。だが面白い。宮中では斯様な話は出来ぬしする者も居らぬ」

まあそうだろうな。でもなあ、面白がられていても困る。

「元々この国の仕組みは唐から学び取り入れました」

「律令か」

「はい。そして我が国の国情に合わせて作った」

「そうじゃの」

パチリ、と殿下が扇子の音を立てた。

「武家が登場した時、当時の朝廷は武家を朝廷の中に積極的に取り込もうとはしませんでした。疎外し蔑まれた武家は何かと不利益を押し付けられた。武家は自らを守ってくれる人物、組織を必要とした」

「それが源氏、幕府か」

「はい。朝廷が武家を疎外しなければ幕府は必要とされず朝廷は今でも力を持っていたかもしれませぬ」

「そうじゃの」

またパチリと音がした。殿下が感慨深そうな表情をしている。或いは朝廷が武家を積極的に取り入れた世界を想像しているのかもしれない。しかし無理だったと思う。元々律令制が導入されたのは古代の豪族の力を押さえ朝廷の力を強めて中央集権国家を作るのが目的だった。その基になったのが公地公民と班田収授法だ。豪族が持っていた土地と民を朝廷の物にした。私有地と私有民を否定したのだ。

だが日本人は土地が好きだ。三世一身法、墾田永年私財法によって土地の私有が認められるようになると公地公民は徐々に崩れ、その土地を守るために武士が誕生する。朝廷が武家を疎外したのは朝廷の既存の組織では武家を受け入れる事が出来なかったからだと思うが律令制と武家が相容れない存在だからというのも有るのだと思う。

だから令外官である征夷大将軍による幕府が出来たのだ。要するに幕府と言うのは当時の矛盾、力を失いつつある公家と力を付けつつある武家、この矛盾を解消するために朝廷の外に出来た組織なのだと思う。朝廷の内では武家は受け入れられず矛盾の解消は出来なかった。建武の新政でも多くの武士が後醍醐では無く尊氏を選んだ事、新たな幕府の開府を望んだ事を考えればどう見てもそうなる。

「今では武家が力を持ち武家抜きで天下の政は成り立ちませぬ。しかし征夷大将軍は足利の無道によって権威を大きく落としました。そして朝廷には武家の居場所は無い。先程も申し上げましたが某はどうやって天下を治めればよいのか、いかなる立場で政の仕組みを整えればよいのか……」

「うーむ、前内府よ、そなた何者じゃ。ただの武家ではないの、まるで明法家じゃ」

殿下が俺をじっと見ている。明法家か、現在の言葉で言えば法律学者、憲法学者、そんなところか。しかしな、そんな変な目で見ないで欲しいな。こっちだって無い知恵を絞って考えているんだ。

「朝廷の中から天下を治めるとなれば某一人ならともかく家臣達も官職に付かねばなりませぬ。そうなれば公家の方々は今の官位を武家に奪われましょう。それは武家と公家の新たな対立を引き起こします」

「その通りじゃ」

公家なんて今じゃ実権のない官位を得る事だけが生き甲斐なのだ。それを奪ったらとんでもない事になる。殿下が苦い表情で茶を一口飲んだ。

「となるとやはり朝廷の外に作るしかあるまいの」

殿下がジロリと俺を見た。

「なんぞ良い考えが有るかな?」

「令外官は避けたいと思います。……太政大臣は如何かと」

「なるほど、太政大臣か。武家の府ではなく太政官の府よの」

二度、三度と殿下が頷いた。

太政大臣、太政官府の最高の地位では有るんだが現在では名誉職に近い。それに……。

「殿下、良く分からぬのですが太政大臣とは何なのです？」

俺が問うと殿下がぷっと噴出した。

「そなた、真に面白いの。……まあ分からぬでもない。太政大臣とは何か？　実はの、我等公家にも良く分からぬのじゃ」

「はあ？」

殿下が分からない？　唖然としていると殿下が口元に扇子を当てて〝ほほほほほ〟と笑い出した。

「そなたもそういう顔をするのじゃな。太政大臣とはの、太政官における最高の官職じゃ。帝の師範であり天下の手本となる者が就く職とされていての、その職に相応しい人物がいなければ空席となる。即ち尋常の職ではない、則闕の官と言われておる」

その辺りは俺も分かる、恵瓊から聞いたからな。通常、朝廷で朝議、要するに閣議を主宰するのは左大臣だ。摂政、関白、太政大臣にはその資格が無い、いや朝議に参加する資格が無いらしい。左大臣が摂政、関白を兼任する場合には右大臣が朝議を主宰する。

まあ摂政、関白が朝議に参加する資格が無いというのは分からないでもない。両方とも令外官だからな。だが太政大臣は太政官のトップだろう。それなのに朝議の主宰、参加する資格が無い。太政大臣とは何か？　俺でなくても疑問に思うだろう。

「太政大臣とは一体何をするのです？」

俺が問うと殿下が困った様な笑みを浮かべた。

「それがなあ、昔から問題になっているのよ。随分と昔の事だがその時の公家達が文章博士（もんじょうはかせ）に太政大臣の職掌の有無を確認した事があっての」

「それで文章博士は何と？」

殿下が首を横に振った。

「何人かに確認したのじゃが意見の一致は無かったと聞いている」

「……」

文章博士ってその当時の秀才が任じられるんだけどな。太政大臣ってそんなに難解なのか？

「その中で一番明快であったのが太政大臣は分掌の職にあらずといえども、なお太政官の職事たりというものであっての。要するに太政官の最高責任者であり全ての職務について権限を持つ故に職掌の記述が無いというものであった」

「なるほど」

「その答申を出したのが菅公よ」

「はあ」

思わず間の抜けた声を出してまた殿下に笑われた。菅公？　ここで菅原道真が出て来るのかよ。昔ってそんな昔？　歴史って凄いな。実感した。

「その職掌がはっきりせんという事が関係しているのかもしれんが我ら藤原氏は太政大臣よりも摂

政、関白に任じられる事を、或いは左大臣のまま内覧に任じられる事を望んだ。その方が権限がはっきりしているから遣り易かったのではないかと麿は考えている。元々常設の官では無いのだがそれの所為で更に名誉職の色合いが強まった。そういう意味ではそなたが太政大臣に眼を付けたのは悪くない。そなたが太政大臣に就任しても公家からの反発は少なかろう」

そうなんだ。摂政、関白、左大臣、右大臣は公家達が就きたがるから反発が大きい。史実で秀吉が関白に就いた事、秀次が関白に就いた事は五摂家にとっては不満だったと思う。関白職が世襲で受け継がれては五摂家は五摂家でなくなってしまう。豊臣家が滅んだ時、朝廷は悲しんだと言われているが五摂家は別だろうな。ザマアミロ、そう思ったとしても俺は驚かない。

その点で太政大臣ならそれほど大きな反発を受ける事は無い筈だ。唯一の問題は帝が元服する時に太政大臣が加冠の役を務めるという事だ。太政大臣は帝の師だからということらしい。その時だけ太政大臣が必要となる。だがそれだって一時的なものなのだ。譲っても良いし自ら加冠の役を務めても良い。特に問題は無い筈だ。

「太政大臣になり幕府の様に府を開くか」

「そういう事に成ります。幸い全ての職務について権限を持つとお聞きしました。筋は立ちましょう」

「そうなるな」

殿下が頷いた。全ての職務について権限を持つからそれを助ける部下を持つ。その部下を朝廷では無く別の府に求めるわけだ。筋は立つ。

「御賛同頂けましょうや？」

「……名は何とする？」

「名でございますか？　さて……」

名を求めてきたという事は賛成か。太政大臣府ではおかしいな。大臣府でも変だし……。考えているると殿下がニヤリと笑った。

「相国府は如何かな？」

「相国府？　良い名だと思います」

「そうであろう」

〝ほほほほほほ〟と殿下が笑った。相国府か、太政大臣の唐名が相国だった。平清盛は平相国と呼ばれていたな。一応筋道は出来た。後は中身を如何するかだ。これからがまた一苦労だな。

禎兆元年（一五八一年）　九月上旬　　近江国蒲生郡八幡町　　蒲生賢秀邸　　平井定武

「見舞いに来てくれたのか、加賀守殿」

「具合は如何かな？　下野守殿」

「見ての通りだ。起きるのも辛い」

下野守殿が横になったまま答えた。大分具合が悪いようだ。声に力が無い、そして酷く痩せていた。

「医師は何と？」

「見せておらぬ」

「何故？」

下野守殿が微かに笑みを浮かべた。

「腹に膈が出来た。もう助からぬ」

「……」

「そのような顔をするな、加賀守殿。人間何時かは死ぬのだ」

そうだな、人間何時かは死ぬ。……思えば良く生きた。お互い何処かの野末で屍を晒してもおかしくは無かった。

「とは言っても中々未練を断ち切れぬ。困った事だ」

下野守殿が苦笑を浮かべた。

「それが人であろう。私もまだまだこの世に未練が有る」

「そうか、安心した」

二人で声を合わせて笑った。正直親しくは無かった。何処かで肌が合わなかった。だが六角家を、朽木家を共に支えてきた。そして共に笑う事は出来る。その死を悼む事も出来るだろう。

「若殿の事、東海道へと御屋形様に進言したのは下野守殿だな？」

「分かるかな？」

「分かる。御屋形様が何度か下野守殿を見舞ったと聞いた。ただの見舞いでは有るまいと思った」

「正確には御屋形様から若殿と東海道の仕置を如何するかとの御下問が有った」

「……そうか、御屋形様から御下問が」

下野守殿が頷いた。

「御屋形様は苦しんでおいでであった。今のままでは若殿のためにならぬのではないかとな」

「なるほど」

「不満では無く不安なのだと仰られた。儂に御下問が有ったのも死を間近に控えた儂なら遠慮せずに進言出来ると御考えになったのかもしれぬ」

「そうかもしれぬな」

下野守殿が私を見た。

「なあ加賀守殿。どれほど勢いの有る家であろうと愚かな後継者がそれを滅ぼしてしまう。我らはそれを見てきた。それは御屋形様も同様であろう。御屋形様にとっては天下の統一以上に若殿を鍛える事は大事な事なのだと思う。若殿に力が無ければ御屋形様が天下を獲ってもまた乱れる事になる」

「そうだな」

天下人は天下に一人。その重さがどれ程の物かは周りからは分からぬ。今その重みを最も切実に感じておられるのが御屋形様。だからこそ不安に思われるのであろう。

「不安かな、加賀守殿」

「正直不安は有る。某にとって若殿は可愛い孫だ。将来の天下人など如何でも良い、ただ可愛い、苦労はさせたくないと思う気持ちが有る。それではならぬと分かってはいるが」

下野守殿が頷いた。眼に私を気遣う様な色が有った。

「気持ちは分かる。しかし残念だが朽木家は大きくなり過ぎた。加賀守殿の願いは叶えられまい」

「……」

「悪いお方を婿にしてしまったな。今少し弱い、愚かな御方であれば加賀守殿もこのような心配はせずに済んだものを……」

「そうかもしれぬ。駿馬を婿に迎えたと思ったがどうやら婿に迎えたのは獅子であったようだ」

下野守殿が頷いた。因果な事だ、皆が天下に振り回されている。私、小夜、弥五郎、そして御屋形様。皆が天下の重みに呻吟(しんぎん)している。この苦しみはこれからも終わる事無く続くのだろう。因果な事だ……。

力では無く理(ことわり)

禎兆元年（一五八一年）九月上旬　　山城国葛野郡　　近衛前久邸　　九条兼孝

「相国府、でございますか」

思わず声が上擦(うわず)ってしまった。

「うむ、太政大臣に就任した上で新たな政の府を開く、そういう事でおじゃろうの」

「……ですがそれでは新たにもう一つの太政官が出来るようなものではおじゃりませぬか？」

「ま、そういう事に成ろう。関白は不満かな？」

「いえ、そういうわけではおじゃりませぬが……」

　語尾を濁すと太閤殿下が〝ほほほほほほ〟と笑い声を上げた。

「関白の気持ちは分かる。だがの、実を持っているのは向こうじゃ。となれば何らかの政の府が要る。これまではそれが幕府であった。征夷大将軍に就任し、幕府という武家の府を開いて天下を治めた。武家の府で有る以上太政官とは別でおじゃった。前内府は相国府という武家の府では無い、太政官の府を開いて政を執りたいと考えている」

「……幕府ではなりませぬか？」

　殿下が苦笑を漏らされた。

「九州に己こそが征夷大将軍と騒ぐ愚か者が居よう」

「征夷大将軍に拘らずとも宜しゅうございましょう。南朝ではおじゃりますが鎮守府大将軍の例もございます。それをもって幕府を開かせる事も難しくは有りますまい」

「……」

　殿下は何も申されない。

「飛鳥井権大納言からの報せによれば公方は必ずしも上洛を拒否しては居ないようです。それなりの立場を与えれば上洛いたしましょう。その上で征夷大将軍を辞任させるという手もおじゃります……」

　太閤殿下が首を横に振った。

「なりませぬか？」

「なるまいな」

「未だ天下は統一されておりませぬ。征夷大将軍、鎮守府大将軍に就任し武家の頂点に立って天下に号令する。その方が……」

「関白、たとえ征夷大将軍が空いていても前内府は望むまい」

「……」

殿下が私を見た。

「麿もな、一度は鎮守府大将軍をと考えた事がおじゃる、だがいかんの」

「いけませぬか？」

問い返すと殿下が頷かれた。

「いかぬ。前内府を甘く見てはならん。あれは将軍になりたがって泣き喚く阿呆とは違う。将軍になりさえすれば天下を治められるとは思っておらぬのだ」

「と申されますと」

「武家の府は本来武士を治めるもの。それでは天下の政を執るには不適当と考えておる」

「しかしこれまでは」

「関白、鎌倉の幕府を滅ぼしたのは誰であった？」

虚を突かれた。太閤殿下が私をじっと見ている。

「……そういう事でございますか」

「うむ」

鎌倉の幕府を滅ぼしたのは後醍醐の帝であった。前内府は朝廷との対立を恐れているのか。

「武家の府を開き武家として天下を治めるから朝廷との対立も生じ易い。だが太政官の府を開き太政官として天下を治めるならば対立を少なからず避けられるのではないか。その方が世の中が安定するのではないか、前内府はそう考えているようじゃ」

「なるほど」

武家は力を持つ。なればこそ将軍職に就き力をもって天下を治めた。だが前内府は政を執る正当性を必要としているという事か。

「力では無く理を必要としているのですな。天下を治めるに相応しい理を」

殿下が頷かれた。

「武家として幕府を開き朝廷を守る、それがこれまでの武家の有り様であった。武家はあくまで朝廷の外にあったのじゃ。だが前内府は武家として太政官の頂点に立ち公武を治めようとしているのだと思う」

「公武の統一、或いは合一でおじゃりますか」

「そういう事に成るのやもしれん」

溜息が出た。公武の上に立つ、それは一体如何いう事なのか。或いは帝と対等、それに準じる立場を得ようと言うのか。だが以前太閤殿下から聞いた話では前内府は帝の権威を必要としている。そして皇統にも関与しようとはしない。あくまで政を執るために太政大臣を必要としているだけなのか……。一度直接話してみた方が良いのかもしれない。

「我らは太政大臣を避け摂政、関白になる事を望んだ。それ故に太政大臣は実権を持たぬ名誉職となった。だが太政大臣は太政官の最上位の職なのだ。相国府が開かれるのであれば太政大臣はその地位に相応しい権限を取り戻すのかもしれぬ」

「左様でございますな」

皮肉な事だ、我ら公家が避けた太政大臣を武家が政を執るために必要とするとは……。


禎兆元年（一五八一年）九月上旬　　近江国蒲生郡八幡町　　八幡城　　朽木小夜

「御屋形様、宜しゅうございますか？」

声をかけると部屋の中から〝構わぬぞ〟と声があった。戸を開けて部屋に入る。中では御屋形様が文を書いている最中だった。顔を顰めながら書いている。ご自身の悪筆にうんざりなされているのだろう。小姓達に下がるようにと命じると御屋形様が溜息をついて筆と紙を置いた。

「上手く書けぬな。……如何した？」

「如何したではありませぬ。園殿の事、真でございますか？　御屋形様の側室にはなれぬと断ったと聞きましたが」

御屋形様が息を吐かれた。

「真だ。俺の子を産めるか、愛せるかと聞いたのだがな。無理だと答えがあった。自分には武田の血が流れていて同じ武田の血を引く氏直の娘が居る。俺の子供を同時に育て、愛する事は出来ませんとな」

身体が震えるほどの怒りが起こった。

「身勝手ではありませぬか？　側室になれば子が出来るのは当然の事。今川の家のために、自分の子のために側室になると納得した筈。それなのに……、許せませぬ！」

御屋形様の負担にならないで欲しい、御心を労って欲しいと願ったのに……。

「そうだな、身勝手な事だ」

言葉とは裏腹に落ち着いた口調だった。

「お怒りではないのですか？」

御屋形様が微かにお笑いになった。

「怒りよりもホッとしている。園があのまま側室であり続けたら多くの者が不幸になっただろう。それよりはましだ」

それよりはまし……。御屋形様にそんな思いをさせるなんて……。

「私は許せませぬ！　御屋形様はお優し過ぎます！」

御屋形様が声を上げて笑い出した。

「おいおい、俺は根切りに焼き討ちと非道を尽くした男だぞ。優し過ぎるはないだろう」

「それは表での事、好んで行っているわけではございますまい。せめて内では寛いで頂こう、御心を休めて頂こうと思っているのに……」

悔しくて唇を噛み締めた。

「済まぬな、心配をかける」

御屋形様が頭を下げられた。

「お止め下さい。御屋形様の所為ではありませぬ」

「だが、俺の事を心配している。そうだろう？」

「それは……」

口籠ると御屋形様が息を吐かれた。

「園も苦しんだだろう」

「苦しんだ？」

御屋形様が〝ああ〟と頷かれた。

「最初は俺の側室になる事が今川のため、娘のためと自らを納得させたのだと思う。理（り）だな、理（ことわり）で納得したのだ。だが人間には情というものが有る。俺と肌を合わせて情が俺を受け付けぬと分かった。そして俺も分かった。俺を受け入れられずに苦しんでいると……」

御屋形様が切なそうな表情をしている。その時の事を思い出しているのだろうか……。御屋形様は鋭過ぎる、さぞかしお辛かっただろう。

「だからな、俺から言ったのだ。俺の子を産めるか、愛せるかと。無理なら無理と言えとな」

「……それは何時の事でございます？」

「最初の夜の事だ」

「最初の夜？……もう一年も前の事でございますよ」

思わず声が高くなっていた。御屋形様はバツが悪そうな表情をされている。

「ですがその後も園殿の許でお休みになられたのでは有りませぬか？」

「休むだけだ、何もせぬ。そういう日も必要なのでな」

では肌を合わせたのは最初の日だけ……。

「皆には黙っていようと園に言ったのだが耐えられなくなったらしい。母親の嶺松院殿と春殿に真実を話した。これも情だな。理で考えれば黙っているべきなのだが情が耐えられなくなったのだ」

「……身勝手でございます」

責めたつもりだったが声には力が無かった。……許したわけではないのに……。

「情というのはそういうものらしいな」

「……」

御屋形様が私を見ていた。

「これまで幾つもの家を攻め滅ぼしてきた。滅ぼそうと思って滅ぼした家も有れば滅ぼすつもりは無かった家もある。何故俺に降伏しないのか、降伏すれば良いではないかと何度も思った。理で考えれば分かる事ではないかと。彼らも分かっていただろう。降伏すれば良い、そうすれば家は安泰、いや加増も受けるだろうとな。だが情が納得しなかったのだろう」

御屋形様が仰っているのは北畠の事だろうか？　それとも波多野、赤井……。

「もしかすると理とは傲慢なものなのかもしれぬな」

「傲慢、でございますか？」

御屋形様が頷かれた。

「当たり前の事、当然の事というように押し付けられたと思うのかもしれぬ。それに反発するから情に傾く。情に傾けば身勝手になる。そなたの言う通りだ」

なるほどと思った。御屋形様の仰られる通りなのかもしれない。

「情理を尽くすという言葉が有るがどちらか一方では人は正しい道を歩けぬという事なのだろう」

「園殿は情と理の間で苦しんだと？」

「あるいは振り回されたか」

「……振り回されたのは御屋形様でございましょう」

御屋形様は側室を入れる事に必ずしも積極的ではない。已むを得ぬと思って入れた筈、それなのにこんな事になった。

「そうだな。だが得難い経験をしたと思えば良いのだ」

「ですが」

「園は家を失い夫を失ったのだ。安らぐ場所も無い。俺には安らぐ場所が有る。案じてくれる者も居る」

「……」

「だからな、園の事は許してやってくれ」

御屋形様が私に頼んでいる。嫌な思いをされたのは御屋形様なのに……。溜息が出た。

「分かりました。園殿を責めるような事は致しませぬ」

「済まぬな、小夜」

御屋形様が優しい笑みを浮かべている。困ったお方……。


禎兆元年（一五八一年）　九月下旬　　近江国蒲生郡八幡町　　八幡城　　九条兼孝

「いや、随分と賑やかなところに来てしまいましたの」

「畏れ入りまする」

前内府が苦笑しながら頭を下げた。八幡城は子が生まれた事で大騒ぎになっている。

「男子でおじゃりますかな？」

「はい、二人にございます」

二人？

「では双子？」

「いいえ、母親は別でございます。先日一人生まれ今日また一人生まれました」

「ほほほほほほ、目出たい事でおじゃりますの」

「有難うございまする」

前内府がにこやかに答えた。双子であったのなら今以上の騒ぎであっただろう。もっとも前内府の顔は曇っていたに違いない。

「前内府は子宝に恵まれているようですが子は何人いるのかな？」

「さて……、男子が七人、娘が六人、いや七人になります」

「ほほほほほ、戦の合い間合い間にそれだけの子を儲けるとは……。驚きましたぞ」

冷やかされたと思ったか、苦笑を浮かべている。男子が七人……。前内府は兄弟が居ない。だがまだ若いのだ、子はこれからも生まれるだろう。枝葉は広がりそうではある。良い事よ。

「ところで殿下、御来訪の趣は？」

「されば、九州の公方の事で前内府の考えを聞きたいと思いましてな」

「……」

先程まで有った笑みが消えた。私の父が公方に近かった事を警戒しているのかもしれない。

「薩摩に下った飛鳥井権大納言が公方に上洛を促しております。権大納言の報告によれば必ずしも公方は拒絶していないようでおじゃりますな。迷っているとか」

前内府が頷いた。

「某もそのように聞いております」

「条件次第、それなりの待遇を与えてくれるのであればと言っているようです。前内府はそれについて如何お考えかと」

視線を向けると前内府が頷いた。

「異存は有りませぬ。足利の家はほどほどの名門として存続していけば良いと考えております」

「平島公方家のように？」

前内府が〝はい〟と頷いた。まあ、そうであろうな。そうでなければ公方も上洛はするまい。

「では公方の扱いは？」

「上洛後は直ぐに出家、隠居は譲れませぬ」

前内府がジッとこちらを見ている。

「そうでおじゃりましょうな、公方の挙兵で何人も死んでいます」

「左様、三好左京大夫、伊勢伊勢守、細川兵部大輔、一色式部少輔。何も無しではその遺族が納得しますまい。松永、内藤もおります。詫び状も要りましょうな」

溜息が出た。

「それは厳しい。素直に書くかどうか……」

「書かねば京では生きていけませぬ。某も保証は出来ませぬ。三好、松永、内藤を怒らせる事が出来ましょうか？」

また溜息が出た。

「麿は公方には准三宮の待遇を与えては如何かと考えておりました」

前内府が眉を寄せた。

「それは公方だけにという事でございますか？　それとも足利家に代々与えると？」

「勿論公方だけにおじゃります」

准三宮は宮中の序列では三公の上になる。足利家に与えてはほどほどの名門では無くなってしまう。あくまで公方に与えるのは上洛させるための特例よ。前内府が頷いた。

「ならば異存は有りませぬ。しかしその場合も詫び状が先という事になりましょう。詫び状を出してから准三宮の待遇を与えその後に出家、隠居」

「そうなりますか」

前内府が表情を厳しくした。私を甘いと見ている。

「あの騒動のけじめを付けなければ筋が通りますまい。先に准三宮の待遇を与えては朝廷はあの騒動を黙認するという事になりますぞ。公方はそれを盾に詫び状を書く事を拒否する事も有り得ましょう」

「……」

有り得ないとは言えない。何かと理由を付けて有耶無耶にしようとするかもしれぬ。

「もし、そうなって公方が殺されれば朝廷の権威は地に落ちますぞ」

その通りだ。朝廷の権威は地に落ちる。となればやはり詫び状は要る。

「前内府の言う通りでおじゃりますな。しかし難しい。前内府、公方の頭を撫でる何かは有りませぬか？　公方が詫び状を書いても良いと思わせるような何かは」

前内府が苦笑を漏らした。

「そうですな、……公方の嫡男は某が烏帽子親になって元服させましょう。領地も与えます。如何でございましょうか？」

「なるほど、将来を保証するのでおじゃりますな」

「左様、なればこそ公方にはけじめを付けてもらわなければならぬと伝えるのです。公方の悪行の責めが公方の嫡男にも及ばぬようにと。それは公方も望むところではありますまい。……殿下、御賛同頂けましょうか？」

「そうでおじゃりますな、そういう形で説得する事になりましょう。太閤殿下にもお伝えします」

「宜しくお願い致しまする」

前内府が頭を下げた。

「ところで飛鳥井権大納言を明年には准大臣、儀同三司にという話があります。交渉が上手くいけば花を添える事になりますな」

「畏れ入りまする。伯父も御厚恩に身を震わせましょう」

「飛鳥井家の忠節は皆が認めるところ、当然の事でおじゃりましょう」

飛鳥井家は二代続いて准大臣、儀同三司を出す事になる。羽林の家格では特別扱いという事になろう。だが飛鳥井家は朽木家と繋がっているのだ。粗略には扱えない。

「某も飛鳥井家の血を引く者として嬉しく思いまする。数ならぬ身では有りますがこれからも御厚恩に応えるよう努めまする」

前内府が頭を下げた。これからも朝廷への奉仕は忘れないという事だな。結構、結構……。さて、例の件を話さねば……。


禎兆元年（一五八一年）　十月上旬　　近江国蒲生郡八幡町　　八幡城　　朽木基綱

辰と桂に子供が生まれた。辰の子が先に生まれ桂の子が五日程後に生まれた。どちらも男の子だ、ホッとした。辰は男の子を欲しがっていたからな。辰に女の子で桂に男の子だったら悲しんで大変だっただろう。綾ママも篠も喜んでいた。俺も嬉しい、これで温井の家を再興出来る。義務を果たしたような解放感が有った。辰の子を駒千代、桂の子を康千代と名付けた。

去年、一昨年は女の子が三人続いたのだがな。今年は男の子が二人だ。不思議な感じがする。辰に男の子が生まれた事で篠が積極的だ。辰が二人目を身籠った時から積極的だったんだがより一層積極的になった。男子を産んで三宅の家を再興したいと考えているようだ。そうだよな、頑張らないと。こうなると側室を迎えるのも楽じゃないわ。

桂が康千代を産んだ事で今川氏真夫人春姫は大喜びだ。康千代の康は北条氏康の康でもある。夫人は俺が生まれた子に尊敬する父親の一字を付けた事が嬉しくて堪(たま)らないらしい。何度も礼を言われた。まあ俺としては健康に育ってくれ、そんな気持ちで付けたからちょっと困惑している。

もっとも喜ぶ気持ちは良く分かる。北条家は男子が少ない、そんなところに朽木家に北条の血を引く男子が生まれたのだ。おまけに俺が名前にも配慮した、そう思えたのだろう。安心したのかな、そろそろ出家して夫の、そして北条一族の菩提を弔いたいと言っている。康千代の成人後は北条の姓を名乗らせて関東に置くのも良いかもしれない。

まあ問題も有る。園が秘密を母親の嶺松院、そして春姫に話した。話さなくても良いと言ったのになあ。だが俺が娘の龍姫を可愛がるのを見て、康千代への配慮を知って辛くなったようだ。当然だが二人は仰天した。慌てて俺の所にやってきて〝申し訳ありませぬ〟と頭を下げるからこっちも困った。俺としては休息所が出来たと思えば良いんだから気にするなと言ったんだが向こうにしてみれば〝はい、そうですか〟とは頷けんよなあ。

結局改めて今川家から側室をと言っている。候補者は氏真の娘、夕姫だ。だがなあ、夕姫は永禄十一年生まれで未だ十四歳だ。勘弁してくれと言いたいんだが園は出家したいと言っているし嶺松院としては今川と朽木を繋ぐには夕姫を俺の側室にするしかないと考えているようだ。朽木と北条が関係を密にしつつある、その事も影響しているだろう。

弥五郎に頼もうか？　弥五郎は駿河に行くのだし今川の娘を側室に入れているのはそれなりに意味が有ると思う。駿河の国人衆に対して影響力を発揮し易い筈だ。夕姫は悪くない、時折園の所で話をするが素直でコロコロと良く笑う明るい娘だ。カステーラを食べて美味しいと無邪気に喜んでいるところからは家を失った暗さは感じない。問題は弥五郎に世継ぎが居ない事だ。奈津が男子を生んでくれれば弥五郎に頼める。年も似合いだろう。……弥五郎は嫌がるかな？　真面目だからなあ。取り敢えず側室問題は保留だ。

徳川から使者が来た。降伏したいと言ってきたが拒絶した。徳川が織田、北条にした事を考えれば到底受け入れる事は出来ない。徳川は小さい、小さいにもかかわらず生存意欲と上昇志向が強過ぎる。生存意欲が強いのは構わない、これは当然の事だ。だが上昇志向が強いのは困る。この二つが結び付くと碌な事にはならない。懐に入れる事は危険過ぎるのだ。徳川の使者は酒井忠次だったがその事を伝えた。忠次は乱世である以上生き残る為には仕方が無いと弁解していた。生き残る為か、それは俺も同じ想いだ。だからこそ徳川は受け入れられない。徳川は危険なのだ。史実でも、この世界でも。

九月の末に関白九条兼孝が八幡城に来た。吃驚したわ。辰と桂の御産騒ぎの時に来たから向こうも吃驚だったな。わざわざ来たのは足利義昭の件、飛鳥井の伯父の件だった。もっともそいつは表向きの事で本当の狙いは新たな政治体制についてだったようだ。かなり気にしている。相国府を開けば俺が太政官の上に立つというのが気にいらないらしい。つまり俺の立場が帝に準ずる、或いは匹敵する立場になるのではないか、国に二人の主が出来るのではないかと案じている。

要するに帝の地位、権威が揺らぐのではないかと思っているのだ。面倒だわ、朝廷というのは強い庇護者を必要としているのだがその庇護者との距離の取り方、これの見極めがつくまでは公家達は非常に疑い深い。こっちは政権の正統性を確立したいだけだ。納得したのか、しなかったのか。何度か頷き何度か首を捻っていた。幕府の方が良いんじゃないかとも言っていた。

幕府というのは武家の府であって天下の府ではない。武家が幕府で天下を治めるのは本来イレギュラーな形なのだ。俺は天下の統一には武力が必要だが統治は法的な正統性が必要だと言っているだけだ。そして帝の権威を否定するとか肩を並べようとかしているわけでもない。むしろ太政大臣が政を執るというのは帝の権威を上げる事になると思う。それも言ったんだが納得したかな？

関白が不安視しているのは今の太政官が相対的に地位を低める事になるんじゃないかという事だろう。いや、太政官だけじゃないな、摂政、関白も地位の低下が生じるかもしれない。結局それが帝の権威を低下させる事に成るのではないか、そう見ている。その辺りの不安を如何解消するかだな。帝の権威を立て朝廷の面目を立てる方法、そいつが有れば関白も納得する筈だ。要検討だな。

九州に下向した飛鳥井の伯父は上手く義昭を説得しているらしい。義昭はかなり迷っている。それなりの待遇をしてくれるのであれば、身の安全を保障してくれるのであれば上洛しても良いと考えているようだ。九州で反朽木勢力を集結し上洛戦を挑む、それが義昭の望みだった。だが流石に難しいと思い始めたらしい。特に義昭よりも幕臣達が弱気になっている。

足利の権威は地に落ちている。どれほど書状を出しても大友も龍造寺も島津に協力しない。そして中国、四国は完全に朽木の影響下にある……。伊賀衆の報告では義昭の前では強気な事を言うが幕臣同士で集まると途端に弱気な発言が出るようだ。彼らの本音はこのまま九州の僻地で朽ち果てたくない、それよりは降伏しても畿内に戻りたいだ。

関白は准三宮の待遇を与える事で義昭の望みを叶えたいと考えている。俺としては異存は無い。准三宮なんて形式だけで実はないのだ。それで義昭が満足するなら安いものだ。だが義昭には三好左京大夫義継を殺した前科が有る。この部分は義昭、幕臣達も気にしている。身の安全が保障されないのではないかと危ぶんでいるのだ。義昭が、幕臣達が表向きは強気な発言をするのもそれが有る。

実際俺から松永弾正、内藤備前守に義昭を呼び戻したいと打診したが二人からは最低でも義昭には三好家に対しての詫び状の提出と隠居、出家をして貰わなければ納得がいかないと文が来ている。これは無視出来ない。准三宮の待遇を与えた後、隠居、出家をして貰う。詫び状は三好家だけじゃない、伊勢家、細川家、一色家にも出して貰う必要が有る。義昭の嫡男は俺が烏帽子親になる事で将来を保障するし領地も与える。そういう形でけじめを付けたいと伝えた。

これについては関白も納得しているし太閤近衛前久も同意している。三好、松永、内藤の三家は畿内の有力者なのだ。この三家を怒らせるのは朝廷にとっても得策ではないという判断がある。義昭を戻してても義昭が殺されてしまっては朝廷の権威に傷が付きかねない。伯父御には義昭を説得して貰わなければならん。もう少し苦労して貰う事になるだろう。まあ苦労するだけの意味は有る。来年には准大臣、儀同三司に任じられる事になりそうだ。関白がそのような事を言っていた。どうやら帝の御内意が有ったようだ。

島津は義昭を薩摩に押し止めようとしているらしい。義昭に何処まで利用価値が有ると考えているのかは分からない。だが此処で義昭に去られれば島津は義昭に見捨てられたと周囲は見る。島津の面目は丸潰れだ。それを防ぐには義昭に島津なら上洛の可能性が有ると思わせなければならない。結構厳しい。島津が焦って戦を起こすようだと危うい事に成る。

伯父御が薩摩に下って以降、島津修理大夫義久と日向に居る伊集院掃部助忠棟との間で文の遣り取りが頻りに有るらしい。おそらく義昭の上洛問題で一向門徒が動揺するのを防ぐためだろう。やはり義久と忠棟の間には密接な繋がりが有る。となると反目は表向きの可能性が高いな。掃部助忠棟は修理大夫義久と反目していると見せかけて一向門徒の心を獲ろうとしていると見た方が良い。つまり顕如は邪魔なのだろう。少しずつ顕如も実権を失いつつ有るという事だ。しかし顕如がそれを黙って認めるとも思えん。何処かで反撃する筈だ、それが何処か……。

禎兆元年（一五八一年）　十月上旬　　近江国蒲生郡八幡町　　八幡城　　朽木堅綱

暦の間には父上が一人ポツンと居た。

「父上、お呼びと伺いましたが？」

「うむ、今少し近くへ」

「はっ」

二躙り程近付くと父上が首を横に振った。もっと近くという事か、更に二躙り。父上がまた首を横に振り扇子で其処へという様に指し示した。父上から一間程離れた場所だった。その場所に躙り寄ると父上が頷かれた。

「近々、朝廷より使者が来る。その方は従四位下、大膳大夫に叙任される」

「はっ」

従四位下、大膳大夫。父上が初めて就かれた官位。それを私に……。既に知っていた事だが改めて父上から伝えられるとずしりとした重みを感じた。自分に務まるのだろうか。

「その後、家督を譲る」

「はい」

「その方は駿河に行く。覚悟は出来たか？」

「……良く分かりませぬ。行かねばならないとは思っておりますが……」

叱責されるかと思ったが父上は〝正直で良い〟と頷いただけだった。

「辛かろうな、だが耐えて貰わねばならぬ」

「……」

「今新たな政の仕組みを考えている。既に太閤殿下、関白殿下にはこちらの意の有る所をお伝えした」

「はい」

新たな政の仕組み、父上が幕府ではない政の仕組みを御考えなのは知っている、一体どのような形なのか……。

「それが定着するまでには時間がかかるだろう。俺からその方へ、その方からその方の子へ、少なくとも五十年はかかると思う。そのぐらい経てば世の中も落ち着くだろう」

「五十年、でございますか？」

「うむ」

父上が頷かれた。五十年、私は六十を越えている。父上は八十……、おそらく生きてはおられまい。

「その五十年は力が要ると父は思っている。世の中を乱世に戻そうとする者を圧し潰す力が、平和を守る力が。俺が守りその方が引き継ぐ、分かるな？」

「はい」

「そのために力を付けるのだ。その方は未だ若い、辛かろう。だが朽木家の嫡男として生まれてしまった。こればかりはどうにもならぬ。力を付け、この父を助けてくれ」

「父上……」

「頼む」

父上がじっと私を見た。

哀しそうな目だった。父上は苦しんでいる、そして私に済まないと思っているのだと思った。自分一人では解決出来ない問題を抱えてしまった。その重荷を私に背負わせる事を哀しんでいるのだ。

「必ずや御期待に添いまする。駿河に行き徳川を滅ぼしまする」

父上が頷かれた。

「その方の傍には竹中、山口、浅利、甘利を除けばその殆どが旧織田の家臣となる。不安かもしれぬが案ずるには及ばぬ。あの者達は織田殿に従って織田家を大きくした者達だ。実力は本物だ。そして東海道の情勢については朽木家の者よりも遥かに詳しい。上手くその力を使え」

「はい」

「弥五郎、焦るなよ」

「はい」

「徳川は五十万石に足りぬ身代だ。その方の身代は百二十万石を越える。そして徳川は朽木だけでなく上杉も敵にしている。徳川にとっては重すぎる敵だ。辛かろう。それは甲斐守だけでなく家臣、国人衆も感じている事だ」

「調略を使うのでございますね？」

父上が〝そうだ〟と頷かれた。

「窮鼠猫を噛むのたとえも有る。野戦で一気に決着をつけようと思うな。少しずつ、ゆっくりと、徳川の衣服を一枚ずつ剥ぐように攻めていけ。いずれ徳川の家臣、国人衆の心が折れる。そして甲斐守を裸にするのだ。手強い敵、堅固な城に籠る敵はそうやって倒す。小田原城攻めで試すと良い」

「はっ、御教示有難うございます」

耐えなければならない、苦しんでいるのは私だけではないのだ。父上も苦しんでおられる。……

駿河に行こう、そして力を付けて此処に戻ってこよう。

禎兆元年（一五八一年）　十一月上旬　　近江国蒲生郡八幡町　　八幡城　　朽木基綱

八幡城の大手門前は風が吹いて寒かった。天気は良いんだが……。

「父上、これより駿府へと赴きまする」

「うむ」

「母上、これから寒くなります。風邪などひかぬよう、お気を付けください」

「そなたも気を付けるのですよ。あちらの方が寒いのですから」

「はい」

弥五郎、いや大膳大夫が生真面目に挨拶している。あっという間に大人びてしまった。そういう風にしたのは俺だ。そうなってくれと願っていたんだが……。少し寂しい。寒くないよな、大丈夫だ、合羽を着ている。風を防いでくれるだろう。

「大膳大夫、焦るなよ」

「はい」

「徳川は厄介な相手だ。だが焦ってはならぬ。焦らずとも勝てるのだからな」

大膳大夫が〝はい〟と頷いた。分かっているのかな？　分かっているよな、そう思いたい。焦るなよ、焦らずとも勝てる。そして焦って勝てるような相手じゃないんだ。

「半兵衛、新太郎、彦次郎、郷左衛門。頼むぞ」

四人が〝はっ〟、〝必ずや〟と力強く答えてくれた。大丈夫だ、この四人が支えてくれる。それに駿府には信長が鍛えた精鋭が揃っている。負ける要素は無い。

「奈津、大膳大夫を頼む。傍で支えてやってくれ」

「はい」

「頼みますよ、奈津殿」

「はい、精一杯努めまする」

奈津がしっかりと頷いた。大丈夫だ、夫婦仲も良さそうだしな。大膳大夫が困った時は支えてくれる、心配はない。

「では」

「うむ、気を付けて行け」

「はい」

大膳大夫が馬に乗ると半兵衛、新太郎、彦次郎、郷左衛門も馬に乗った。皆合羽を着けている。奈津は輿に乗った。カツカツカツカツと轡の音をさせて大膳大夫達が大手門の外に出た。外には一千の兵が完全武装で待機している。

「出立！」

大膳大夫が声を張り上げると〝おう！〟と声が上がった。そしてザッ、ザッ、ザッと兵が動き出す。小夜が俺の手を握り締めてきた。本人は食い入る様に大手門の前を通る兵を見ている。俺の手を握り締めている事を分かっていないだろう。多分、大手門の外に出て見送りたいのを我慢しているのだ。

「小夜」

「はい」

答えた後に〝あっ〟と言って慌てて俺の手を離した。俯いた顔が赤くなっている。手を取ると驚いたように俺を見た。

「外に出て見送ってやろう」

「はい！」

嬉しそうな声だ。思わず笑い声が出た。手を引いて大手門の外に出ると兵達が驚いているのが分った。そうだよな、息子の見送りに親が手を繋いでいるんだから……。

外伝XIX
決断
[けつだん]

あふみのうみ
みなもがゆれるとき

朽木基綱

天正四年（一五八〇年）　九月中旬　　岐阜県恵那郡岩村　　岩村城　　遠山つや

書状を読んでいた夫が溜息を吐いた。憂鬱そうな表情をしている。

「殿、如何なされました？」

「うむ、……御坊丸は如何した？」

「槍の稽古に励んでおります。呼びますか？」

夫が〝いや〟と首を横に振った。

「それには及ばぬ。……槍の稽古か……」

「はい、背が伸びて力も付きました。槍の使い方も上達してきたとか。楽しくて仕方がないのでしょう」

「そうか……」

余り嬉しそうではない。珍しい事、夫は御坊丸を可愛がっているのに……。

傍に座って訊ねると憂鬱そうに〝うむ〟と頷いた。

「如何なされました？」

「……三介様が鷺山殿を幽閉したそうだ」

「！」

息が止まった。夫がジッと私を見ている。まるで私の反応を確かめるかのようだ。

「……真でございますか？」

漸く(ようや)の事で出した声は掠れていた。

「真だ、嘘なら良かったのだがな。……この文は金山城の森三左衛門殿からのものだ。三左衛門殿には林佐渡守殿より報せが届いた」

「何故そのような事を……」

夫が溜息を吐いた。

「美濃三人衆を三十郎殿が討ち果たした事で織田家中にて三十郎殿への信望が集まった。そこに織田家の跡継ぎは三介様よりも三十郎殿の方が相応しいという噂が流れた」

「噂、でございますか？」

本当にそのような動きが有ったのでは……。その事を問うと夫は首を横に振った。

「噂だ。三十郎殿への信望が集まったのは事実だが当主に相応しいなどと言う声は重臣達からは出ておらぬそうだ。おそらくは朽木が流したのだろう」

朽木が……。

「織田を混乱させるためでございますね？」

「そうだ。三介様、三七郎様が跡目争いを始めた事で織田に牙を向けた。お二方の器量を見限ったのだ。共に手を結ぶよりも潰して喰った方が良いと思ったのだろう」

「……弾正忠様が御健在の頃は一度たりとも織田との関係を損ねるような事はしなかったのに……」

悔しさに唇を噛み締めると夫が〝そうだな〟と頷いた。織田と朽木の同盟は十五年以上続いた。この乱世で十五年も同盟が続くのは稀な事だ。

「むしろ朽木は弾正忠様に友好的だった。……毛利が片付き四国も片付いた、残りは九州だけだ。東に眼を向ける余裕が出来たという事だろう。丁度そんな時に織田家で跡目争いが起きた……」

「……朽木は上杉との同盟も堅持しております。義理堅い所が有ると思ったのですが……」

「フフフ、つやよ、ただ義理堅いだけでは大は成せぬ」

「左様でございますね」

笑い終えると夫が何かを振り払うかのように首を横に振った。

「噂の事だが織田家中では乗る者は居なかった。だが三介様は大分気になされたらしい。そんな時に近江亜相様から鷺山殿に文が届いた」

「文が？」

夫が頷いた。

「文には三介様では織田家を纏めるのは難しいのではないかと言うような事が書かれていたそうだ」

「……唆したのでございますね？」

夫が〝そうだ〟と言って頷いた。

「鷺山殿は乗らなかった。だが三介様は懼れた。鷺山殿が織田家の当主には三介様ではなく三十郎殿をと重臣達に言うのをな。そして鷺山殿を幽閉した。織田の重臣達は随分と反対したようだが三介様は押し切った。当然だが重臣達は三介様に強い不満を抱いている」

「……」

重臣達が反対すればするほど危険だと思ったのだろう。

「最初から狙いは鷺山殿ではなく三介様を操る事だったのかもしれぬ。今頃亜相様は笑っているだろう。こうも簡単に引っかかるとは、とな」

夫が冷笑している。溜息が出た。

「……これから先、如何なりましょう」

夫が沈痛な表情で私を見た。

「朽木が攻めて来るだろう」

「……」

「鷺山殿を幽閉したという事は三十郎殿を信じていないと明言したようなものだ。朽木が美濃に攻め込んだとき、何処まで助けようとするか……」

「見殺しに？　後詰はせぬと？　美濃を失いまするぞ」

「……」

夫は答えない。だが否定しないという事はその可能性が十分に有ると見ているのだと思った。

「貴方様は如何なさいます？　後詰なさるのでございますか？」

夫が首を横に振った。

「織田の後詰が無ければ稲葉山城を朽木の大軍から守るのは難しいだろう。それに多くの国人衆が織田に不信を抱いている。皆、朽木に付こうな。兵は集まるまい。稲葉山城は孤立する……」

「……三人衆を誅した所為ですか？」

夫が〝それも有る〟と言って頷いた。

「国人衆達はあの一件で不安を感じた筈だ。だが一番の要因は織田が混乱しているからだ。織田が纏まっていれば簡単には裏切れぬ。だが今の織田ではな、……頼りにならぬと見るだろう。それに朽木は国人衆に優しいからな、寝返り易いのだ」

遣る瀬無さそうな表情だった。美濃三人衆が自立を図って三十郎殿に近付いた。だが三十郎殿は三人衆を欺いて誅した。遠山一族は三十郎殿の要請に従って三人衆を攻めた……。織田を守り美濃を守り遠山一族を守るためだった。その全てが無駄になったと感じているのだろう。

夫が〝つや〟と私の名を呼んだ。暗い眼をしている。

「何でございましょう」

「もし、稲葉山城に籠って朽木の攻勢を凌げば、後詰無しに朽木を追い返せば三十郎殿の武名は益々上がるだろう。或いは今度こそ本当に三十郎殿を織田家の当主にという動きが織田家中にて出るやもしれぬ。いや、それ以前に三介様は三十郎殿を怖れ三十郎殿とそれに与した者をこれまで以上に敵視するに違いない。それこそ織田家の中で戦という事になりかねぬ」

「……後詰は危険だと貴方様はお考えなのですね？」

夫が〝そうだ〟と頷いた。

「特に遠山一族は織田家と繋がりが深い。そなたは弾正忠様の叔母で御坊丸は弾正忠様の息子だ。苗木の勘太郎の奥は弾正忠様の妹だ。織田に近い我らが三十郎殿に与したとなれば他の織田一族にも影響が出るだろう。三介様にとってそれは許せる事ではない。必ず三十郎殿を攻めるだろう。そして見せしめのために潰すに違いない」

何という事……。美濃を守ろうとする事自体が危険とは……。朽木は調略が上手いと聞いていた。でもこんな状況に追い込まれるとは……。

「では朽木に降るのでございますか？」

責めたつもりはなかった。だが夫は苦しそうな表情を見せた。

「儂一人では決められぬ。苗木の勘太郎や明智の民部少輔殿にも相談する事になるだろう。他の者にもな。だが……、降る事になるだろうな」

「……」

「問題は如何降るかよ……」

天正四年（一五八〇年）　九月中旬　　岐阜県恵那郡岩村　　岩村城　　遠山景任

「鳴いておりますな」

「うむ」

リーン、リーンと虫の音が聞こえた。弟の勘太郎直廉が首を傾げて鈴虫の鳴き声を聞いている。手には盃が有る。

「この城には鈴虫が多い、良いですな」

「苗木城にはおらぬか？」

「蟋蟀（コオロギ）が多うござる。コロコロと鳴きますが鈴虫に比べると……、酒の肴にはなりませぬ」

弟が苦笑しながら首を横に振った。そして一口酒を飲んだ。厳つい顔をしているのだが妙に風流なところが有る。可笑しな話よ。

「そなたが養子に行ってもう二十五年は経とう、未だ蟋蟀に慣れぬか」

今度は声を上げて笑い出した。

「慣れませぬな。兄上、二十五年では有りませぬ、再来年には三十年になりますぞ。早いもので……」

「そうか、三十年か、……思えば良く生き延びたものよ」

二人で顔を見合わせて頷いた。

遠山氏は恵那郡に勢力を持つ。我ら兄弟が若い頃は土岐氏が凋落し斎藤氏が美濃の実権を握った。だが隣国の信濃では武田氏が勢力を伸ばし恵那郡にも手を伸ばしてきた。遠山一族は武田に従属した。武田への従属は必ずしも悪い事ではなかった。父の死後、遠山一族の中には若年の儂が父の跡を継ぐ事に反対する者も居た。だが武田の仲裁で儂が当主となった。武田の仲裁が無ければ遠山一族の間で戦が起きただろう。

その後、武田が川中島で敗れ勢力を減退すると尾張の織田弾正忠様に服属した。美濃を治めていた斎藤右兵衛大夫龍興は若年で良い噂を聞かなかった。到底頼りには出来なかったからだ。儂は弾正忠様の叔母を娶り弟は弾正忠様の妹を娶った。弾正忠様は美濃を攻め獲り東海道へ大きく勢力を伸ばした。織田に属した事は間違いではなかった。だが……。

「義姉上には話をされましたので？」

「多少はな、……そなたは？」

「難しい事になったと妻には話しました。それ以上は……」

弟が首を横に振った。妻には弟と二人だけで話すから此処には近付くなと言ってある。我らが朽木が美濃攻めを行った時に如何するかを話していると思っているだろう。不安に思っている筈だ。

「如何なされます？　稲葉山城への後詰、出しまするか？」

この質問が来る事は分かっていた。それでも白刃を突き付けられたような恐れが胸に走った。

「……三介様が出すなら出す。我らだけで出すのは危険だ。三十郎殿の与党と見られかねぬ」

「そうですな、……兄上は三介様が後詰を出すと思われますか？」

二人で互いの顔を見た。弟の表情が渋い、三介様が兵を出す可能性は低いと見ているのだろう。

「分からぬ。重臣達は後詰を出せと言うだろう。だが三介様がそれを受け入れるかどうか……。三十郎殿への反発も有るだろうが重臣達への不信も有るのではないかと思う」

「裏切るのではないかと？」

弟が儂を見ているから頷いた。

「それに三介様に朽木と戦って勝つ自信が有るとは思えぬ」

「確かに。しかし出さねば皆の信頼を失いましょう。三介様を頼り無しと見離しますぞ」

「負けても見離される、違うか？」

弟が俯き酒を一息に飲んだ。空になった盃に酒を注いでやると弟も儂の盃に酒を注いだ。

「大将が戦う事に二の足を踏むようでは……」

「そう言うな、勘太郎。三介様を責めるのは容易い。だがな、朽木と戦うとなれば相当の覚悟がいる。我らはいざとなれば逃げる事が出来る。頭を下げれば許される事も有ろう。だが三介様は逃げても追われる立場じゃ。追い付かれれば首を獲られよう。臆病と責める事は出来まい」

乱世じゃ。意地や見栄を張るのも命懸けよ。それが出来ぬ者など幾らでも居る。三介様の不運は織田家の当主になられた事であろう。当主にならざれば安楽に過ごす事が出来たやもしれぬ……。

「それにな、怯えているのやもしれぬぞ。戦に出れば殺されると」

「それは戦ですから……」

「そうではない、味方によ」

「……まさか……」

弟が愕然としている。

「言ったであろう、重臣達に不信が有るのではないかと」

「……」

「そなたも裏切るのではないかと言ったではないか。有り得ぬとは言えまい。三介様は御自身が家中の信任を得ておらぬ事は分かっておられよう。恐れているのは敵よりも味方かもしれぬ」

弟が唸り声を上げた。負け戦なら味方は散り散りになる。逃げている最中に役立たずの当主を殺してしまう。難しいとは思えぬ。そして織田を守るために三介様を排除する。そういう考えが出てもおかしくはない状況なのだ。

「たとえ殺されずとも門を閉ざされてしまえば城へは戻れぬ。そう思っているのやもしれぬぞ」

弟が〝なるほど〟と頷いた。

「兄上がそこまでお考えになっていたとは思いませんでした。言われてみれば道理にござる。……武田もそうでしたな」

「ああ、城を追い出された領主など珍しくもない。そして領主を追い出す事で滅ぶ事を免れた家もだ。土佐の一条と長宗我部はそれであろう」

「確かに」

頷いていた弟が儂を見た。

「三介様がそれを怖れているとなれば後詰は望めませぬな」

「うむ、我らはそれを前提に進退を決めねばならぬ」

「……兵を出しまするか？　稲葉山城を攻める兵を……」

「……」

答えられない、弟がジッと儂を見ている。

「織田を攻めるのは気が進みませぬか？」

「ああ、進まぬ。いや、それ以上に危険ではないかと思う気持ちが有る。言い訳ではないぞ、何と言っても我らは三十郎殿の指示に従って美濃三人衆を攻め滅ぼした。今朽木に味方するのは余りにあざと過ぎよう。そんな我らを朽木が如何見るか……」

弟が〝なるほど〟と言って盃を口にもっていった。ゆっくりと噛み締める様に飲んでいる。

「利に敏い、信用出来ぬと見るやもしれませぬな」

「ああ、特に儂もお主も織田家とは縁が深いからの」

弱小の国人衆は生きるのが難しい。周囲の動きを良く見なければならぬ。そして生き残るための選択を間違える事は出来ぬのだ。だが利に敏いと見られれば信用出来ぬと思われよう。当然だが我らを見る眼は厳しくなる。義理堅い、信用出来ると思われるような動きをしなければ……。

「では朽木に付くが兵は出せぬ、そういう形しか有りませぬな」

「そうなるな。明知、飯羽間、明照、串原、安木にはそれで説得する事になる」

「となると問題は我らの奥と御坊丸という事になりましょう」

「うむ」

弟が憂鬱そうな表情をしている。

「如何なされます？　御坊丸を織田へ返しますか？」

「……遠山七頭のためを思えば返すべきであろうな。朽木の我らを見る眼も大分和らぐ筈じゃ。だが今御坊丸を織田へ返せば……」

「殺されるやもしれませぬな」

シンとした。殺される、その言葉が耳に残った。今の三介様には余裕がない。御坊丸を責め、殺す、或いは自害に追い込むという事は十分に有り得る。

「それでは憐れじゃ。それに儂の奥もそなたの奥も居辛くなろう。肩身の狭い思いをする事になる」

弟が頷いた。何十年と連れ添った伴侶じゃ、そのような思いはさせたくない……。

「しかし朽木がそれを命じて来るやもしれませぬ。いや、その前に皆に話せば必ずその話は出ますぞ。御坊丸だけでは無い、遠山一族の安泰の為に奥も織田に戻せと言うでしょう……」

「であろうな」

簡単には説得出来まい、一族の命運が懸かっているのだ。

「如何なされます？」

弟が儂の顔を覗き込んできた。

「……儂が隠居しよう」

「兄上！」

「そして近江へ行く」

弟が〝なんと〟と呟いてジッと儂を見た。

「……兄上が人質になると申されるか」

「そうだ、遠山一族の旗頭が人質になる。そういう形で信じてもらうしかない」

弟が一息で酒を飲み干し盃を置いた。

「……しかし」

「御坊丸も年が明ければ十五じゃ。元服し家を継いでもおかしくはなかろう」

「……」

「後を頼むぞ、つやと御坊丸を助けてやってくれ」

「……」

「勘太郎、料簡してくれ。遠山一族を守るため、儂らの家族を守るためじゃ。御坊丸、儂の奥、そなたの奥、織田へ戻されれば惨めじゃぞ」

弟が観念したかのように力無く頷いた。

これで良い。あとは御坊丸の嫁よ。朽木家より嫁を貰う、それで遠山と朽木を繋ぐ。そこまでが儂の仕事となろう……。

外伝XX

真相

[しんそう]

[あふみのうみ

みなもがゆれるとき]

天正四年（一五八〇年）　十二月中旬　近江国蒲生郡八幡町　大館邸　大館晴忠

自室で寛いでいると妻の幸がやって来た。

「客？」

問い返すと妻が〃はい〃と頷いた。はて、妙な事よ。妻の顔には困惑が有る。初対面の相手なのかもしれぬ。

「どなたかな？」

「それが、細川与一郎様と名乗られました」

「……」

なるほどと思った。兵部大輔殿の息子か……。幸が困惑する筈よ。私も困惑を感じざるを得ない。

「如何なさいますか？」

言外に会わずに追い返すかと言っているのが分かった。会わぬと言えば風邪をひいているとでも言って追い返すのだろう。だが……。

「会おう、客間へ通してくれ」

「はい」

幸が去り際にチラッと私を見た。案じている表情だ。自分に疚（やま）しい所は無い、だが自分は生き残り兵部大輔殿は殺された。その事に負い目が無いと言えば嘘になるだろう。現に困惑している自分が居るのだ。

「厄介な事よ」

思わず独り言が漏れた。朽木の家臣になってもう四年が過ぎた。朽木家は新参者におおらかな家風だ。周囲からは白い眼で見られる事は滅多に無い。今回の美濃攻めでも十分な働きをした。それなりに信頼もされているだろう。居心地は悪くない。だが幕臣であったという事実は何処までも追ってくるらしい。

多分、与一郎が会いに来たのは父親の死因についてだろう。何故殺されたのか、そして何故私は殺されなかったのか、それを知りたいと思っているのだ。

「厄介な事よな」

また独り言、いやボヤキが漏れた。思わず苦笑した。ボヤいていても仕方がない。さて、客間に行くか……。

重い足取りで客間に行くと既に客が座っていた。私を見て頭を下げる。〝お楽になされよ〟と声を掛けて座った。

「大館伊予守晴忠にござる」

「細川与一郎忠興にございます。急に押し掛けた無礼、お詫び致しまする。そしてお会い下された事、感謝致しまする」

声が硬い、緊張しているのだと思うと微笑ましかった。こちらが会いたがらないと察しているらしい。

「なに、御尊父兵部大輔殿とは親しくさせていただいた。その御子息が訪ねて来たとなれば無下には出来ぬ。して、某に会いたいとは何用かな?」

与一郎が居ずまいを正した。

「父の事にございます。父は何故殺されたのか……」

「そして某は何故殺されなかったのか、かな？」

与一郎が思い詰めた表情で〝はい〟と頷いた。言葉を出そうとした時に外から〝失礼致します〟と妻の声が聞こえた。戸が開く、妻が心配そうな表情をしていた。

「御茶をお持ちしました」

「うむ、済まぬな」

妻が部屋の中に入り与一郎と私に茶を出した。そして出て行った。出て行く時には表情が幾分緩んでいた。おかしな雰囲気ではないと安心したのだろう。茶を勧めると与一郎が一口飲んだ。少し落ち着いただろう。

「与一郎殿は兵部大輔殿が公方様を裏切ったとお考えかな？」

与一郎が俯いて〝分かりませぬ〟と答えた。顔を上げた。

「裏切ったとは思いたくありませぬ。ですが裏切ったのなら理由が有る筈、それを知りたいのです。それなら自分の中で折り合いが付けられます。今のままでは……」

唇を噛み締めている。苦しんでいるのだと分かった。何故殺されたのか、何故殺されなかったのか……。それは私の疑問でもある。溜息が出た。

「諏訪左近大夫将監殿の下へは行かれたかな？」

「いえ、未だ……」

「未だか……。ならばここへ呼ぼうと思うが如何かな？」

「……」

戸惑っている。

「正直に申さば某も分からぬ。おそらくは左近大夫将監殿も同様であろう。だが分からぬの一言で済ませては与一郎殿も辛かろう。某も眼を背けるべきではないのかもしれぬ。如何かな？」

「宜しくお願い致しまする」

与一郎が頭を下げた。

妻を呼び事情を説明して左近大夫将監殿に来て頂くようにと頼んだ。左近大夫将監殿の邸は近くに有る。姿を見せるまでに小半刻も掛からなかった。

「左近大夫将監殿、御足労をお掛け致した。迷惑とお思いかもしれぬが些かお付き合い頂きたい」

左近大夫将監殿が首を横に振った。

「いや、何時かはこういう日が来ると思っておりました。お声を掛けて頂いたのはむしろ幸いにござる」

〝忝い(かたじけな)〟と頭を下げると与一郎が〝有り難うございまする〟と頭を下げた。挨拶をしている間に妻が左近大夫将監殿に茶を持ってきた。

「早速ではござるが左近大夫将監殿、兵部大輔殿は何故殺されたとお思いかな？」

左近大夫将監殿が〝分かりませぬな〟と首を横に振った。

「某と伊予守殿、兵部大輔殿は幕臣達の間では親朽木派と言われておりました。親朽木派を粛清したというのなら某と伊予守殿も殺されてもおかしくはない。だが殺されたのは兵部大輔殿だけ……」

「父は公方様を裏切ったのでしょうか？」

与一郎が思い詰めた表情で問い掛けてきた。

「さて……。某には幕府と朽木家の間で苦慮しているように見えたが裏切ったとは思えなかった。いや、これは与一郎殿を気遣っての事ではない。真じゃ。伊予守殿は如何思われる？」

「某も同様にござる。兵部大輔殿が裏切ったとは思えぬ……。与一郎殿、御屋形様にはお尋ねなされたか？」

与一郎が力なく首を横に振った。

「皆様にお尋ねしてからと……」

左近大夫将監殿と顔を見合わせた。御屋形様に問うのは怖いのかもしれぬ……。

「某も左近大夫将監殿も兵部大輔殿が裏切ったとは思えずにいる。となれば……」

左近大夫将監殿に視線を向けると左近大夫将監殿が〝左様〟と言って頷いた。

「裏切ってはおらぬが公方様には裏切った、許せぬと見えたのかもしれませぬな」

今度は私が頷いた。

「それは如何いう事でしょうか？」

与一郎が我らの顔を交互に見た。この若者は足利の姓を持つ人間の事を知らぬのだと思った。猜疑心が強く、執拗なあの性格を。

「さて、何から話せばよいか……」

呟くと左近大夫将監殿が〝伊予守殿〟と声を掛けて来た。

「先ずは足利家と朽木家の関わり、足利家と御屋形様の関わりから話しては如何であろう。それ無しでは公方様、幕臣達の御屋形様への反発は理解出来ぬのではないかと思うが……」

なるほどと思った。若い与一郎にはそこから始めなければ分からぬか。

「かもしれませぬな。……些か長くなるやもしれぬ。宜しいかな?」

問い掛けると与一郎が〝お願いいたしまする〟と頭を下げた。

「与一郎殿は幾つになられた」

「永禄六年に生まれました故、十八になりまする」

十八か、若いのだと思った。

「では永禄の政変の二年前か、となると観音寺崩れの有った年に生まれたという事になる」

「月日が経つのは早い、あっという間にござるな。あの時は大騒ぎで有った……」

左近大夫将監殿が感慨深げに言った。

「問題は人がそれに追いつけぬ事にござろう」

「確かに」

左近大夫将監殿が頷いた。与一郎が我らを訝し気に見ている。我らの感慨など分かるまい、若いのだとまた思った。

「与一郎殿は朽木家がかつては一万石に満たぬ小領主であった事を御存じかな?」

「はい、そのように聞いております」

思わず苦笑が漏れた。左近大夫将監殿も苦笑している。与一郎がまた我らを訝し気に見ていた。

「与一郎殿は今聞いていると申されたな。だが某も左近大夫将監殿も、そして兵部大輔殿も自らの目でそれを見た」

「……」

「三十年ほど前の事じゃ、当時畿内では三好氏が勢力を伸ばし第十三代将軍足利義輝公は京を追われ朽木へと逃れた。そして五年間朽木に滞在した。その時の朽木家の当主が御屋形様、当時は元服前で竹若丸と名乗っておられた」

与一郎が頷いた。

「御分かりかな？　義輝公にとって、幕臣達にとって朽木は小さく、弱い存在だったのだ。そして足利家に忠義の家でもあった。特に義輝公の御屋形様への御信任は厚かった」

「……」

「五年の間、義輝公は諸国の大名に三好討伐の檄を飛ばしたがどの大名も応じる事は無かった。御屋形様はそれを見ていた。大名の兵力を当てにするのは無理だと思われたのだろう。御大典、御大葬を利用して和睦を結び京への帰還となった」

「はい、四千貫の銭を用意したと聞いております」

声が弾んでいる。四千貫の銭を使っての和睦、胸が騒ぐのだろう。一口茶を飲んだ、苦いと思った。

「多くの者が和睦を喜んだ。畿内で戦が起きる可能性が低くなったと……。だが幕臣達の間では不評であった」

「それは、何故でございましょう」

与一郎が訝し気な表情をしている。左近大夫将監殿に視線を向けると苦笑を浮かべながら首を横に振った。

「幕臣達は三好を打ち払い幕府を自分達で動かしたいと思っていたのだ。そのために兵を挙げた。だが和睦ではそれは叶わぬ。いや、兵を挙げる前よりも三好の勢威は強まっていた。不満は当然であろう」

左近大夫将監殿が〝今一つ有る〟と続けた。

「幕臣達は和睦の事を何も知らなかった。義輝公もじゃ。おそらく、御屋形様は事前に和睦を提案しても簡単には受け入れられぬと思ったのであろう。知らされたのは全てが整った後であった。義輝公が和睦を受け入れると判断された事で皆が従ったが、納得がいかぬと不満を持つ者は多かった……」

与一郎が曖昧な表情で頷いた。

「今思えば、あの和睦は正しかったと思う。大名達は誰も義輝公の檄に応えなかったのだ。あれ以外に義輝公を京に戻す手立ては無かった。あの機を逃がせば義輝公は朽木に逼塞したまま世の中から忘れ去られたであろう」

「……」

「朽木家が八千石のままなら幕臣達もいずれは納得したと思う。そうでは有りませぬか、伊予守殿」

左近大夫将監殿が問い掛けてきた。

「同意致す、何時かは納得した事でござろう。だが御屋形様は近隣を切り獲り始めた。高島郡を攻め獲り北近江三郡を攻め獲った。戦国乱世じゃ、生き残るためには已むを得ぬ事ではある。だが多くの幕臣達がその事に疑念を持った」

「疑念とは何でございましょう」

訝し気に問い掛けてきた与一郎を見て苦笑が漏れた。まだまだ若いのだと思った。嫉妬等というものには縁がないのかもしれぬ。

「御屋形様が和睦を進めたのは公方様が邪魔になったからではないか。自分達が朽木に居ては思う様に戦が出来ぬ。だから銭を使って追い払ったのではないか、そういう疑念にござる」

私の言葉に与一郎が〝そんな〟と声を上げた。左近大夫将監殿が首を振りながら〝真の事にござる〟と言うと与一郎は唇を噛み締めた。左近大夫将監殿が一口茶を飲んだ。そして〝与一郎殿〟と声をかけた。

「三好討伐を声高に叫ぶ公方様と幕臣達は大名にしてみれば鬱陶しい存在でしかなかった。我らもその事に気付きつつあった。どこに使者として行ってもはかばかしい返事は頂けませんでしたからの。朽木家だけが例外とどうして言えよう」

「……」

「朽木家が大きくなるにつけ幕臣達の心には御屋形様への不満と不信が募った。それは幕府が振るわぬ中で朽木家だけが大きくなる事への羨望で有り嫉妬でもあった。何故朽木だけが、とな」

その通りだ。自分が無力であればあるほどその思いは強くなるだろう。まして朽木家はとるにたらぬ弱小の国人領主であったのだ。

「義輝公が永禄の政変で亡くなられ義昭公が我らの主となられると幕臣達の御屋形様への不信、不満は更に強まった。足利氏が二つに分かれ将軍職を巡って争うなか、御屋形様だけは領地を増やし勢力を拡大していたのだ。更に義昭公は義輝公のようには御屋形様を信任しなかった。しかし上洛し征夷大将軍になるには御屋形様の力が必要だった。義昭公の御屋形様への態度は、信頼し頼るではなく如何に押さえつけ従わせるかというものになった。御屋形様に不満を持っていた幕臣達もそれに賛同した……」

左近大夫将監殿の言葉に与一郎が暗澹としている。今まで思いもしなかった事なのだろう。

「……父はそれに与しなかったのでございますね？」

与一郎がノロノロとした口調で問い掛けてきた。今度は私が話す番であろう。

「兵部大輔殿は朽木に居る頃から御屋形様を高く評価していた。義昭公の命には従ったが御屋形様を押さえつけ従わせるという事が出来るのか、疑問に思っていただろう。その事で大和守殿と意見が食い違う事も有ったようじゃ。よく大和守殿との話し合いの後に暗い表情をしている時が有った」

「三淵の伯父上と……」

与一郎が暗い顔をしている。或いは与一郎にも思い当たる節が有るのかもしれぬ。

「大和守殿は詰まらぬ嫉妬で動く御方ではなかったが義昭公の御意思を第一にと考える御方であった。それに比べれば兵部大輔殿は大名に配慮したと思う。そうする事で義昭公と大名の関係を円滑なものにしようとしたのであろうが……」

「それが気に入らなかったのかもしれませぬな」

「……」

「大名に気を使い過ぎると。この場合は御屋形様でござるが御屋形様の意を汲んで動く、自分に忠義の者ではないと思われたのかもしれませぬ。傍に大和守殿が居りますからの……」

左近大夫将監殿が首を横に振った。なるほど、比較して不満に思ったか。有り得る事よ。

「伊予守殿も覚えがござろう。禄に眼が眩んだかと貶められた」

「有りましたな、そのような事が」

不愉快な思い出よ、あれほど心外な事は無かった……。

「某はあれは伊予守殿の反対を封じるためであろうと思っておりました。しかし今話していて思ったのですが本心だったのかもしれませぬ」

「本心？」

思わず問い返した。左近大夫将監殿が頷く。暗い眼をしている。

「あのお方は大名達が自分の意のままに動く事を望んだ。いや、動かそうとした。特に最も大きな勢力を持つ御屋形様を押さえ付けようとし、それに失敗すると御屋形様を憎み敵視した。それは我らに対しても同じであったのでは有りませぬか？」

「……」

言葉が出ない、そうなのか？　思い当たる節は……、無いとは言えない。しかし本当にそうなのか？　愕然としている私の耳に左近大夫将監殿の声が続く。

「幕府は力が無かった。我らに対する恩賞でさえまともに出せぬ状態にあった。そんな時に御屋形様が我らに一千貫の禄を与えられた。義昭公は自分を裏切る者が出てもおかしくは無いと思ったのではないか、そう思うのでござる」

「……」

「だからあの時、朽木を討つと我らに言ったのではないか……」

「では、あれは、我らを試したと？」

声が掠れていた。左近大夫将監殿が頷く。与一郎が息を凝らして我らを見ているのが分かったが気にならなかった。そんな余裕は無かった。あれは、あれは……。

「あの時、言葉に出して義昭公を諫めたのは伊予守殿と兵部大輔殿で有りましたな」

「如何にも」

「伊予守殿はあの時、義昭公に御自身の忠心を伝えられた。義昭公は伊予守殿を自分の意のままに動かぬと疎みはしたが裏切る事は無いと判断されたのではないかと思うのでござる」

「兵部大輔殿は反対しただけだった。だから自分よりも御屋形様を重く見ている、裏切ったと疑われた……」

左近大夫将監殿が頷いた。なるほどと思った。ではあの時、自分が想いを述べなければ自分も斬られたのかもしれぬ。

「一つ間違えば某も斬られておりましたか」

「かもしれませぬな」

「自分の意のままに動く……。それは忠義と言えましょうか？」

問うたつもりはない。だが左近大夫将監殿が首を横に振った。

「それでは善悪の判断がつかぬ犬と同じでござろう。我らは人にござる。人なればこそ主のためを思い諫言をする。人に対して犬の忠義を要求するなど愚弄も同然でござろう」

溜息が出た。左近大夫将監殿も溜息を吐いている。その通りだ、犬の忠義など尽くせぬ……。与一郎が困惑しているのが見えた。話に付いてこれぬのだろう。

「父は忠心を伝えなかったから殺されたのでしょうか？」

左近大夫将監殿と顔を見合わせた。左近大夫将監殿の目には戸惑いが有った。自信が無いのだろう。

「かもしれぬが分からぬとしか言いようがない。だが兵部大輔殿は幕府と御屋形様の間で何とか共存の方法は無いかと苦慮しておられた。某は義昭公に反対するときは正面から反対したが兵部大輔殿は陰で反対したかもしれぬ」

「陰で？」

与一郎が訝し気な表情をした。

「義昭公に分からぬように動いたという事にござる。事が表に出れば幕府のためにならぬ、義昭公のためにならぬ。そう思って陰で動いた。その時、兵部大輔殿が頼ったのは御屋形様や松永弾正殿であったのだろう。……与一郎殿は大和守殿が御屋形様の暗殺を謀ったとして捕らえられた事を覚えておられよう」

「はい」

「あの計画を潰したのは弾正殿であったが兵部大輔殿も絡んだのやもしれぬ。或いは絡んでいなくとも絡んだと義昭公には見えたか。だとすれば裏切ったと思った可能性はある……」

左近大夫将監殿が〝確かに〟と頷いた。波多野の忍びが今一歩まで御屋形様に迫った。義昭公が御屋形様の暗殺に期待した事は間違いない。

「与一郎殿、我らに答えられるのはこれが精一杯じゃ」

「……はい」

納得はしていないな。

「我らの考えが当たっているのなら、それで兵部大輔殿が殺されたのなら兵部大輔殿は裏切ってはおらぬ。人として忠義を尽くそうとして受け入れられずに殺されたという事だ」

与一郎がジッとこちらを見た。そして〝はい〟と答えた。今度は声に力が有る。納得したのだろう。

「有り難うございました。お陰で疑念が晴れました」

与一郎が頭を下げた。

「これにて失礼させていただきまする」

「見送りは致さぬ。気を付けて帰られよ」

「はい」

与一郎が立ち上がって部屋を出て行った。……溜息が出た。

「左近大夫将監殿。宜しければ酒でもお付き合いいただけぬかな?」

左近大夫将監殿がジッと私を見た。そして微笑んだ。

「そうですな、この胸の苦い思い、茶では流せますまい。お付き合いさせていただきましょう」

人ではなく犬として扱われていた。苦い思いよ、酒でなくては洗い流せまい……。

御屋形様?
突然
如何
なされたのです?
フフ

…初めて会った時を
思い出していた
ドキ

あの時は――
そなたは
赤くなって
いたのだがな
！まあ

おぼえておるか？
プッ
…おぼえて
おりますとも！
祝
書籍10巻!!
おめでとう
ございます！
2021.1.xx

あとがき

イスラーフィールです。新年明けましておめでとうございます、と言ってもこの本が書店に並べられるのは二月ですからちょっと遅い新年の御挨拶ですね。昨年は応援有難うございました。今年もよろしくお願いします。

この度、「淡海乃海 水面が揺れる時～三英傑に嫌われた不運な男、朽木基綱の逆襲～十」を御手にとって頂いた事、本当に有難うございます。

十巻です。とうとう十巻の発売となりました。第一巻が二〇一七年の十一月に発売でしたから三年とちょっとが過ぎた事になります。良く続いたなと思い皆様の応援の御陰だと思うと感謝しか有りません。本当にありがとうございます。

昨年はとても良い年でした。年間四冊の書籍刊行、コミカライズも三冊刊行となりました。他にも舞台を行いましたし、オーディオブックも出す事が出来ました。そして異伝も書籍化する事が出来ました。今年も出だしは良さそうです。第十巻を出す事が出来ましたしドラマＣＤも一緒に発売する事が出来ました。皆様に楽しんでもらえればと思います。十巻の発売の直ぐ後に異伝のコミカライズ第一巻が発売されます。その後は舞台が有り、外伝集、そして異伝の二巻の準備となります。忙しいですが頑張りたいと思います。コロナの流行で重苦しい世の中ですが皆様の心を少しでも明るく出来たら、楽しんでいただけたらと思います。

さて、第十巻では基綱の嫡男、弥五郎堅綱の存在が大きくクローズアップされます。偉大な父親を持った後継者の苦悩。もがき、苦しむ中で堅綱は少しずつ大きくなっていきます。それを見守りながら堅綱に何が必要かを考え悩む基綱。そして基綱は一つの判断を下す。堅綱のために、朽木のために、天下のためにです。そのあたりの親子の葛藤、苦しみ、絆を感じていただければと思います。

今回もイラストを担当して下さったのは碧風羽様です。素敵なイラスト、本当に有難うございました。そしてTOブックスの皆様、色々と御配慮有難うございました。編集担当の新城様、今回もまた大変お世話になりました。皆様の御協力のおかげで無事に第十巻を世に送り出す事が出来ました。心から御礼を申し上げます。

最後にこの本を手に取って読んで下さった方に心から感謝を。またお会い出来る事を楽しみにしています。

二〇二一年一月　イスラーフィール

あふみのうみ
みなもがゆれるとき

俺が伯父の飛鳥井雅春を恫喝したのが弘治三年十月の中旬
和睦が成立したのが十二月の初めだった

二か月かからないで和睦が成立した
動き出すとあっという間だったな

年が明けて弘治四年義輝の京への帰還に
六角家が護衛の兵を五百人程提供してきた

他にも朝倉 浅井 北畠らが義輝に資金を提供してきた
幕臣どもは嬉しそうだったが義輝は醒めていたな
今頃援助をされても…そんな気持ちだったんだと思う

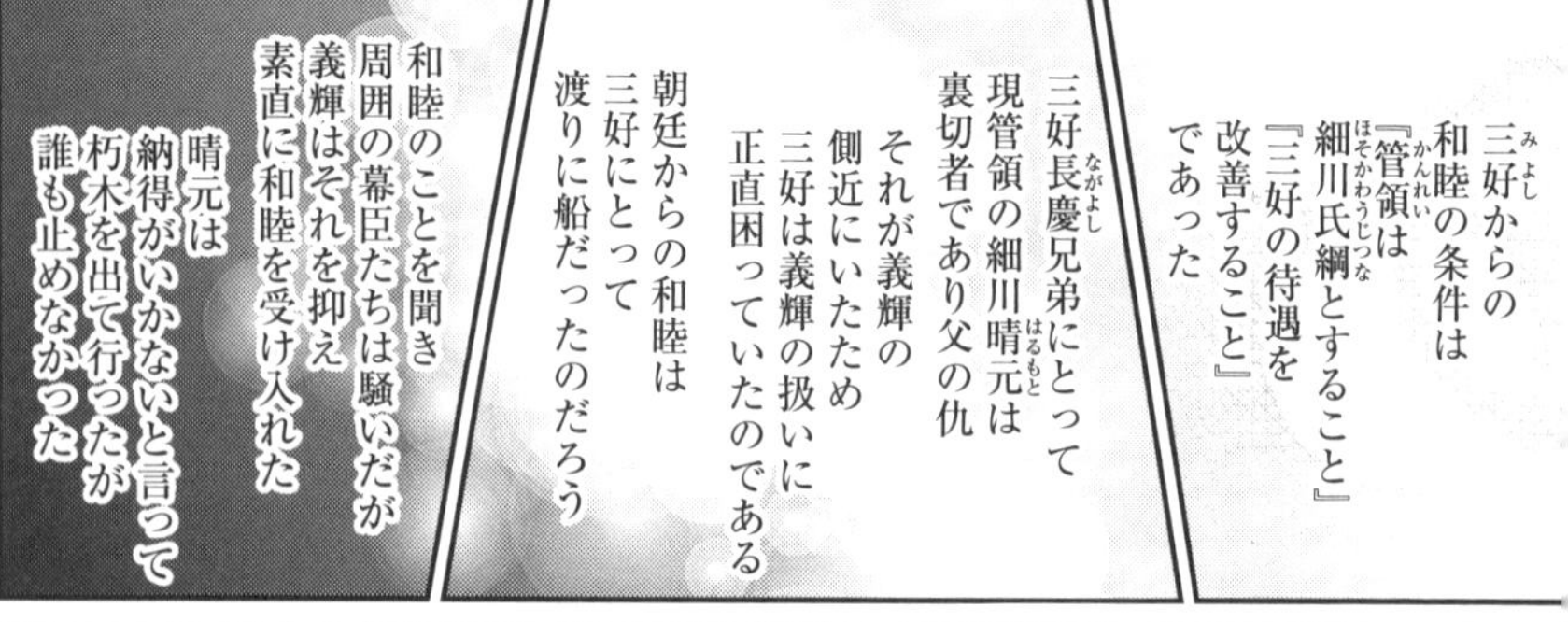
三好からの
和睦の条件は
『管領は
細川氏綱とすること』
『三好の待遇を
改善すること』
であった
三好長慶兄弟にとって
現管領の細川晴元は
裏切者であり父の仇
それが義輝の
側近にいたため
三好は義輝の扱いに
正直困っていたのである
朝廷からの和睦は
三好にとって
渡りに船だったのだろう
和睦のことを聞き
周囲の幕臣たちは騒いだが
義輝はそれを抑え
素直に和睦を受け入れた
晴元は
納得がいかないと言って
朽木を出て行ったが
誰も止めなかった

義輝は
京に帰ると
三好長慶を
御相伴衆に
上
御相伴衆
国持衆
準国主
外様衆
御供衆
下
幕府における
身分・格式を
示す称号
息子の義興を
御供衆に
任命した
そして如何いうわけか
俺も御供衆に任命された
ガキを
任命して
如何するんだ
と思うが…
聞けば御爺も昔
御供衆に任命された
らしい…

一回は
断ったんだがな…
そちには
感謝している

そちへの感謝を
表したいが
予にできることは
多くない
せめて格式だけでも
受け取ってくれ
此度の多額の献金…
朽木(くつき)も決して
安泰ではなかろう
六角 浅井 三好には
朽木を
大切にするように言おう
間違っても
攻めるようなことは
しないようにと…
格式よりも
そっちのが
嬉しかったな
わかったから
手をはなせ…

まあ
義輝は戻り
元号の改元が行われ
弘治から永禄へと
変わった

御大典も無事終了し
天下泰平とは言わないが
それなりに落ち着いたと
思うんだが――

おいおい皆あのなあ視線っていうのは痛いんだぞ
ジッ…
少しは優しい目で俺を見ろ俺は君らの主君なんだから

それと密かに戦の準備を始めております
………
…如何見る？やはり狙いは朽木かの

連中
朽木に対して
かなり不満を
持っています
これまでは公方様が
朽木にいられましたゆえ
手出しは控えて
きたのでしょうが…
朽木家譜代
宮川新次郎頼忠
領民たちが
落ち着かぬ
ようです
朽木に比べて税が高く
暮らしづらいと
不満が高まっているとか
朽木から銭を
脅し取ろうとでも
いうのかな
しかしなあ
一昨年から散々
使ってきたから
銭はないぞ
連中に
忠告してやるか

はあ…
殿 殿の冗談…
冗談とは思いますが笑えませせぬな
朽木家 御倉奉行(おくらぶぎょう)
荒川平九郎長道(あらかわへいくろうながみち)
そうか
残念だ
確かに朽木の蔵から銭が大量に出て行き申した
しかしそれでも他家に比べれば遥かに大量の銭が残っております
それに当家には干し椎茸や澄み酒を始めとして様々な収入がござる
銭がないなどと言っても誰も信じませせぬな
平九郎殿の言う通りですな
銭だけではありませぬ 朽木には様々な産物がござる
鉄砲もあれば刀鍛冶も居る
高島たちの狙いはそちらやもしれませせぬ
ニヤ ニヤ
余計なことを言うなよ重蔵…!!
平九郎は知らないんだよ!!
八門に米の売買で稼がせた朽木の裏金があるとか絶対言うなよ…!!
十歳の主君をいぢめて楽しいか?
ぐさっ ぐさっ
御爺
高島越中(えっちゅう)という男は如何(どう)いう男だ?

強欲 吝嗇 小心
…嫌な男よ
殿のことを
大分嫌って
いるようですぞ
ニヤニヤ
？
どういう
ことだ？

高島七頭の頭領は
己だと
自負しております
しかし世間では
殿のほうが評判が高い
それに殿は
元服前にも拘らず
御供衆に
任じられております
面白く
ありますまいなぁ
義輝の馬鹿野郎…
だから要らないって言ったのに
がくー

それにしても妙な話ですな
公方様からは朽木を攻めるなというお達しがあったはずですが…
煽る人間が居るのだろう

そうだな…
連中が六角に臣従している以上六角以上の力を持つ者…
六角やもしれませぬか
義輝公を京へ御送りしたのは六角の右衛門督です
その時義輝公は殿のことを大分お褒めになったとか…

殿に
近江半国もあればと
仰られたことも
あったようです
六角家としては
面白くありますまい
!!

おいてめえ義輝
悪意がなきゃいいってもんじゃねえぞ～…
短慮でお馬鹿な六角義治にそんな事を言ったらどうなるか…冗談抜きで朽木の祟り神だな

はあ～…
戦の準備をせねばなるまい
厳しい戦いになりますな…

籠城だな
御爺
籠城の準備は
したほうがいいが
俺は
外で戦うぞ

ぎょっ

籠城などすれば
六角の思う壺よ
仲裁と称して
和睦をさせ
恩に着させる
であろう
良い様に
利用される
だけだ

しかし
勝てるか？
相手は
四倍の兵ぞ
さあて
如何かな
だが
朽木城への道は
幅が狭い
敵が
押し寄せて来るなら
少数でも戦い様は
あろう
後は天気だな
晴れれば
野戦のほうが
勝ち目はある
雨なら已むを得ん
籠城だな
そして将軍家に
仲裁を頼む

鉄砲を使うか
まあそうだ
五郎衛門の日頃の鍛錬の程を見分しよう

コクリ

重蔵
連中の領地で噂を流せ
はっ
どのような

「朽木を攻めれば将軍家 六角家からきついお叱りを受けよう
場合によっては潰されるやもしれぬ」
「あそこの家は損害を出すのを恐れている
本気で戦うのか怪しい」
…これは適当に名を選んで流せ
但し高島の名は必ず入れよ

「高島越中は他の者に戦いを押し付け自分は楽をしようとしている」
高島以外に流すのですな
高島にも流せ
!?
高島越中が噂を打ち消し軍をひとつにしようとすれば
自らが先陣を切って戦わざるを得ない

そこを鉄砲隊で叩く
最大兵力を持つ高島が崩れれば残りは及び腰になるだろう

永禄二年は
穏やかに始まった

が

松の内が
明けると
すぐに

六頭合同で
朽木に使者を
寄越してきた

高島
永田
横山
連中が持ってきた要求は
『朽木の所為で 自分たちは酷い迷惑を 被っているから
被った損害を 賠償しろ』ということだった
田中
平井
山崎

使者
賠償金額は
それぞれに対して
一千貫
合計六千貫
まあ当然
丁重に
断った

現代社会なら
これからは
法廷で会いましょう
になる

しかし今は
戦国時代だ

手っ取り早く
戦場で

殴り合いで決めましょう
ということになった

なんて言うか…
新鮮な驚きだ
戦争って
こんな感じで
始まるんだな…
歴史の
授業じゃ
分からん
事だな
永禄二年
二月上旬
朽木城
大広間

敵の兵力は
約千二百
淡海乃海
清水山城に
集まっておりましたが
朽木に向かって
進軍を始めたそうに
ございます
1200
清水山城
安曇川
約二里半
300
朽木
清水山城から
朽木までは
約二里半
早ければ
二刻程で
やって来るでしょう

意外に少ないの
敵は疑心暗鬼になっております
特に高島に対する不信が酷いようで
はっはっはっ
聞いての通りだ
敵は四倍とは言え所詮は烏合の衆恐るるに値せぬ
兵たちにもそのことをよく言い聞かせよ
心をひとつにして戦えば必ず勝てるぞ
今日は天気は良いが風が強い少し冷える
兵たちに握り飯と熱い味噌汁を与えよ
一刻後出撃する
温石も忘れるな

五郎衛門！
左門！
又兵衛！
はっ!!
五郎衛門 鉄砲隊は 我が命に従え
はっ
鉄砲隊 200
日置五郎衛門行近

左門 その方が前に出る時は 勝敗が決まった時じゃ
敵に追い打ちをかけるのが役目 それまでは 前に出てはならん
俺の命を待て
はっ
槍隊 50
日置左門貞忠

又兵衛 戦が始まれば その方は弓隊に 矢を射続けさせよ
止める時は 俺が命を出す
それまでは 止めてはならん
はっ
弓隊 50
田沢又兵衛張満

重蔵　例の手配は済んでいるか？
はっ　十分に
敵が負けたら六頭の城下城中で噂を流す
『公方様の命に背いた以上攻め滅ぼされる』と

殿は朽木が負けるとは微塵も思ってはいない
必ず勝つと考えている
物理的衝撃力の持続
VS
火力による防御
勝てる…と思う
規模は長篠の戦いの十分の一以下になるが
これから始まるのは鉄砲の集中運用による敵の撃破だ

竹若丸(たけわかまる)
なかなか攻めて来ぬの
…
誰が先陣を
務めるのか
揉めているの
だろう
?
先陣は
名誉な
はずだが…
噂を
流したからな
皆自分だけが
貧乏籤(びんぼうくじ)を引くのを
恐れているのだ
ふーん
御爺…
城で留守番してれば
いいのに…
鉄砲の効果を見たいって
付いて来て……
役に立つよな
八門
動いたの
高島と田中か

殿
ザッ
うむ
敵が
二町まで近付いたら
第一列 第二列に
撃たせよ
第三列には
俺が直接
指示を出す
五郎衛門は
第一列
第二列に
二射目の
準備をさせよ
はっ

俺も
武者震いだ
落ち着け
俺は勝てるはずだ

放て!!
ドオオオオオオオオオオ

鉄砲隊
構え!!
第一列
放て!!

ほう
ざっと
五十人くらいは
倒したか
第一列後ろへ!!
第二列前へ!!
放て!!

田中勢が
おかしいの
うむ
混乱が
酷い
まさか
御爺
田中久兵衛重政
死んだか？
かもしれんの

殿!!
暫し待て
五郎衛門
高島の
出方を見る
玉込め急げ！
明らかに
田中勢は
おかしい
戦意喪失だ
如何する？
高島越中

あの
騎馬武者
……あれが
高島越中か
第三列!!
あの騎馬武者を
狙え!!
放て!!

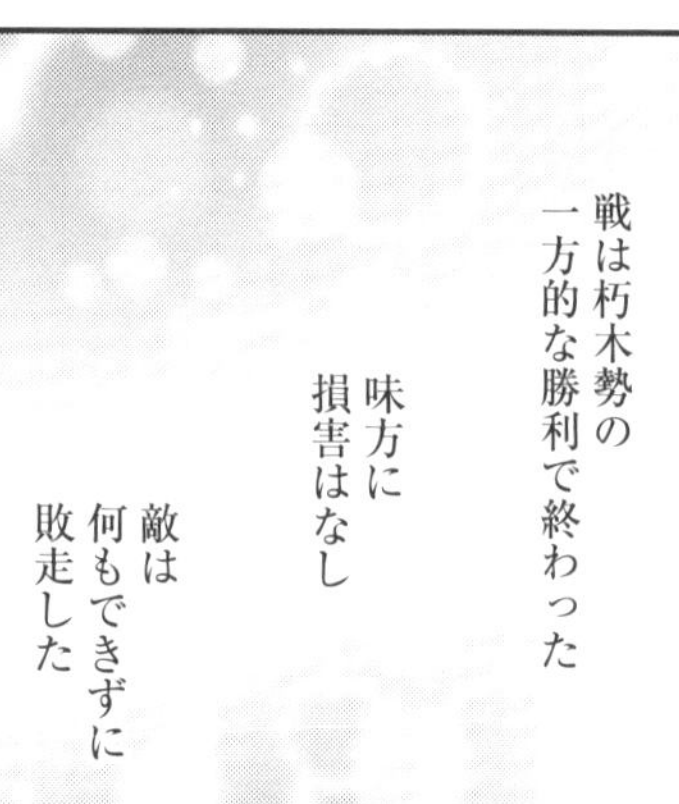

戦は朽木勢の
一方的な勝利で終わった
味方に
損害はなし
敵は
何もできずに
敗走した

では
越中は
生きていたのか？

うむ
死んだのは馬で
その下敷きに
なったらしい
家来たちは
それを見て
越中本人が
死んだと
思ったようだ
なんとまあ

もしかすると
馬と越中を
見誤ったのかも
しれん
そうかもしれんのう
儂には見分けがつかん
御爺は酷い
わっはっは
お前の方が酷いわ
これから
どうする？

清水山城に向かう
出来れば取る…田中城も
御爺 公方様と六角に使者を出してくれ
高島残りの四頭と和睦する 仲裁を頼みたい
和睦か？
うむ 清水山田中を得れば朽木の領地は格段に広がる
戦力を整えなければ到底戦えん 守ることすらできんだろう
そうじゃな
わかった では儂は城に戻る
重蔵
はっ 何か？
これで終わりではないぞ まだまだ働いてもらう
高島は俺が獲る

近江高島郡
安井村
清水山城
ギギ
ジロ…
驚きましたな
ケタケタタケタ
まさか竹若丸様とこの清水山城でお会いすることになるとは
若狭(わかさ)の商人 古関利兵衛(こせきりへえ)

嬉しかろう？
それはもう！何と言っても安曇川(あどがわ)が自由に使えます
キキキ

まだわからんぞ
明後日幕府と六角様の扱いで永田たちと和睦を結ぶ
和睦の内容次第では領地もどうなるかわからん

はぁ…ですが
高島様田中様の御領地をどなた様にお返し致します？
もはやお継ぎになる方はいらっしゃいますまい

……
田中家は当主と後継ぎが討死
高島家は嫡子が討死
当主は捕らえられた後斬首
清水山城に居た幼い庶子は母親ともども家臣たちに裏切られ
朽木家に引き渡された後殺された
後を継ぐ人間は居ない……
朽木
安曇川
高島
平井
田中
山崎
横山
永田
それに将軍家の御言葉を無視して攻め寄せたのは高島様たちでございましょう
六角様とて今更返せとは……
どこまで知ってんだ？
ケタケタ
ケタケタ
できうるならば
若狭も竹若丸様に治めて頂きたいもので
スリスリ

無理を言うな
残念ですなあ
そう思っているのは私だけではありませんぞ
組屋源四郎
田中宗徳

若狭は酷いのか？
酷いですな
争いが絶えませぬ
税が重くなり兵として駆り出される領民たちは疲弊しております
このままではいずれ一揆が起きるやもしれませぬなあ

そうか……

ほう…
ようやっとこの城にも慣れて来たわ

朽木が恋しいのではないか御爺
まあ多少はの
…御爺
古関が言っていたのだが若狭が大分酷いらしい
そうか
いずれ朽木は若狭と事を構えることになるやもしれん
…拙いの
確かに拙い
先日の戦に勝ったことで
朽木は高島 田中の領地を得た
とはいえ二万五千石をわずかに超えた程度
…若狭は約八万石…
若狭国
高島郡
六角家直轄地
朽木
淡海乃海
近江国
御爺
やはりあの連中を喰わねば朽木は厳しい

残りの高島四頭か
喰えば若狭武田もそう簡単には朽木を敵にはできぬはずだ
そうじゃの
喰わねばあの連中は若狭と結びかねぬ

だが喰えるか？
あの連中の後ろには六角が居るぞ
余程に上手くやらねば六角が朽木を潰しに来よう

…手は打ってある
だが上手く行くかどうかはわからん

永禄二年二月中旬
清水山城
此度の一件当家には全く関わりござりませぬ
六角家使者
蒲生下野守定秀
高島郡で争いが起きたと聞いた時は
主である左京大夫は意味がわからず訊き返した程でござる

では
六角家に
責はないと
言われるか？
そうは
申しませぬ
佐々木越中を
始め田中 永田
平井 横山 山崎
いずれも
六角家に
属する者
将軍家の
御心に背く様な
ことになり
責は感じて
おりまする

…喰えぬな…
何処かで六角が
絡んでいる
はずだが
言質を
取らせぬ…
では
その方らに
尋ねる
何故
将軍家の御意に背き
朽木を攻めるような
ことをした？
幕府を
愚弄する
つもりか

将軍家の御意に
背くつもりは
ありませぬ
なれど越中殿は
高島七頭の頭領
越中様に
どうしてもと
言われては……
左様
それに越中殿は
六角様のお許しは
得ていると……
まさか我らを
欺くとは
思いもしませなんだ
それに
朽木殿の所為で
我らが迷惑を
被っているのは
事実でございます
戦をするつもりは
ありませんでした
ただ話し合いで
朽木殿に譲って
頂ければと
それを越中殿が
強引に戦に
持って行ってしまって……

佐々木越中一人に罪を着せると言うことか？死人に口なしか…
では此度の一件は越中殿御一人の思い立ち
六角様は関係無く
そちらの方々は強引に巻き込まれた
そういうことですな？
左様
六角家に全く罪なしとは申さぬ
越中殿を事前に止められなんだことは幾重にもお詫び申す
されど越中が愚かなことを考えねば今回のことが起きなんだのも事実でござる
六角左京大夫様もさぞかしお腹立ちでござりましょう
越中殿の所為で痛くもない腹を探られるのですから
……左様

御爺
どうやら我らも騙されたようだ
キキ
プッ
そうよの
…越中から六角家が後ろにいると訊いたのだろうか…？
しかし死人に口なし越中が居らぬ今確かめようがない…
兵部大輔様

将軍家の御意を無視し六角様の名を勝手に使う
許されぬことでございますな
越中殿が生きていれば死罪は免れますまい
如何(いかが)？

如何(いか)にも
死罪は
免れぬところでござる
コクリ
失礼

五郎衛門!!

あれは……
鉄砲隊を指揮していた男か

あれは
越中殿⁉
生きていたのか⁉

上洛を目指す義昭が
顕如の凶刃に散る!?
そして、堅綱の甲斐攻めの
ゆくえはいかに？
最新第十一巻
2021年夏発売予定!
外伝集も3月19日発売!

凶
［著］イスラーフィール
［絵］碧風羽 みどりふう
淡海乃海
水面が揺れる時
三英傑に
嫌われた不運な男、
朽木基綱の
逆襲

淡海乃海
水面が揺れる時
あふみのうみ みなもがゆれるとき
［漫画］もとむらえり
［原作］イスラーフィール
［キャラクター原案］碧風羽

「あの童斬るべきぞ」

公家になった元綱が知略と話術で大名を翻弄する！
淡海乃海 外伝、待望のコミカライズ！

comic コロナ CORONA TOcomics

第①巻 2月15日発売！

詳細はTOブックスが贈るWEBコミックcomicコロナにて！

淡海乃海（あふみのうみ）　水面が揺れる時
～三英傑に嫌われた不運な男、朽木基綱の逆襲～十

2021年3月1日　第1刷発行

著　者　イスラーフィール

発行者　本田武市

発行所　TOブックス
〒150-0002
東京都渋谷区渋谷三丁目1番1号　PMO渋谷Ⅱ　11階
TEL 0120-933-772(営業フリーダイヤル)
FAX 050-3156-0508

印刷・製本　中央精版印刷株式会社

ISBN978-4-86699-120-7